거의

황홀한

순간

거의 황홀한 순간

강지영 장편소설

차례

1월

김하임

내가 태어나던 1987년을 기점으로 우주는 할아버지의 손아귀에 넘어갔다. 그날은 초대형 태풍 셀마가 한반도를 덮친 날이기도 했다. 연향역 매점을 지키고 있던 할아버지는 내가 태어났다는 기별에 무섭게 휘몰아치는 강풍과 폭우를 뚫고 병원으로 내달렸다. 쪼글쪼글하고 새빨간 손녀의 손가락과 발가락 개수가 궁금해서가 아니었다. 오직 금쪽같은 며느리에게 그간의 노고를 치하하며 어미 된 기쁨을 축하하려는 목적이었을 터다. 병원 앞에 다다라서야 빈손이 민망했던 할아버지는 뒤늦게 며느리에게 선사할 꽃다발을 사러 시내로 걸음을 돌렸다. 하지만 가로수가 뽑히고 입간판이 종잇장처럼 휘날리는 셀마의 서슬에 상점들은 일찌감치 문을 닫은 뒤였다.

할아버지는 빈손을 털레털레 흔들며 연향역 광장을 걸었다. 그러다 역사 처마 밑에서 장미 다발을 품에 안고 꺼이꺼이 우는 청년을 만났다. 할아버지는 청년에게 담배 한 개비를 건네고 곁에 쪼그리고 앉아, 너무나 진부해서 아침드라마 소재로도 외면당하는, 친구의 애인을 짝사랑하다 따귀 맞고 거절당한 이야기를 들어주었다.

청년이 불도 붙지 않은 담배를 초당 사십 미터의 태풍에 소매치기당하자, 할아버지는 그의 등을 부드럽게 도닥거리곤 들쩍지근한 목소리로 꽃다발 흥정에 들어갔다. 할아버지는 비바람에 꺾인 장미봉오리 두 개와 청년의 가슴팍에서 뭉개진 안개꽃 한 움큼 가격을 제한 만 원을 불렀지만, 청년은 자신의 순정을 말도 안 되는 헐값에 팔 수 없다며 만 오천 원을 내놓으라고 눈을 부라렸다. 옥신각신 끝에 만 이천 원을 청년의 주머니에 찔러주고 꽃다발을 빼앗듯 품에 안은 할아버지는 병원을 향해 돌진했다. 그때, 거대한 손가락이 할아버지를 들어 올렸다. 이건 어디까지나 할아버지의 주장이기 때문에 곧이곧대로 믿을 수는 없지만, 거대한 손가락에 몸을 맡긴 할아버지는 단숨에 연향시내가 한눈에 내려다보이는 구름 위에 내던져졌다.

꽃다발을 날치기한 죗값을 이렇게 받는구나 싶었던 할아버지는 지갑의 돈을 모조리 구름 아래로 내던지고 머리를 조아리며 손바닥을 비벼댔다. 그러자 놀랍게도 하늘 저 멀리서 근엄하고 자애로운 목소리가 들려왔다. 내가 몹시 피곤하도다, 하여 오늘부로 너 김낙평에게 우주를 맡길 터이니 부디 우매한 인간들을 일깨우고 세상을 평화롭게 하는 데 일생을 바치거라.

얼결에 우주를 떠맡게 된 할아버지가 지상에 돌아와 가장 먼저 한 일은 내 이름을 지은 거였다. 하늘이 내린 임무, 줄여서 하임.

할아버지는 그해부터 서양력 대신 자신의 이름으로 연호를 만들었다. 낙평 24년 초하루, 우주의 책임자인 할아버지와 우매한 인간의 표본인 나는 머리를 맞대고 만두를 빚는 중이었다.

"동이 재방송할 시간이다."

구름 위에서 한반도의 역사를 파노라마처럼 내려다봤다는 할아버지는 숙빈 최씨의 얼굴이 누구든 한번 보면 잊지 못할 정도의 추녀였다며 아랫입술을 비죽거렸지만, 재연 전문 배우로 시작해 홈쇼핑 모델, 드라마와 영화의 단역배우로 활동하던 엄마가 그 드라마에 궁녀로 고정출연을 하게 되자 눈에 불을 켜고 모니터링했다.

"시계도 안 보는데, 우주신은 모르는 것도 없으셔."

나는 소주병으로 장기알만 한 밀가루 반죽을 넓게 펴다 말고 발가락으로 리모컨을 끌어당겨 텔레비전을 켰다. 설 연휴라 티브이에선 〈외국인장기자랑〉과 〈아나운서대격돌〉, 〈NG퍼레이드〉 같은 시시껄렁한 오락프로그램 일색이었다. 케이블 채널을 돌리던 중 다니엘 헤니가 주연인 로맨틱 코미디에 잠시 넋을 놓았다.

“어허, 동이 틀라니까!”

“잠깐만, 우리 자기 나오는 거 쫌만 보고.”

보다 못한 할아버지가 꿰진 만두를 집어던지고 내 손에서 리모컨을 낚아챘다. 멋지게 양주를 원샷 하는 다니엘 헤니에게 이별을 고하기도 전에 미모로 역사를 왜곡한 한효주의 얼굴이 클로즈업됐다.

“할아버지 눈엔 며느리가 그렇게 이뻐?”

시녀들 중 가장 나이도 많은 데다 보름 전 이마와 양 볼에 맞은 필러 탓에 한효주의 어깨 너머로 비친 엄마의 얼굴은 갓 쪄낸 호빵처럼 부둥부둥하고 번들거렸다.

“이쁘다마다, 한창땐 니 애비 그 무쪽같은 인물은 감히 넘보지도 못할 굉장한 미녀였지. 봐라, 지금도 젊은것들 찜 쪄 먹게 이쁘잖니.”

아빠와 쌍둥이처럼 닮은 할아버지가 만두피에 속을 채우며 채신없이 웃었다.

할아버지가 채신을 내려놓지 않아도 엄마가 예쁜 건 연향

시민이 다 아는 사실이다. 유백색 피부에 적당히 불거진 이마, 순혈이 의심스러우리만치 깊은 쌍꺼풀, 반듯하고 날렵한 콧날과 간사해 보이지 않을 정도로 상큼하게 위로 여민 입아귀. 하지만 엄마는 팔십 년대 달력 모델처럼 도발적으로 예쁘긴 하나 시청자의 시선을 붙잡아 맬 만큼 세련된 미인이라곤 말할 수 없다. 그럼에도 지금껏 연향 최고의 미녀로 꼽히는 건 가무잡잡한 피부에 꺼진 이마, 오목눈에 사자코를 가진 할아버지와 아빠가 항상 엄마의 좌와 우를 보좌한 덕일 터였다.

서울에서 연향으로 엠티 온 햇병아리 여대생에게 반한 아빠와 그런 아빠를 도와 자전거와 키우던 개, 금니까지 팔아 뒤를 밀어준 할아버지가 아니었으면 엄마는 다니엘 헤니 같은 미남자와 결혼해 지금보다 훨씬 근사한 삶을 살게 됐을지도 모른다. 그랬다면 나도 만두피 대신 명품 핸드백을 들고 압구정동이나 청담동을 활보했을 테고 스펙 경쟁에 밀려 이렇게 취업 재수까지 하는 일도 없었을 터다. 할아버지와 아빠가 원망스러웠다.

"나한테 고마워할 거 없다. 세상에 억지로 되는 일은 없으니까. 뭐든 순리대로 흐르게 마련이지. 니가 우리 효정이 딸로 태어난 것도 다 하늘이 정해놓은 운명인 거야. 내가 우주신이긴 하지만 이미 정해진 운명을 바꿀 수는 없느니라."

할아버지가 만두를 아무리다 말고 불현듯 어울리지 않게

인자한 표정을 지으며 신통력 제로의 독백을 했다.

정말 운명이란 건 처음부터 정해져 있는 걸까? 언젠가 인도의 점성술 나디샤스트라에 대한 내셔널지오그래픽 다큐멘터리를 본 적이 있다. 일종의 예언서인 나디샤스트라는 고대 인도의 성인 아가스티아가 나뭇잎에 신탁을 옮겨놓은 것이라고 했다. 물론 모든 사람의 운명이 다 적혀 있는 건 아니어서, 자신의 나디샤스트라를 찾는 일조차 쉽지 않다고 했다. 하지만 운 좋게 자신의 나디샤스트라를 찾아내면 그 한 장에 인생의 소소한 굴곡이 빠짐없이 적혀 있어 믿지 않을 도리가 없단다. 실제로 나디샤스트라엔 찾아온 사람의 이름부터 가족, 배우자의 이름과 외모, 성격까지 적혀 있다고 들었다.

다큐멘터리를 보고 얼마 지나지 않은 여름, 나는 삼 년간 사귀어온 수혁에게 차였다. 수혁은 매너 없이 '이제 헤어질 때가 됐다'며 처음부터 이별할 운명을 알고 사귀어온 사람처럼 문자메시지로 안녕을 고했다. 곧바로 전화를 걸었지만 전원이 꺼진 상태였고, 이튿날 다시 전화를 걸었을 땐 없는 번호였다. 수혁은 변변치 않은 다툼조차 없이 나를 유기했다. 이유라도 알고 싶은데 재회할 방법이 없었다.

나는 인도 여행을 준비했다. 온라인 서점에서 인도 여행 안내 책자를 사들이고, 인도 배낭여행 카페에도 가입했다. 또 징그럽게 말 안 듣는 중학생 세 명에게 수학 과외를 하며 차곡차곡 여행 경비를 모아갔다. 여행의 유일한 목적은 나디샤스트라였다. 타지마할 궁전이나 히말라야산맥 같은 건 안 봐도 좋으니 나의 나디샤스트라를 찾아내 미래를 속속들이 들여다보고 싶었다. 취직과 수명, 행운과 불운처럼 누구나 궁금해하는 인생 전반을 읽고, 가장 마지막으로 수혁과 나의 운명이 다시 이어질 수 있는지를 확인하고 싶었다. 그러나 여행 경비가 거의 모아졌을 무렵, 내 계획에 찬물을 끼얹은 사람이 나타났다. 초등학교 동창생 성기였다. 녀석은 우리 집 길 건너 쎄씨봉 미용실 집 막내아들이자 할아버지의 몇 안 되는 신도 중 하나였다.

성기는 전역 후 줄곧 복학 신청을 미루다 요즘은 〈오천만의 퀴즈쇼〉 우승 상금 5천만 원을 노리며 예심을 준비하고 있었다. 녀석은 틈만 나면 우리 집에 찾아와 소파에 벌렁 드러누워 『상식대백과사전』, 『한눈에 보는 서양전쟁의 역사』 같은 책을 뒤적였는데, 어느 날 내가 수혁 때문에 인도 점성술 여행을 준비하고 있다는 걸 털어놓자 폭소를 터뜨렸다.

"넌 신을 믿냐? 니가 신이라면 바닷가 모래알만큼이나 많은 인간들을 하나하나 설계하고 디자인하며 그 전능한 힘을 낭비하겠냐고? 모래알의 운명은 바람과 파도, 그리고 부피와 밀도가 저와 비슷한 다른 모래알들이 만들어가는 거야. 모든 모래알은 먼지가 되고 그 먼지는 흙으로 돌아가 다시 바위가 되겠지. 모래나 먼지나 흙이나 바위나 본질은 매한가지라고. 그

뻔한 사이클이 대체 왜 궁금한데?"

내가 신이라 해도 세상 모든 모래알에 그림을 그리고 이름을 짓는 바보 같은 짓은 하지 않을 것 같았다. 하지만 이대로 당하고 있을 수만은 없었다. 나는 내셔널지오그래픽이 얼마나 저명한지에 대해, 어느 동양철학 박사의 나디샤스트라 체험담에 대해, 대학 시절 교양과목으로 들었던 서양철학을 들먹이며 유신론을 지지했다.

"그리고 성기, 너! 우주교 신도 아니었어? 그런 놈이 왜 무신론자 행세를 해?"

성기가 내 말을 들은 체도 않자, 마지막 카드를 꺼냈다. 그제야 성기가 귀찮단 표정으로 소파에서 몸을 일으켰다.

"우주신은 니가 생각하는 그런 신이 아냐. 그건 존재하지 않는 존재야. 굳이 표현하자면 절대적인 에너지지. 다들 너희 할아버지가 번개를 잘못 맞아 정신이 오락가락한다지만, 난 그날 너희 할아버지가 피뢰침처럼 우주의 에너지를 빨아들였다고 생각해. 번개에 맞고도 돌아가시지 않은 걸 보면 분명 선택받은 사람인 거지. 그 엄청난 에너지를 나도 조금 나눠 쓰고 싶은 거야. 너처럼 내 인생을 남에게 묻진 않는다고."

성기의 궤변은 묘한 설득력을 발휘했다. 기껏 인도에 찾아갔는데 내 나디샤스트라가 없으면 어쩌나 하는 생각도 들었고, 수혁이 아닌 다른 남자와 결혼해 지지고 볶다 늙어 죽을 운명이라는 걸 알게 되면 어쩌나 두려웠다. 내 남은 인생을 현미경처럼 들여다보고 나면 백수 노파처럼 모든 일에 심드렁해질지 모른다는 생각도 들었다. 처녀 적부터 복통에 시달리며 위궤양 약으로 오십 년을 버텨온 삼거리 슈퍼 할머니가 내시경검사에서 위암 진단을 받은 날 쇼크로 죽은 사건이 떠올랐다. 할아버지는 슈퍼 할머니가 내시경검사만 받지 않았더라면 죽는 날까지 위암과 사이좋게 동고동락했을 거라고 단언했다. 자신의 운명을 안다는 게 꼭 좋은 일만은 아닐지 몰랐다.

"저희 왔어요. 아버지, 대문에 '연예인의 집' 문패 뭐예요?"

신탁처럼 사랑에 빠져, 운명처럼 나를 생산해낸 부부가 현관문을 열고 들어왔다. 양 볼이 빨갛게 상기된 아빠가 엄마의 핸드백과 메이크업 가방을 양손에 나눠 들고 구두를 벗었다. 밍크코트를 걸친 엄마가 그 뒤를 이었다.

"아, 그거? 틀린 말도 아니잖아. 연예인이 사니까, 연예인의 집이지. 은수가 요새 서예학원 다닌다고 공짜로 써줬다. 근데 효정아, 너 얼굴이 왜 그렇게 부석부석해? 당장 석고 팩부터 해야겠다. 방에 가 누워 있어."

할아버지가 손을 털고 일어서 엄마의 밍크코트를 받았다.

"아빠, 저 오늘 대박 피곤했어요. 여의도에서 강남으로, 강남에서 일산으로 뺑뺑 돌았다니까요."

엄마가 팔을 휘휘 돌리며 안방으로 들어갔다. 그러자 기다렸다는 듯이 아빠가 할아버지 곁에 바짝 다가가 소곤소곤 귓속말을 했다.

"내 그럴 줄 알고 오늘 문패를 바꾼 거다. 이러고 있을 게 아니라 염소 한 마리 과 멕여야겠다. 얼른 건강원 좀 다녀오마."

할아버지가 엄마의 밍크코트를 아빠에게 넘기고 붉은색 궁서체로 우주신이라 수놓인 갓과 도포를 걸치고 집을 나섰다.

"아빠, 무슨 일이야? 좋은 거면 나도 좀 알자."

아빠가 목소리를 낮추라는 듯 호들갑스럽게 손을 휘저으며 내 곁으로 바짝 다가왔다. 고릿한 발 냄새가 끼쳤다.

"니 엄마 주말드라마 캐스팅됐어. 주인공의 엄만데, 대사도 엄청 많아."

"근데 그게 왜 쉬쉬할 일이야?"

작년에 엄마가 홈쇼핑 메인모델로 발탁됐을 땐 기념 볼펜까지 제작해 돌리고 다녔으면서, 주말드라마의 조연으로 캐스팅이 됐는데 어째서 자라목을 하고 쉬쉬거리는지 알 수 없었다.

"배역이 좀 그래서 고민인가 봐. 엄마가 말하기 전까진 모른 체하고 있어."

"대체 무슨 배역이길래?"

"있어, 그런 거."

아빠가 닫힌 안방 문을 흘끔거리며 서둘러 말 매듭을 지었다.

엄마의 수발을 드느라 안방에 틀어박힌 아빠와 영 돌아올 줄 모르는 할아버지를 기다리며 나는 마냥 만두를 빚었다. 귀 모양, 신발짝 모양, 바게트 모양, 핸드백 모양, 하트 모양. 가지각색의 못난 만두가 쟁반 하나에 가득 채워졌다. 냄비에 물을 붓고 양지머리 한 덩어리를 넣은 다음 불을 켜고 육수를 우렸다. 고기에 맺힌 핏물이 연갈색 거품이 되어 냄비 테두리에 떠오를 때쯤, 안방에서 '하지 마아, 간지럽다구우, 으응? 나 삐친다, 자기 때문에 못살아, 하임이 듣겠다.', 엄마의 비음 섞인 앙탈이 쇠파리처럼 성가시게 귓가에 앵앵거렸다. 나는 곧이어 찾아올 몹시 작지만 매우 거북한 소음을 피할 요량으로 얼른 내 방에서 엠피스리를 가져와 이어폰을 귀에 꽂고 티아라의 〈너 때문에 미쳐〉를 최대음량으로 들었다.

돈을 벌면 내 방에 방음 장치를 해야지, 아니 안방에 하는 게 효과적인가. 그냥 독립을 하면 되잖아. 이런저런 궁리를 하며 끓는 물에 첨벙첨벙 못난 만두를 던져 넣었다. 김치냉장고에서 동치미를 푸는데 엄마와 아빠가 벌겋게 달아오른 뺨을 어루만지며 부엌으로 들어왔다. 아직 만둣국이 다 끓지도 않았는데 나온 걸 보면 염소는 엄마가 아니라 아빠가 먹어야 할지도 모르겠다.

지난가을부터 쇠기침 소리를 내던 김치냉장고가 결국 수명을 다했는지, 갓 퍼 올린 동치미에서 군내가 났다. 이걸 그대로 식탁에 올렸다간 엄마의 성미를 건드릴 게 뻔했다. 나는 보시기를 뒤집어 동치미를 쏟아내고 홧홧한 눈길로 서로를 응시하며 손을 깍지 낀 부모님에게 눈꼴을 세웠다.

"부럽냐? 그럼 너도 연애하든가."

엄마가 집어주는 김자반을 받아먹으며 엉글벙글하던 아빠가 치근하게 엄마의 검지를 쪽 빨았다.

"나 돈 좀 줘."

동치미를 푸던 국자를 냄비로 옮겨 거친 솜씨로 만둣국을 펐다. 냉장고 안에서 죄 없이 시어 터졌을 배추김치를 생각하니 가슴이 뻐근했다. 가족들이 조금만 더 살림에 관심을 가져주었다면 지금쯤 새곰새곰 먹기 좋게 익었을 텐데.

"지난주에 용돈 줬잖아."

용돈을 주거나 운동화를 사주거나 일박이일 여행의 허락을 내리는 은혜로운 일들은 모두 엄마의 몫이었다. 반면 잔소리와 타박, 아쉬운 소리를 담당하는 건 아빠였다. 아빠가 김자반 낀 앞니를 쯥쯥거리며 내 얼굴을 빤히 바라보았다.

"김치냉장고 고장 났단 말야. 그리고 나 운전면허도 딸 거야. 요즘은 할머니들도 다 운전하고 다녀. 정 취직 안 되면 택시라도 몰아야 할 거 아냐."

스탠드형 김치냉장고라면 아무리 못 잡아도 백만 원은 족히 될 터였고, 운전면허학원 교습비 역시 오십만 원은 각오해야 했다. 택시기사를 하겠다는 말이야 어깃장이긴 했지만 운전면허가 필요한 건 사실이었다. 툭하면 엄마의 운전기사 노릇을 핑계로 아빠가 매점을 비우는 일이 많으니, 그럴 바엔 내가 면허를 따 엄마의 매니저로 나서는 것도 나쁘지 않을 것 같았다. 하기야, 백수보다 못한 직업이 세상에 또 어디 있겠는가만.

"오케이, 다 해서 이백이면 되지?"

나는 국그릇에 빠진 엄지가 뜨거운 줄도 모르고 멍하니 엄마를 바라보았다.

"너 손은 씻었니? 엄마 만둣국은 새로 퍼줘."

물론 기대가 없었던 건 아니지만, 이렇게 쉽게 지갑을 열 엄마가 아니었다. 통장에 잔고만 생기면 피부과부터 달려가는 사람이 살림살이를 늘리고 미래가 불투명한 딸에게 그런 거금을 투자하겠다니. 나는 얼떨떨한 얼굴로 엄지손가락 빠진 국그릇을 아빠 앞에 내려놓고 새 그릇을 부시고 또 부셔 엄마 몫의 만둣국을 펐다.

"자기야, 결심했구나?"

엄마를 바라보는 아빠의 얼굴이 파티마 언덕에서 성모 마리아를 알현한 어린 목동처럼 경외심에 가득 차 있었다.

"어쩌겠어. 나 아니면 안 된다잖아. 광녀도 우아할 수 있다는 걸 보여줘야지 뭐."

이번에 엄마가 맡은 배역이 뭔지 대충 알 것 같았다.

홈쇼핑 모델도 제주 은갈치나 절전형 온열매트처럼 우아하지 못한 역할은 단칼에 거절해온 엄마가, 집에서조차 치렁치렁한 원피스에 풀메이크업을 거르지 않는 엄마가, 미용실 가운이 스타일을 구긴단 이유로 아빠에게 미용 기술을 배우게 했던 엄마가, 광녀를 결심하다니. 이건 정말이지 엄마답지 않은 선택이었다. 하긴, 엄만 이미 이십오 년 전에도 비슷한 실수를 저지른 이력이 있긴 했다.

"건강원 최 씨, 그놈 못 쓰겠다. 어디 다 늙어서 혀 빠진 염소를 끌고 와, 끌고 오길. 우주신한테 벼락맞을라구. 내가 푸둥푸둥한 놈으로 직접 골라서 멱따는 것까지 보고 오는 참이다."

현관에 들어서자마자 할아버지가 도포를 벗어젖혔다. 눈이 시게 흰 소맷자락에 푸둥푸둥한 염소의 한 서린 핏방울이 가뭇하게 말라가고 있었다.

"마침 잘 오셨어요. 어서 이리 와 앉아보세요. 국은 이따 뜨고, 하임이도 거기 앉아라."

아빠가 분연히 자리에서 일어나 긴급 가족회의를 주재했다. 나는 서둘러 가스 불을 끄고 엄마의 맞은편 의자에 엉덩이를 걸쳤다. 할아버지도 한약 냄새를 풍기며 내 옆을 차지했다.

"아버지, 효정이 그 배역 맡기로 결심했어요."

아빠의 말투는 마치 부모님 앞에서 임신한 애인과 결혼을 선언하는 노총각처럼 수줍고 부듯하게 들렸다.

"옳지, 잘 생각했다. 내가 진즉에 이리될 줄 알고 건강원 다녀온 것 아니냐. 아가, 잘했다. 참 잘했어. 내 역장하고 상의해서 연향역 광장에 플래카드라도 걸어야겠다."

대가 끊길까 조마조마했던 참에 아들의 결혼 선언에 기쁜 내색을 숨기지 않는 속 뻔한 홀아비처럼, 할아버지가 엉덩이를 폴짝여가며 박수를 쳤다.

"그래서 말인데, 즈이 당분간 서울 좀 가 있으려고요. 일주일에 오 일이 촬영인데 여기서 어떻게 다녀요. 가뜩이나 우리 효정이 몸도 약한데."

"암, 그래야지. 우리 눈치 볼 것 없이 당장 방부터 알아봐라. 길에 뿌리는 차비나 사글세나 거기서 거기니라."

엄마가 새색시처럼 살풋 고개를 숙이고 아빠의 손에 깍지를 꼈다.

"잠깐, 아빠가 서울 가면 매점은 누가 지켜? 할아버진 전도 다니느라 바쁘잖아. 설마 나한테 매점 보라는 건 아니지?"

그제야 나는 엄마가 순순히 이백만 원이라는 거금을 턱 하니 내놓은 이유를 알 것 같았다. 젊디젊은 딸을 아침 일곱 시부터 밤 열 시까지 꼬박 하루 열다섯 시간 동안 매점에 묶어놓을 미끼였다.

"주말엔 내가 한 번씩 봐주면 되잖냐. 너도 공밥 얻어먹을 나이 아냐. 취직을 하고 싶어도 경력이 필요하지."

팔려 가는 개처럼, 애처롭고 간절해졌을 내 얼굴을 향해 할아버지가 꾸짖듯 목소리를 높였다. 할아버지의 적극적인 지지에 마음이 놓인 아빠가 흡족한 표정으로 숟가락을 들어 만둣국을 떠먹기 시작했다.

"앞으로 밥이랑 청소는 나랑 분담하자. 오늘까진 니가 하고."

할아버지가 얼빠진 내 얼굴 앞에 손바닥을 흔들어 보이며 인심 쓰듯 가사 분배를 했다.

이십사 년 전, 할아버지가 우주의 책임자가 되자 연향역 매점 책임자 자리는 자연히 아빠에게 넘어갔다. 하지만 엄마를 제외한 그 어떤 것도 책임지고 싶어 하지 않았던 아빠는 오징어땅콩과 바나나맛우유, 진미오징어의 미래를 내게 맡기고 뺑소니쳤다.

1월

이무영

야청빛 하늘에 희끗한 눈발이 섞였다. 밤새 칼락거리던 보일러가 새벽녘부터는 쥐 죽은 듯 고요했다. 그제 경유 한 말을 넣었으니, 연료가 부족한 건 아닐 터였다. 민아는 추위를 많이 탄다. 어쩌면 지금쯤 잠에서 깨어 무릎을 배로 끌어당기고 바스러질 듯 가녀린 어깨를 파르르 떨고 있는지 몰랐다. 무상 에이에스 기간은 우리가 이 다가구주택에 이사 오기 오 년 전에 이미 끝났다. 통장 잔고가 보일러 수리 비용을 감당할 수 있을지 가늠할 수 없었다. 침대에서 일어나 조심스럽게 희태를 타넘어 방바닥에 내려섰다. 선뜩한 냉기와 희미한 노랫소리가 발바닥을 타고 올랐다. 독실한 기독교 신자인 일층 주인네 집에선 날이 밝지도 않았는데 찬송가를 부르고 있었다. 우리 주하느님이 너를 넘어지지 않게 하시리라. 저 뜨거운 태양과 밤의 달이 너를 해치지 못하리.

"정초부터 옘병들 하고 앉았네."

잠귀가 밝은 희태가 신경질적으로 이불을 젖히고 일어나 커튼을 닫았다. 이제 방 안엔 태양도 달도 스며들지 못하는 깊고 육중한 어둠뿐이었다. 그가 손을 더듬어 방바닥에 너부러진 담뱃갑을 잡는가 싶더니 번쩍, 사위가 밝아졌다, 앵두알만 한 작은 불씨만 남기고 다시 어둠이 깃들었다.

"왜 거기 뻗대고 서 있어? 서방 기침했으면 빤스부터 까지 않고."

매캐한 담배 연기가 희태의 구취를 싣고 달려들었다. 전과 8범다운 혐오스러운 말투였다.

"보일러 고장 났어. 민아 방에 이불 좀 더 갖다주고 올게."

희태가 담배를 빨아들일 때마다 방 안에 경광등 불빛처럼 위험하고 조마조마한 빛이 어룽거렸다.

"나부터 덥혀주고 가란 말이야. 너 말귀 못 알아들어?"

희태가 내 손을 끌어다 이불 속 자신의 사타구니에 가져다 댔다. 단단하게 발기된 성기가 손바닥 아래 성난 짐승의 외뿔처럼 느껴졌다. 주님의 거룩한 은총으로 이 가정에 평화 있으라, 아멘. 얇은 벽을 타고 이웃의 기도 소리가 울렸다. 지금 민아에게 평화를 줄 수 있는 건 그들이 믿는 주님이 아니라, 나의 육체였다. 나는 희태의 택시 룸미러에 걸린, 오늘도 무사하길 기도하는 잠옷 입은 소녀처럼 다소곳이 무릎을 꿇고 그의 다리 사이에 고개를 박았다. 소년원 시절 777칫솔을 깎아 만들었다는 일곱 개의 플라스틱 구슬이 그의 피부 아래로 도도록했다.

"야, 이빨 걸리잖아! 이게 죽을라구."

희태가 신경질적으로 내 머리채를 휘어잡고 힘을 주어 뒤통수를 밀었다. 구역질이 났다. 하지만 평화, 그 거룩한 평화를 위해 나는 고요히 소모되어갔다.

희태를 다시 만난 건 십 년 전 봄이었다. 그는 내가 일하던 남산 중턱의 돈가스 집에 찾아온 손님이었다. 점심 손님이 썰물처럼 빠져나간 오후 세 시, 빛바랜 푸른색 남방에 삼단주름이 잡힌 베이지색 면바지, 녹색이 감도는 짙은 선글라스, 그리고 책 한 권 크기의 검정색 돈지갑을 든 삼십 대 사내가 가게로 걸어 들어왔다. 희태는 카운터 아래의 빈 테이블에 앉아 스포츠신문을 넘겼다. 한눈에 그를 알아보지 못한 나는 스테인리스 쟁반에 물병과 컵, 물수건을 챙겨 테이블로 다가섰다.

"왕돈까스 하나, 단무지 이빠이."

귀에 익은 목소리였다. 나는 계산서 첫째 줄 왕돈가스 메뉴에 숫자 1을 길게 늘여 쓰고 그를 유심히 바라보았다. 그도 스포츠신문 숨은그림찾기에서 눈을 떼고 나를 물끄러미 올려다보았다.

"빙고! 드디어 찾았네."

그가 앞니를 시원하게 드러내며 익살스럽게 웃었다. 카운터에 앉아 있던 사장이 흥미롭다는 듯 상체를 조금 앞으로 숙여 나와 희태를 넘겨다보았다. 희태가 선글라스를 벗어 가슴 앞주머니에 찔러 넣고 손을 옮겨 내 손목을 움켜쥐었다. 그러고는 치마 아래로 드러난 내 종아리를 흘끔거렸다. 나는 아주 오래전에도 그 눈빛을 본 일이 있었다.

희태는 내가 막 고등학생이 되던 해, 우리 집 건넌방으로 이사를 왔다. 그는 공업고등학교를 중퇴하고 아빠가 운영하던 카센터에 찾아와 허드렛일을 하며 기술을 배우는 풋내기 정비사였다. 눈이 작고 날카로웠지만, 남자답고 야무지게 솟은 코와 웃으면 박속처럼 흰 앞니가 몽땅 드러나는 시원한 입매를 가진 미남이었다.

함경도 태생의 실향민이었던 아빠는 어려서 양친을 모두 잃고 고모와 외삼촌 집을 전전하다 빈손으로 타향살이를 시작했다는 그를 측은하게 여기고 선뜻 방을 내줬다. 희태는 검은 륙색 하나를 어깨에 짊어지고 건넌방에 들어가 곰팡이 슨 병풍과 녹슨 재봉틀, 오래 묵은 매실주를 밀어내고 짐을 풀었다.

처음엔 다 큰 딸이 있는 집에 근본도 모르는 청년을 들인 아빠를 원망하던 엄마도 얼마 지나지 않아 희태에게 마음을 열었다. 퇴근하는 그의 손엔 언제나 이튿날 상에 올릴 자반고등어나 모시조개, 돼지고기 등을 담은 검정 비닐봉투가 들려 있었고, 첫 월급을 받던 날엔 아빠 몫의 캉가루표 가죽장갑과 엄마 몫의 전기고데기가 들려 있었다. 한 달에 두 번 찾아오는 휴무엔 아빠를 대신해 미어진 지붕을 덧대고, 폐목재를 주워 와 평상을 만들고, 전기를 끌어다 현관에 알전구를 달았다. 손이 야무진 덕에 못 머리 하나 튀어나오게 내버려두는 법이 없었고, 팬티 한 장 함부로 내놓는 법 없이 제 손으로 빨고 개켜 엄마를 감동시켰다. 그렇게 채 석 달이 지나기도 전에 엄마는 내 밥공기보다 희태의 밥공기를 먼저 상에 올리게 되었다. 그러나 희태는 우리 집에서 유독 내게만 냉담했다. 엄마 앞에선 헤벌쭉 웃는 낯이다가도 곁에 내가 나타나면 얼른 인상을 굳히고 고개를 홱 돌려버리곤 했다. 행여 딸에게 흑심을 품지나 않을까 걱정했던 엄마는 이내 마음을 놓았다. 그해 가을, 아빠와 함께 일박이일로 친목회 단풍놀이를 떠나면서도 얼굴에 그늘이 없었다.

그날 저녁, 부기학원에서 돌아온 나는 마당 수돗가에 쪼그리고 앉아 교복 치마를 빨았다. 오후 늦게 갑자기 시작된 생리로 엉덩이께에 오백 원짜리 동전만 한 얼룩이 생긴 탓이었다. 나는 희태가 돌아오기 전에 얼룩을 지울 심산으로 핏자국이 생긴 부분을 지르잡아 비누칠을 한 다음 양손 엄지 사이에 천을 바투 잡고 거품이 일도록 비벼댔다. 분홍색 거품이 보글보글 올라와 봉숭아꽃물 든 손톱을 덮어갔다.

"손빨래하는구나."

고즈넉한 어둠 속에서 희태의 목소리가 들렸다. 나는 다급히 세숫대야에 빨래를 담그고 치마 앞자락에 손을 닦았다. 낡은 워커가 성큼성큼 마당을 가로질렀다.

"저녁 안 드셨으면 차려드릴까요?"

희태가 마루에 걸터앉아 씽그레 웃어 보였다. 부모님 앞에서 지어 보이던 웃음과는 어딘가 달랐다. 눈을 내리깔지도, 입을 가리지도, 머리를 숙이지도 않은, 날것 그대로의 웃음이었다.

"오늘 팬벨트쇼바 갈다 엄지가 나갔네. 방금 다섯 바늘 꿰매고 오는 길이야. 그래서 말인데 니가 내 워커 끈 좀 풀어줄래?"

그러고 보니 희태의 왼손 엄지가 붕대로 칭칭 감겨 있었다.

"손이 젖었는데……."

"괜찮아. 내 워커도 땀에 절었어."

나는 몽둥이 든 주인에게 불려가는 충견처럼, 조심스럽게 세숫대야를 내려놓고 슬금슬금 눈치를 살피며 희태에게 다가섰다. 불과 대여섯 걸음이면 도착할 거리였지만 그와 나 사이에 입자가 고운 투명한 모래가 가득 쌓여 있기라도 한 듯 옮기는 걸음이 한없이 무거웠다. 마침내 그의 앞에 다다랐을 때,

나는 열 개의 손가락을 폈다 쥐었다 하며 구두코만 내려다보았다.

"리본 다리 중 아무거나 하나를 잡아당기고 서너 가닥만 풀어주면 발을 뺄 수 있을 거 같아."

희태가 한쪽 발을 내 앞으로 들이밀었다. 나도 마냥 서 있을 수만은 없어 치마폭을 접어 다리 사이에 모으고 쪼그려 앉았다. 인조 가죽인지 워커의 주름마다 원단이 터져 흰 속살이 툭툭 드러나 있었다.

나는 그가 말한 대로 먼저 단단하게 묶은 리본을 풀고 끈을 꺼들어 느슨하게 한 다음 긴 가닥을 꿴 반대 방향으로 잡아당겼다. 고개를 숙인 탓에 희태에게 고스란히 노출되었을 목덜미가 후끈했다. 워커 끈을 거의 풀었을 때쯤, 내 목덜미를 달군 게 그의 콧김이란 걸 깨달았다.

"무영이는 목도 어깨도 참 가늘구나. 이렇게 해주니까, 꼭 니가 내 아내 같아."

희태의 양손이 내 어깨를 짚었다. 몸을 일으켜 그의 손을 피하고 싶었지만, 어깨를 짓누르는 손에 체중이 담겨 몸이 뜻대로 움직여지지 않았다.

"오빠, 왜 그러세요?"

고개를 들어 희태의 얼굴을 바라봤다. 첫 사냥을 나온 맹수처럼, 최선을 다해 먹잇감을 쫓는 은근하고도 검질긴 눈빛이 나를 찍어 눌렀다.

"그렇게 말하니까 내가 꼭 나쁜 놈 같네."

그날 밤, 희태는 세렝게티의 치타 같았다. 먹잇감이 지칠 때까지 꽁무니를 쫓는 하이에나가 아닌, 잰걸음에 달려들어 순식간에 목줄을 끊지 않으면 굶고 마는 성미 급하고 지구력 없는 짐승. 그는 끝내 워커를 벗지 못하고 나를 포획했다. 상대가 하이에나였다면 비명이라도 질렀을 테지만, 날렵하고 호기로운 치타는 내 목덜미와 가슴팍에 굵은 이빨을 들이밀며 쉿내를 풍겼다. 함경도 어딘가에서 아들을 그리워하며 늙어가고 있을 할아버지의 빛바랜 사진 아래서 나는 모욕당했다.

부모님이 돌아오시자 희태는 예의 다정하고 건실한 청년으로 돌아갔다. 부모님에게 그날 밤의 일을 알리면 당장 학교를 그만두고 결혼이라도 시킬까 겁이 났다. 나는 매일 밤, 방문을 잠그고 손이 닿는 곳에 과도를 가져다 놔야 잠이 들었다. 그러나 희태는 그날 이후 두 번 다시 나를 찾아오지 않았고, 음흉한 눈길을 보내는 일도 없었다. 마치 그 일이 너무나 생생해 생시 같은 악몽처럼 느껴졌다. 그리고 이듬해 설날, 희태는 얼굴이 호빵처럼 희고 동그란 여자를 데리고 와 가을에 결혼할 사람이라고 소개했다. 엄마는 고명을 잔뜩 얹은 떡국과 나박김치, 전유어와 누름적으로 상을 차려 여자를 정성껏 대접하고 아껴두었던 목화이부자리를 꺼내 건넌방에 넣어주었다.

그날 나는 희태의 방에서 들려오는 희미한 웃음소리를 피해 부엌으로 숨어 들어가 몰래 제주로 쓰고 남은 정종을 마셨다. 그리고 건넌방 문 앞에 쪼그리고 앉아 희태와 여자의 거칠거나 고요한 숨소리에 귀를 쫑긋 세웠다. 자정을 훌쩍 넘긴 새벽녘, 건넌방 미닫이문이 열렸다. 술기운이 잔뜩 오른 내 눈에 양은주전자를 손에 든 내복 차림의 희태가 회색 유령처럼 어룽거렸다. 그가 나를 발견하곤 퍼뜩 놀란 표정으로 조심스럽게 다가왔다.

"너 술 먹었냐? 왜, 그깟 일로 협박이라도 하려고? 돈 주리?"

기다란 흉이 남은 거칠고 뭉툭한 손가락이 내 뺨을 스쳤다. 배릿하고 시큼한 냄새가 그의 손에서 내 뺨으로 옮아왔다. 나는 내 뺨을 떠나는 희태의 손을 덥석 움켜쥐었다. 그의 입에서 미안하다라든가, 네 잘못이 아니었단 말을 들어야 남은 생을 지탱해나갈 수 있을 것 같았다.

"돈 필요 없어. 나한테 사과해요."

희태의 눈이 어둠 속에서 번들거렸다. 그가 조용히 양은주전자를 내려놓고 빈손으로 내 입을 틀어막았다. 그러곤 나를 번쩍 일으켜 건넌방과 마주한 내 방으로 끌고 들어갔다. 그런 희태의 행동이 너무나 자연스럽고 능숙해, 수십 년을 같은 동작만 반복해온 숙련공처럼 느껴졌다.

"씨발, 송별회하게 만드네."

그는 어둠에 눈이 익을 때까지 잠시 방 한가운데 서 있다가 옷장을 뒤져 검정색 팬티스타킹과 양말을 꺼냈다. 그는 나를 쓰러뜨리고 한쪽 발로 내 얼굴을 짓뭉개며 팬티스타킹에 동그랗게 뭉쳐놓은 양말을 밀어 넣었다. 그러곤 양말을 내 입에 우겨 넣고 팬티스타킹을 목에 칭칭 감아 재갈로 만들었다.

희태가 나를 바로 눕혀 체육복 바지와 팬티를 차례로 벗기고 저도 내복 바지를 내렸다. 그러고는 내 목덜미를 밟아 강제로 엎드리게 한 다음 고삐를 쥐듯 뒤에서 팬티스타킹을 잡아당겨 고개를 들게 했다.

"사과 좋아하네. 길 닦아줬으면 감사할 줄을 알아야지."

희태가 기수처럼 규칙적으로 허리를 움직이며 내 귓가에 속삭였다. 그러곤 거칠게 숨을 헐떡거리며 내 목덜미에 앞니를 박더니 일순 몸을 부르르 떨고 떨어져 나갔다. 희태는 잠시 내 이부자리에 나부라져 숨을 고르더니 체육복 바지를 집어다 아랫도리를 쓱쓱 문지르곤 내복 바지를 꿰어 입었다.

변소에서 시원하게 볼일을 마친 것처럼, 가뿐한 걸음으로 희태가 내 방을 나섰다. 눈물이 터져 나왔다. 개똥지빠귀 울음인지, 희태의 웃음인지 분간할 수 없는 난한 소리가 어지럽게 마당을 가로질렀다. 희태는 한 달에 서너 번 내 방에 들렀다. 처음엔 준비한 과도로 위협도 해보고 자해도 해봤지만, 그의 배 한가운데 난 긴 흉터를 보곤 반항을 포기했다.

“이게 뭔 줄 알아? 내가 열다섯 살에 우리 사촌누나 따 먹고 큰아버지한테 칼 맞아서 생긴 흉터야. 그래서 나도 우리 큰아버지한테 똑같이 돌려 드렸지. 나도 너처럼 가족 있어. 지금은 의절해서 그렇지. 너 한 몸뚱이에 니 부모 미래가 달렸단 것만 알아둬.”

희태는 추석을 열흘 앞둔 토요일, 아빠의 주례로 결혼식을 올렸다. 말쑥하게 면도와 이발을 한 희태는 부잣집 외아들처럼 칠칠했다. 나는 희태의 결혼식 날 먹은 잔치국수가 체해, 추석 연휴 내내 토사곽란에 시달려야 했다. 그러나 진짜 원인은 잔치국수가 아니었다. 그 무렵 생리가 끊기고, 입안엔 늘 묽은 침이 고였다. 가슴이 땡땡하게 부풀어 올라 브래지어가 죄었고, 시도 때도 없이 잠이 쏟아졌다. 어린 나이였지만, 그게 뭘 뜻하는지는 알 것 같았다.

부곡하와이로 신혼여행을 다녀온 희태가 양주 한 병과 담배 한 보루를 사들고 집에 찾아왔을 즈음, 나는 버스터미널에서 가장 멀고 낯선 종착역을 찾아 표를 사고 있었다. 미혼모가 되어 내가 나고 자란 고향에서 부모의 인생을 좀먹고, 이웃의 손가락질을 받으며 굴욕적인 삶을 이어갈 수 없었다. 어리석게도 그땐 그게 아이와 나를 지키는 최선이라 믿었다.

처음 도착한 곳은 강경이었다. 거긴 어딜 가든 비릿한 젓갈 냄새가 진동을 했다. 나는 젓갈 시장에서도 가장 장사가 잘되는 집을 찾아가 다짜고짜 취직을 구걸했다. 주인은 팔순이 넘은 노파와 환갑이 다 된 과부며느리였다. 누군가 매직으로 쌍과부집이라 적어놓은 건 나중에 알게 된 사실이었다. 쌍과부들은 내가 고개를 돌리고 구역질을 할 때마다 동시에 '으찌야쓰까이잉' 하며 미간을 찌푸리다, 사정도 묻지 않고 가게 뒤쪽방에 짐을 풀게 해주었다. 특히 열일곱에 아들을 낳고 과부가 되었다는 노파는 내게 살뜰했다. 그녀는 내게 오젓과 육젓, 추젓 구분하는 법을 가르쳤고, 민아를 낳은 뒤 산바라지까지 자청했다. 그러나 얼마 못 가 노파가 노환으로 세상을 뜨자, 며느리는 젓갈 가게를 정리하고 아들이 사는 서울로 상경을 하게 됐다. 그렇게 주인네를 따라 올라온 서울에서 마땅한 일거리를 찾다 정착한 곳이 남산돈가스 집이었다.

희태는 왕돈가스 한 접시를 깨끗이 비우고 조용히 돌아갔다. 그는 매일 세 시 무렵 가게로 찾아와 왕돈가스를 주문했다. 눈치 없는 가게주인은 희태가 찾아오면 '애인 왔는데 나가봐' 농지거리를 하며 내 옆구리를 찔렀다. 나는 처음 그에게 겁탈을 당하던 날처럼 떨어지지 않는 발걸음을 옮겨 그를 맞았다.

"너 딸 하나 있더라. 예닐곱 살쯤 된 거 같던데, 누구 애야?"

희태가 스포츠신문에서 눈도 떼지 않고 말을 걸었다.

"나 미행했어?"

"그럼 안 돼?"

이제 와 아이를 데려가겠다고 할까 봐 가슴이 철렁 내려앉았다. 서둘러 거두어들이는 내 손을 희태가 억세게 붙잡았다. 선글라스로 상어지느러미처럼 날 선 눈동자가 나를 톺아보았다.

"이름이 민아라며?"

그는 이미 아이의 이름까지 알고 있었다. 나는 집요하게 죄어드는 손아귀에서 벗어나려 팔을 비틀었다.

"애 학교 보내려면 호적은 만들어줘야 할 거 아냐. 나 홀아비 된 지 삼 년이야. 내 새끼면 내가 거두는 게 마땅하잖아. 너 집 나가고 몇 년 안 돼서 부모님도 차례로 돌아가셨어. 이젠 비빌 언덕도 없는데 나한테 와라. 나 제법 벌이도 괜찮고, 전셋집도 하나 있으니 몸만 들어오면 돼."

희태의 제안에 나는 현기증이 일었다. 느닷없이 가출한 딸을 기약 없이 기다렸을 부모님의 까칠한 얼굴이 회오리쳤다. 가부장적인 아빠, 인색하고 모질었던 엄마지만 그들이 더는 세상에 없다는 걸 깨닫자 온몸의 피부가 벗겨지는 것처럼 아프고 서러웠다.

"너 자식 속이는 거 아니다? 천륜을 니가 맘대로 끊을 순 없지."

내겐 악마 같은 인간이지만 민아에겐 혈육이었다.

"아빠 노릇…… 제대로 할 수 있어?"

내 물음에 희태는 자리에서 일어나 나를 끌어안았다.

"무영아, 내가 서방 노릇도 잘할게."

그날 저녁, 나는 민아에게 희태를 소개했다. 그는 결혼식 날 입었던 양복을 차려입고, 겨드랑이에선 코가 매울 지경으로 독한 향수 냄새를 풍기며 우리 셋방으로 찾아왔다. 죽은 줄 알았던 아빠가 하루아침에 되살아 오자 민아는 희태를 무서워했다. 그의 두 칸짜리 집으로 이사를 한 다음에도 내 옆이 아니면 잠을 이루지 못했다. 참을성 없는 희태는 잠이 없는 민아에게 손찌검을 해 억지로 울려 재웠다. 민아가 흐느끼다 옴찔거리며 잠이 들고 나면, 내 차례가 다가왔다. 그렇게 살길 어느덧 십 년째다. 하지만 나는 여전히 어리고, 순진하고, 멍청했다. 희태는 아빠 노릇, 남편 노릇커녕 인간 노릇도 할 줄 몰랐다.

설 연휴 탓인지 에이에스센터는 전화를 받지 않았다. 다행히 부엌의 가스레인지는 프로판가스를 연결해 썼다. 민아와 희태를 위해 냄비에 물을 붓고 다시마와 황태포를 넣어 육수를 우렸다. 민아는 외모나 성격은 나를 꼭 닮았지만, 식성만큼은 희태를 빼다 박았다. 그걸 인정하지 않는 사람은 희태뿐이었다. 그는 민아를 핑계로 나와 살림을 합쳤지만, 지금껏 그

애의 친부가 따로 있을 거란 의심을 풀지 않았다.

물이 설설 끓을 즈음, 민아가 제 방문을 발칵 열고 뛰어나왔다. 돌아보니 아이의 얼굴에 핏기가 없었다.

"아빠 주무시니까 발소리 낮춰. 그리고 보일러 고장 나서 뜨거운 물 안 나와. 이따 엄마랑 목욕탕 가자."

민아는 대답이 없었다. 다정하고 삽삽한 성격의 아이는 야단을 맞아도 금세 헤헤거리며 내 허리춤에 매달려 애교를 부렸다. 평소답지 않았다. 칼등으로 마늘을 다지다 말고 민아를 다시 돌아보았다. 아이의 손에 핸드폰이 들려 있었다.

"죽이고 싶어."

민아의 말에 칼을 도마에 내려놓고 아이에게 다가섰다.

"그게 무슨 말이야?"

민아의 가슴이 가쁘게 들썩일 때마다 허연 입김이 창백한 입술에서 무럭무럭 뿜어졌다.

"방금 현지한테 전화 왔어. 어제 아빠가 현지 학원 앞에서 기다리고 있다 집까지 태워다 준다고 타라고 했대. 절친 아빠니까 아무 의심 없이 탔겠지. 그랬더니 아빠가 차를 몰고 자유로로 빠지더래. 내려달라고 울고불고 사정하다 경찰한테 신고한다고 했더니 핸드폰도 부숴버리고 쌍욕을 했다는 거야. 그러고 현지한테 무슨 짓을 했는 줄 알아?"

더 설명하지 않아도 알 것 같았다. 희태는 생래적 범죄자였다. 그의 성욕은 어른이 되면서 서서히 만들어진 것이 아니라, 잉태된 그 순간 손가락이나 발가락보다 먼저 그의 가장 깊숙한 곳에 자리 잡았을 터였다. 희태에게 성욕이란 딸꾹질이나 재채기처럼 참을 수 있는 종류의 신체 반응이 아니었다. 현지라는 아이의 반항이 그를 얼마나 즐겁게 해줬을지, 보지 않아도 나는 알았다.

민아가 내 어깨를 뒤흔드는 동안, 나는 부끄럽게도 기뻐하고 있었다. 이번이야말로 희태에게서 벗어날 기회였다. 그가 교도소에 수감되면 나와 민아는 자유의 몸이 될 터였다. 그럼 강원도 산골도 좋고 바닷가 움막도 좋으니 영영 희태가 찾지 못하는 곳으로 숨어버릴 수 있었다.

"현지 고년이 그러디? 앙큼한 년, 저도 즐겼으면서 내숭 떨고 지랄이네. 왜, 신고라도 하겠대?"

희태의 출현에 민아가 와락 내 품에 안겼다.

"현지 부모가 못 하면 나라도 신고할 거야."

나는 뒤를 더듬어 싱크대에 올려놓은 식칼을 말아 쥐었다. 희태가 희미하게 웃으며 슬금슬금 우리 곁으로 다가섰다. 나의 반항이 그를 들뜨게 한다는 걸 알고 있지만 멈출 수 없었다.

"나 무기 있어. 손가락 하나만 까딱해도 찔러버릴 거야."

한 손으론 민아를 끌어안고 다른 한 손으론 그의 가슴팍에 칼끝을 겨누었다.

"에미나 딸년이나 똑같네. 오늘 네년들 아구리 다 찢어발기고 오랜만에 정부미 좀 먹으러 들어가야 쓰겠다. 찔러, 이 쌍년아."

희태가 내 앞에 바짝 다가서자 마음과 달리 서슬 품은 칼이 힘없이 바닥을 향했다.

"옳지, 그렇게 병신같이 나와야 너도 좋고 쟤도 좋고 나도 좋잖아."

희태가 뜨겁게 달아오른 손끝으로 내 이마를 매만졌다. 그러더니 입가에 머금은 미소를 지우고 느닷없이 내 머리채를 휘어잡았다. 그는 민아를 발로 걷어차 내게서 떼어내고 있는 힘껏 팔을 휘둘렀다. 끓는 기름을 흠뻑 뒤집어쓴 것처럼 머릿밑이 따끔거리며 몸의 균형이 허물어졌다. 싱크대 모서리가 허리를 파고들고, 벽에 기대놓은 교자상이 나동그라지며 발등을 찍었다. 아이의 울음소리가 고장 난 보일러 소음처럼, 아프게 가슴에 꽂혔다. 빛바랜 누런 벽지와 황갈색 가구들, 어버이날 민아가 만들어 온 종이카네이션, 펄펄 끓는 냄비, 하얀 민아의 얼굴, 오래 써서 가운데가 오목하게 들어간 도마가 빙빙 돌았다. 그리고 둔탁한 소음과 짤막한 비명이 귀뺨을 후려갈겼다. 희태의 손가락은 여전히 내 머리칼을 그러잡고 있지만, 팔은 힘을 잃고 축 늘어졌다. 그가 몸주체를 하지 못하고 쓰러지는 바람에 머리카락으로 엮여 있던 나도 그의 품에 안겨 함께 고꾸라졌다.

"희태야, 염희태!"

희태를 부르는 검은 구두 한 켤레가 현관을 열어둔 채 거실로 성큼성큼 걸어 들어왔다. 내 등을 받치고 누운 희태가 산달이 가까운 태아처럼 둔하게 움직거렸다. 자꾸 감기는 눈에 힘을 주고 검은 구두의 주인을 올려다보았다. 사건 담당 형사로 만나 희태와 단짝이 된 제문이었다. 그는 내 겨드랑이 사이로 손을 밀어 넣어 교자상이 기대 있던 벽 쪽으로 옮겨놓고 싱크대 앞에 주정뱅이처럼 쓰러진 희태의 뺨을 두들겼다. 희태의 얼굴은 어디에서 쏟아졌는지 모를 피로 흠뻑 젖어 있었다. 제문이 뺨을 두드릴 때마다 희태의 코와 입에서 엉긴 피가 꿀쩍, 흘러나왔다.

"너 그걸로 내려친 거니?"

제문이 행주로 희태의 정수리를 누르며 민아를 다그쳤다. 그러자 박힌 듯 부엌 한편에 말없이 서 있던 민아가 등 뒤로 감추었던 나무 도마를 툭 떨어뜨리고 자리에 쪼그려 앉았다. 거무스름하게 닳고 때가 탄 도마 모서리에서 피가 흥건한 살점 한 조각이 흘러내렸다.

"혀엉, 릴리구 부러. 릴…… 리구……."

제문의 무릎에 머리를 뉜 희태가 파들파들 떨리는 손으로 전화기를 가리켰다. 눈자위가 허옇고, 오른쪽 뺨과 입이 실룩 실룩 경련을 일으켰다.

"제수씨, 일단 사람부터 살리고 봅시다."

희태의 머리에서 흘러나온 피가 세장형으로 부엌 바닥에 뻗어나갔다. 민아가 내 옆으로 기어와 소리 없이 울었다.

"염민아, 아저씨 말 잘 들어. 넌 자고 있었어. 누가 물어봐도 자고 있었던 거야. 그러니까 넌 이 일과 아무 상관이 없어. 아저씨랑 엄마가 다 해결할 테니 어서 네 방에 들어가 있어."

제문이 희태의 머리를 조심스럽게 바닥에 내려놓고, 민아를 일으켜 세웠다. 아이는 산산조각난 접시를 맞추는 하녀처럼 짜증과 슬픔이 교차하는 얼굴로 희태를 흘깃 쳐다보고 방으로 들어갔다.

"릴리구 부러, 상여나!"

희태가 피거품을 물며 몸을 버르적거렸다.

"제수씨가 전화해요."

제문이 싱크대에서 흉기로 쓰였던 도마를 깨끗이 닦아 서랍에 넣고 희태의 점퍼를 가져왔다.

"희태야, 우리 상식적으로 살자. 너도 제수씨랑 민아한테 빚진 거 많잖아. 서로서로 한 발씩 양보하자고. 그러니까 내 말대로 해. 넌 방금 욕실에서 넘어진 거다. 문지방에 머리가 찧어 의식을 잃은 걸 제수씨가 발견한 거고. 별로 안 어색하지? 그래, 힘든데 대답 안 해도 돼. 우리 다 죄 많은 인생이다. 얌전히 살다 가자, 응?"

제문이 희태를 달래는 동안 나는 수화기를 들고 또박또박 119번을 눌렀다. 강간범과 강간범의 죄 없는 가족들의 지붕 위에 흰 눈이 말없이 쌓여갔다.

2월

김하임

매점 계산대와 마주 보이는 연향역 대합실에는 유치원생 성기의 사진이 크게 확대되어 있다. 새카맣고 반들거리는 상고머리에 노란색 유치원복을 입고, 한 손엔 연향의 특산물 복숭아를 든 성기가 개구기를 이용해 억지로 입을 벌려놓은 것처럼 어색하게 웃고 있다. 벌어진 앞니, 인중의 연갈색 점, 누군가 해골 모양 낙서를 해놓은 발그스름한 볼. 인정하고 싶진 않지만 그 시절의 성기는 제법 귀여운 구석이 있었다.

시청과장인 아버지 백으로 연향 홍보모델이 되었던 녀석은 초등학교에 입학했을 땐 1학년 대표로 구령대에 올라가 동시를 낭송했다. 비싸 보이는 감색 멜빵 반바지에 하얀 타이즈를 신고, 우리는 1학년 병아리지요, 착하고 정의로운 연향의 꽃이랍니다, 종이에 적힌 동시를 또박또박 읽었던 모습이 아직도 눈에 선하다. 저학년 땐 나보다 덩치가 작아 고까울 때마다 한 대씩 쥐어박는 재미가 있었는데 중학교에 들어가서부터는 훌쩍 덩치가 커지더니 길에서 마주쳐도 알은체를 하지 않았다. 그러다 고등학교에 들어가더니 매년 크리스마스마다 기형도나 백석의 시집을 우편으로 보냈다. 까치발로 뛰어도 일 분이면 도착할 이웃집에 등기소포로 읽지도 않을 시집을 보내는 성기를 이해할 수 없었다. 어쨌거나 나는 하루 열두 시간, 이렇게 어린 성기를 마주 보고 있어야 했다. 고역이었다.

세 평 남짓한 매점은 헨젤과 그레텔이 환장할 정도로 과자와 빵 천지다. 본사 보급차가 다녀간 오늘 같은 날은 더욱 그랬다. 잘 팔리는 제품은 손님이 허리를 숙이지 않고도 집을 수 있게 계산대 아래 진열 바구니에 쌓고, 유통기한이 임박한 유제품은 냉장고 진열대 앞쪽으로 뺐다. 두유와 커피, 홍차를 온장고에 채워 넣고 쓰레기통과 바닥 청소를 마치자 귀에 익은 음악이 들렸다. 광장에서 전도 중인 할아버지가 틀어놓은 거였다.

대오리를 우산처럼 엮은 커다란 삿갓을 쓰고, 사시사철 도포 차림에 짚신을 신은 할아버지가 직접 작사 작곡한 트로트풍의 우주찬양가를 부르며 주유소 앞에 세워놓은 바람인형처럼 당실당실 춤을 추고 있다. 미스코리아처럼 어깨에서 허리를 가로지르는 휘장엔 '우주신 김낙평이올시다.'라고 궁서체로 쓰여 있어, 언뜻 보면 선거유세에 불려 나간 자원봉사자처럼 보이기도 했다.

"우주신과 함께 흔들어봐. 걱정일랑 근심 말고 춤을 춰봐. 해피하고 행복하게 땐스 땐스……."

걱정과 근심이, 행복과 해피가, 댄스와 춤이 같은 뜻이라고 수도 없이 일러드렸지만, 할아버지는 매번 듣는 둥 마는 둥이었다. 그러곤 근심 걱정 따윈 찾아볼 수 없는 몹시도 해피한 얼굴로 하루 다섯 시간, 연향역 광장에서 단독 리사이틀을 벌였다. 얼굴을 찌푸리거나 손가락질을 하는 사람은 외지인이고, 반갑게 손을 흔들거나 아무렇지 않은 얼굴로 외면을 하면 연향 시민이었다. 일 년 전 연향역 광장에 서기 전엔 약수터가 주 무대였지만, 근처에 암자가 들어서며 이리로 서식처를 옮겼다.

"영감님, 허가 없이 현수막을 거시면 어떡해요?"

역무원 진창이 광장 가로수에 묶어놓은 '慶 우주미녀 조효정 KBS 주말드라마 〈너라면 좋겠어〉 출연확정 祝' 현수막을 보고 뛰어나왔다.

"역장이 내 처고모의 조카사위인데 뭔 놈의 허가야. 그리고 역장이 높냐? 우주신이 높냐? 줄 잘 서, 이놈아!"

둘의 신경전이 팽팽했다. 할아버지가 카세트라디오를 끄고 마이크를 겨드랑이 사이에 끼었다.

"저도 그렇게 치면 역장님과 인척이에요. 저희 사촌누나랑 역장님 매제의 조카랑 부부라고요. 그래도 공과 사는 구분하고 살잖아요. 친인척이라고 이런 거 봐주기 시작하면 끝이 없어요."

진창이 완강한 태도로 연향역 광장 가로수에 단단히 묶어 놓은 현수막 밧줄을 가위로 자르자, 할아버지가 이를 앙다물었는지 하관에 힘살을 잡으며 핸드폰을 꺼냈다.

"오냐, 니가 우주신을 무시한다 이거지? 그렇다면 우리 신도들을 호출하는 수밖에 없지."

할아버지의 신도는 도합 다섯 명이었다. 백수인 성기, 등단 이래 시집 한 권 내지 못한 시인 은수, 한때 승려였으나 파계하고 지금은 자식을 셋이나 둔 황 씨, 정체불명의 사십 대 우울증 환자 순무, 십여 년 전까지만 해도 연향을 주름잡았다던 날라리 해림이 그들이다. 이들의 공통점은 딱히 할 일이 없다는 거였고, 잘은 모르겠지만 오래전 할아버지에게 은혜를 입었다고 전해졌다. 그들의 필살기는 침묵시위인데, 할아버지가 일 년 전, 연향역 광장에서 전도를 시작한 직후 철거를 요청하는 역무원들과 대치를 벌였을 때도 혁혁한 공을 세운 바가 있었다.

그때 이들이 벌인 퍼포먼스는 지방지 몇 군데서 취재를 해 갈 만큼 전위적이었는데, 성기는 음악도 없이 팔과 다리를 흐느적거리며 춤을 추었고, 시인은 전지를 펼쳐놓고 '철마는 우주를 싣고'란 제목의 저항시를 지었다. 황 씨 아저씨는 손자를 등에 업고 나와 '우주불신 무간지옥'이란 팻말을 들고 멀거니 서 있는 것만으로도 사람들의 시선을 모았고, 순무는 모자와 마스크로 얼굴을 가린 뒤 에고데고 밑도 끝도 없이 곡을 했다. 결정적인 역할은 해림이었는데, 그녀는 확성기를 든 순경 다섯 명을 비웃으며 스트리킹을 시도하다 사색이 되어 달려온 진창이 입고 있던 재킷을 벗어 알몸을 가려 순경들을 실망시켰다. 할아버지와 다섯 명의 우주교 신도들은 단체가입강청, 불안감조성, 과다노출 등 십여 가지에 달하는 경범죄로 연행되었지만, 뒤늦게 역장이 중재에 나서며 모두 훈방조치 되었다.

"영감님, 잠깐만요. 우리 대화로 풀지요. 작년에 저희 시말서 쓴 거 모르시죠? 이번에 또 시말서 쓰면 승진이고 뭐고 진짜 물 건너간단 말이에요. 일단 제가 역장님께 정중하게 여쭤보고 올게요. 역장님이 불허하시면 그땐 저도 별수 없어요."

진창이 한 걸음 물러나 엉덩이를 뒤로 빼며 할아버지의 도포자락을 붙잡고 매달렸다. 그제야 할아버지의 입가에 슬금슬금 감춰두었던 웃음이 비어져 나왔다.

"진작 그렇게 나올 것이지. 까불고 있어."

진창이 할아버지에게 밧줄을 넘기고 겅둥겅둥 역사로 뛰어 들어갔다. 유리창 너머로 잠자코 소동을 지켜보던 나와 할아버지의 눈이 마주쳤다. 역장이 뭐라고 하든 할아버지가 현수막을 철거하는 일은 없을 터였다. 아빠가 엄마의 핸드백을 들고 촬영장에서 밤을 새우는 일처럼, 할아버지에겐 기차게 예쁜 외며느리를 어떻게든 사람들 앞에 자랑하는 게 유일한 애정 표현이니까. 나는 온장고에서 따뜻하게 데워진 병두유 하나를 꺼내 들고 광장으로 나갔다. 한쪽 밧줄을 잃어 세모꼴로 접힌 현수막을 바라보는 할아버지의 눈길이 애잔했다.

"우주적인 경사인데 우리만 알면 쓰겠냐?"

할아버지가 냉큼 두유를 가져가 꼴꼴꼴, 한입에 털어 넣었다. 그러고는 양손을 넓게 벌려 머리 위로 올리고 정신이 번쩍 들게 큰 박수를 연달아 쳤다. 도로변에 폐지 수거를 나온 할아버지 또래의 노파가 안 됐단 표정으로 혀를 끌끌 차곤 가던 길을 재촉했다.

"할아버지, 다 좋은데 인간적으로 남의 일터에서 이러진 맙시다. 역무원들 보기 창피해 죽겠어. 내 입장도 생각해달란 말야."

우주의 기를 모아 손바닥이 새빨개질 때까지 힘껏 박수를 친 할아버지가 나부죽한 얼굴을 현수막처럼 구기고 어깨를 늘어뜨렸다.

"너도 이런 할애비가 창피하냐?"

늘 어기차던 할아버지가 이렇게 나올 땐 속수무책이었다. 할아버진 마치 출생의 비밀을 알아버린 입양아처럼 필요한 순간엔 태도를 확 바꿔 사람의 마음을 후볐다. 그럼 나는 죄 없이도 죄지은 양부모가 되어 할아버지의 비위를 맞춰야 했다.

"창피하다기보다 좀 과하다고. 알았어, 맘대로 해. 나 그만 들어갈게. 밥통에 밥 있으니까 점심 꼭 챙겨 먹고."

할아버지의 공격에 무춤해진 내가 바닥에 내려놓은 두유병을 주워 들고 꼬리를 내렸다.

"어르신, 이거 제가 다시 손봐드릴게요."

목소리를 음식과 비유하는 게 어색할지 모르지만, 등 뒤에서 들린 목소리는 방금 오븐에서 막 꺼낸 우유식빵 같았다. 우아한 황금빛 껍질을 벗겨내고 나면 소박하고 엇구수한 흰 속살이 뽀얀 김을 뿜어내며, 서그러운 냄새와 함께 와락 얼굴로 달려드는 보드라운 발효빵. 그 달곰삼삼한 목소리가 내 귓불을 잡아당겨 고개를 돌리게 했다.

"방금 역장님이 허락하셨어요. 박 선배 매표 들어가서 제가 대신 왔습니다."

놀랍게도 우유식빵 목소리의 주인은 우유식빵처럼 생겼다. 평생을 동굴에 갇혀 살았다 해도 믿어줄 만큼 새하얀 얼굴에 연한 갈색 머리칼과 눈썹, 건포도처럼 또렷하게 박힌 진갈색 눈동자, 그리고 실온에 녹인 버터로 곱게 성형해낸 듯 매끈한 콧날과 연유를 머금은 듯 반들거리는 입매. 그를 보고 있자니 어느새 입안에 침이 고이고 온몸이 녹작하게 늘어졌다. 역장부터 박진창까지 모두 안면이 있었지만, 우유식빵의 얼굴은 낯설었다. 아마도 내가 서울에서 대학을 다니며 자취하던 시절부터 근무를 시작한 모양이었다. 그때도 한 달에 한두 번 연향에 내려오긴 했지만, 기차에서 내리자마자 수혁에게 전화를 걸어 집에 도착할 때까지 끊지 않았으니 역무원의 얼굴을 살필 겨를이 없었다.

"역시 미스터 윤밖에 없네. 진창이란 놈은 누가 분필잽이 아들 아니랄까 봐 뭐든 에프엠대로야. 사람이 유도리가 있어야지. 안 그래?"

우유식빵이 입술을 조금 벌려 포시시 웃으며 주머니에서 나일론 끈을 꺼내 끊어진 밧줄에 묶었다. 사과씨처럼 길쭉한 보조개가 왼 볼에 깊이 파였다. 늘씬한 숭어가 텀벙텀벙 헤엄칠 것 같은 파르스름한 핏줄이 하얀 손등 위로 도드라진 게 조선시대 글방 서생의 손이라면 딱 알맞을 것 같았다.

"그래도 역장님 허락은 박 선배가 받아낸걸요. 끈이 좀 기네요. 가위가 있으면 좋겠는데."

우유식빵의 발밑으로 여분의 나일론끈이 길게 늘어졌다.

"라이타 없어? 하긴, 미스터 윤은 담배 끊었지? 김하임, 니 라이타 꺼내봐라."

할아버지가 짓궂은 미소를 띠며 내게 다가와 카디건 호주머니를 뒤졌다.

"나한테 무슨 라이타가 있다구 그래?"

딱 한 번이었다. 대학에 입학하던 해, 흡연을 하면 살이 빠진다는 동아리 선배의 말을 믿고 담배와 라이터를 산 건. 물론 채 한 대를 피우기도 전에 코와 목구멍이 아리고, 매운 눈물이 줄줄 쏟아져 기함을 한 뒤, 선배에게 남은 담배를 몽땅 줘버렸다. 하지만 라이터라면 간혹 쓸 일이 생기지 않을까 싶어 가방에 넣어둔 걸 하필 할아버지에게 들키고 말았다. 그날 이후, 할아버지는 불이 필요한 순간마다 능글맞은 미소를 띠며 내 호주머니를 뒤졌다.

우유식빵의 볼에 다시 보조개가 파였다. 잘못한 것도 없는데 얼굴이 화끈했다. 할아버지를 향해 신경질적으로 머리를 헝클어 보이고 가게로 뛰어 들어가 계산대 서랍을 열어 가위를 꺼냈다. 할아버지를 향한 날 선 복수심과 가위를 품에 안고 허둥지둥 유리문을 나섰다. 그러나 광장엔 할아버지 혼자였다.

할아버지가 내 쪽을 향해 도포를 들어 올렸다. 허리끈에 매달린 맥가이버칼이 보였다. 케이블방송에서 오지를 후비고 다니며 온갖 야생 곤충과 날짐승을 사냥해 먹는 영국 남자를 본 뒤 거금을 들여 장만한 할아버지의 보물 1호였다. 할아버진 그걸 허리춤에 차고 다니며 광장의 걸인들과 통조림도 따먹고 사과도 까먹는 걸 대단한 적선으로 여겼다. 물론 손녀를 골탕 먹이는 데도 아주 요긴하게 쓰였지만.

나는 맥없이 자리로 돌아와 계산대에 이마를 쿵쿵 찧었다.

돌이켜보면 할아버지가 중요한 순간에 나타나 이런 식으로 파투를 낸 일은 한두 번이 아니었다. 야심한 밤, 난생처음 야동이란 걸 다운받아 재생시켰을 때도 할아버지는 기다렸다는 듯 방문을 열어젖혔고, 수혁으로부터 사랑 고백을 받는 순간에도 할아버지의 전화가 어린 연인들을 어색하게 갈라놓았다. 닷새 만에 변비에서 탈출하려는 결정적인 순간엔 노크를, 다이어트 시작만 하면 치킨을, 파이브고에 흔들고 멍따일 때 나가리를. 하긴 태어나던 날부터 나와 할아버지는 어긋나 있었는지도 몰랐다.

열심히 계산대에 이마를 찧고 있는데 유리문 열리는 기척이 들리고, 자박자박 발소리가 이어졌다.

"하임 주세요. 초코 말고 화이트."

누군가 나를 주문했다. 초중고 시절부터 대학까지 줄곧 나를 따라다닌 지긋지긋한 별명 초코하임. 그런데 이번엔 화이트란다. 더뻑 고개를 들어보니, 신기루처럼 우유식빵이 서 있었다. 그의 가슴에 붙은 명찰이 햇빛에 반사되어 마지막 '완' 자밖에 보이지 않았다.

"저기요, 우리 할아버지 말로 오해하지 말아줬음 좋겠어요. 나 라이타 같은 거 진짜 없거든요. 그러니까 담배 안 피운다고요. 아주 안 피웠다는 건 아니고, 솔직히 딱 한 번 피운 적은 있는데, 불이 붙자마자 후회했어요. 사실 피운 것도 아니죠 뭐.

내가 왜 이런 걸 설명하고 있는지 나도 잘……."

뇌에는 수없이 많은 주름이 있다고 들었다. 작은 공간에 많은 것을 저장하기 위한 진화란다. 그 주름이 많을수록 똑똑한 인간이라는데, 지금 내 입에서 튀어나오고 있는 말들은 주름이 풀린 구간을 지나 곧바로 입을 통과하는 모양이었다. 차라리 이럴 땐 그냥 웃어주는 편이 나을 텐데 우유식빵의 얼굴엔 놀람과 걱정이 서려 있었다. 나는 말을 맺지도 못한 채 허둥거리며 진열대에서 화이트하임 한 개를 꺼내 계산대에 올렸다.

"이마에서 피 나요."

우유식빵이 제 이마 정 가운데를 가리키며 작게 속삭였다. 아까 계산대에 이마를 찧긴 했지만 피가 날 정도는 아니었다. 혹시 자신의 이마에서 피가 난다는 뜻은 아닌가 싶어 목을 길게 빼고 그의 얼굴에 바짝 다가섰다.

"피 안 나는데요?"

"저 말고, 그쪽 이마요."

그럴 리 없다고 생각했지만, 나는 서랍에서 손거울을 꺼내 얼굴을 비춰봤다. 정말 이마 한가운데에 핏자국이 선명했다. 그제야 계산대 위에 뚜껑 열린 빨간 네임펜이 눈에 들어왔다. 오전에 본사 물류팀이 보낸 보급차 기사가 장부에 사인을 한 뒤 모르고 두고 간 것이었다.

나는 얼른 과자와 컵라면이 쌓인 진열대 쪽으로 몸을 돌리고 손끝에 침을 묻혀 이마를 문질렀다. 네임펜 자국은 연분홍색으로 번져갈 뿐, 도무지 지워질 줄을 몰랐다. 이런 걸 이마에 그린 여자가 변명이랍시고 얼굴을 붉으락푸르락해가며 흡연 이력까지 토설했으니, 우유식빵의 눈엔 할아버지나 나나 제정신으로 보이지 않았을 터였다.

손등으로 이마를 가리고 슬그머니 돌아섰을 때, 이미 우유식빵은 계산대에 화이트하임 값 이천팔백 원을 내놓고 유리문으로 향하고 있었다. 그와 어깨를 부딪치며 쏟아져 들어온 사람들이 레쓰비와 후라보노, 천하장사 소시지를 주문했다. 내 이마엔 여전히 빨간 네임펜 자국이 선명했지만 사람들은 아무런 지적도 하지 않고 제 몫의 커피와 껌, 소시지를 들고 무표정한 얼굴로 돌아섰다. 유리문 너머로 화이트하임을 담배처럼 입에 문 우유식빵이 보였다. 그는 아주 천천히, 정말 담배라도 피우듯 화이트하임을 녹여 먹으며 할아버지의 열성적인 전도를 아련한 눈길로 바라보았다. 할아버지가 바라를 치듯 양손을 넓게 펼쳐 박수를 치며 직접 고안해낸 우주체조 동작을 시연하고 있었다. 박수를 칠 때마다 양다리를 벌리고 으얏차, 기합을 넣었다. 정각, 서울로 떠났던 기차가 다시 연향으로 돌아오는 시각이었다.

밸런타인데이 아침, 한동안 눈에 띄지 않았던 성기가 백팩을 등에 지고 매점에 나타났다. 녀석은 내게 인사 한마디 없이 계산대를 들어 올리고 안쪽으로 들어와 간이의자와 방석을 꺼냈다. 그러곤 로뎅의 〈생각하는 사람〉 포즈로 『그리스로마 신화』를 읽으며 틈틈이 엉덩이를 긁고, 코를 후볐다. 헤벌어진 성기의 백팩 안에 책이 그득했다.

"너 뭐야? 내가 매점에서 쌩고생하는 거 감상이라도 하려고?"

온갖 주전부리로 성벽을 쌓은 두 평 남짓한 공간에 성기까지 난입하자 옴짝달싹할 수 없는 처지가 되었다. 더구나 하루 한 번씩은 우유식빵이 화이트하임을 사러 매점에 들르는데, 내 옆에 바짝 들러붙어 있는 성기와 나 사이를 제멋대로 추측하고 오해하는 건 아닐까 싶어 더욱 부아가 났다.

"그런 거 아냐."

성기가 검지에 침을 발라 책장을 넘기며 대답했다.

"사전엔 말이지, 많은 도서를 모아두고 일반인에게 열람하게 하는 공간을 도서관이라고 정의하더라. 책이 많으니까 매점이 아니라, 도서관으로도 볼 수 있지."

우유식빵이 올 시간이 임박했다. 몇 마디라도 섞으려면 혼자인 게 편한데 글러먹었다. 다급한 마음에 녀석이 들고 있던 책을 빼앗았다. 할 일을 잃은 성기의 두 손이 투명한 책을 든 것처럼 공중에 걸렸다.

"나도 좋아서 있는 거 아냐. 아르바이트라고. 너희 할아버지가 시간당 천 원씩 주신댔어."

성기가 책을 도로 채갔다.

"야야, 시급 천 원을 콜했다고?"

뜨거운 콧김을 뿜으며 광장에 서 있는 할아버지에게 달려나가려던 찰나, 유리문을 미는 우유식빵이 보였다. 얼른 표정을 단속하고 계산대로 다가서는데 성기의 입에서 못다 한 나머지 말이 쏟아져 나왔다.

"할아버지 말씀이 내가 여기 나와 있어야 니가 화장실도 가고, 담배도 한 대씩 피우고, 연애도 한다잖아."

나는 성기의 목소리를 덮으려 배에 있는 힘껏 힘을 주고 와하하, 웃음을 터뜨리며 뒷발로 녀석의 무릎을 걷어찼지만 이미 우유식빵의 입가엔 알 듯 모를 듯한 웃음이 맴돌고 있었다.

"화이트하임으로 한 갑 주세요."

어쩐지 한 갑에 힘을 준 게 수상쩍었다. 나는 화이트하임을 꺼내는 척 뒤로 돌아서 성기를 향해 얼굴을 구겨주고 발뒤꿈치로 녀석의 발등을 힘껏 지르밟았다.

"넌 형 보고 인사도 안 하냐?"

화이트하임을 계산대에 올려놓자 우유식빵이 고개를 갸웃 돌려 성기와 눈을 맞췄다. 그제야 성기가 자리에서 일어나 고개를 꾸벅 숙였다.

"얘가 형 들어오니까 쪼인트 까고 발로 막 밟잖아요. 너 내가 창피하냐?"

그 방법은 이미 할아버지가 써먹었으니 다시 통할 리 없었다. 나는 싸늘한 표정을 짓고 성기를 외면했다.

"둘이 아는 사이예요?"

그보다 성기와 우유식빵이 아는 사이란 게 신기했다. 하기야, 매점 안에도 오리온과 롯데, 빙그레가 자매품끼리 우와 열을 맞추고 있으니, 매점보다 조금 넓은 도시에서 같은 학교를 졸업한 둘이 한 공간에서 마주치는 게 조금도 이상할 것이 없었다.

"같은 교회 다니던 형."

"너 우주교 신도잖아!"

작게 말한다고 생각했는데 목소리가 생각보다 컸는지 돈을 꺼내느라 호주머니를 뒤지던 우유식빵이 주춤하고 내 쪽을 바라봤다.

"그래서 과거형 아냐. 형도 요즘은 안 나가시죠? 전 개종해서 이젠 우주교 신도예요. 우주불신 무간지옥."

성기가 팔을 번쩍 치켜들고 할아버지 박수를 흉내 냈다.

"잔돈이 있는 줄 알고 지갑을 안 가져왔는데, 전부 백 원짜리네요. 검표하러 가야 하는데, 퇴근 전에 드릴게요."

우유식빵이 난처하단 표정으로 주머니에서 꺼낸 백 원짜리 여섯 개를 손바닥에 올려 내밀었다.

"아무 때나 주세요. 안 주셔도 되고요."

"드려야죠. 꼭 드릴게요. 그럼 이따 봬요, 하임 씨."

우유식빵이 육백 원을 계산대에 내려놓고 개찰구 쪽으로 뛰어갔다. 잠깐, 하임 씨라니. 그럼 우유식빵은 진작 내 이름을 알고 있었다는 건가? 할아버지에게 물어봤든, 진창을 구워삶았든, 우유식빵이 내게 관심을 가지고 있다는 건 확실했다. 이걸 수혁이 알면 어떤 표정을 지을지 궁금했다. 분명, 코끝에 안경을 걸치고 애늙은이처럼 길고 긴 설교를 했을 터였다. 김하임, 넌 너무 쉽게 사랑에 빠져. 그게 네 가장 큰 단점이야. 저 희끄무레한 놈은 분명 바람둥이일 거라고. 좀 맹해 보이는 매점 처녀한테 관심 적선 좀 한 것 갖고 호들갑 떨지 마. 예전의 나라면 그의 말에 무조건반사로 고개를 끄덕거렸을 테지만, 지금의 나는 당당히 이렇게 말할 수 있다. '이수혁, 그거 니가 할 말은 아닌데?'

"너 지완이 형 좋아하냐?"

성기가 발등을 문지르며 지르퉁하게 내뱉었다.

"아, 이름이 지완이구나. 되게 잘 어울린다. 반들반들한 완두콩 생각 나."

열차에서 쏟아져 나온 사람들에게 목례를 하며 표를 받는 지완을 넋 놓고 바라보느라 내 입에서 무슨 대답이 나왔는지도 몰랐다.

“그럼 넌 내 이름으로 대체 무슨 상상을 하는 거야?”

성기가 비 맞은 중처럼 쉬지 않고 구시렁거렸지만, 나는 지완이 놓고 간 육백 원을 손에 꼭 쥐고 그와 나 사이에 놓인 스무 발자국쯤 되는 공간을 종이접기 하듯 살풋 접어 답삭 붙여 놓았으면 좋겠다는 생각을 하고 있었다.

그건 개강 첫날 교재를 신청하며 수혁이 내게 했던 말이기도 했다. 그에게 배운 감정을 누군가에게 재활용하게 될 줄은 몰랐다. 나는 마치 표정부터 의상까지 완벽하게 원조를 재현하고 무대에 선 모창가수처럼 부끄럽고 머쓱한 표정을 애써 지우며 수혁을 휴지통에 던져 넣고 컨트롤 브이, 단축키를 눌러 지완을 들어 앉혔다.

“내가 자리 비우더라도 지완 씨한테 화이트하임 값 받지 마.”

“왜?”

“내 밸런타인데이 선물이니까.”

2월

이무영

중환자실도 구분이 있었다. 희태가 누워 있는 곳은 신경계 중환자만 모아놓은 NCU였다. 녹색 유니폼을 걸친 의사와 간호사들, 머리에 붕대를 두른 수술환자들이 벼 잎을 갉는 메뚜기 입처럼 빠르게 열렸다 닫히는 자동문을 무시로 드나들었다. 자동문 맞은편엔 제약회사 이름이 낙인된 긴 나무 의자가 놓여 있어, 당장이라도 곡을 할 것처럼 만상을 찌푸린 새댁이 아랫입술을 자근자근 씹고 있었다. 오전 여덟 시, 오후 열두 시와 다섯 시에 있는 면회 시간을 기다리는 거였다. 여자 옆에서 기계적으로 뜨개질을 하는 중년 부인은 눈을 감았는지 떴는지 구분할 수 없을 지경으로 눈꺼풀이 늘어졌다.

"집이는 누구 땜에 왔어? 신랑?"

중년 부인이 뜨다 만 스웨터 조르개를 무릎에 내려놓고, 새댁에게 물었다.

"네, 어제 아침밥 잘 먹고 출근해서 멀쩡히 일 다 마치고 퇴근하는 길에 쓰러졌어요. 회사 차 끌고 오다 까무러친 모양인데, 사장은 차 꼬라박은 것만 분해서 개지랄이에요. 뇌에 주먹만 한 혹이 생기도록 부려먹고 이제 와 한단 소리가, 수리비는 반씩 부담하재요. 애 아빠 괜찮냔 소린 한마디도 없이요."

마침내 새댁의 눈에서 눈물이 뚝뚝 떨어졌다.

"그래, 수술은 잘 됐구?"

중년 부인은 내 머리 위에 걸린 벽시계를 흘끔거리며 새댁 곁으로 바투 앉았다.

"아주 떼어낸 건 아니고, 쌤플만 채취했다는데 양성인지 악성인지 검사해봐야 안대요. 근데 아주머니, 중증환자등록하고 오라는 거, 죽을병이란 소리 아녜요?"

새댁의 물음에 중년 부인이 뜨개바늘로 머리를 긁적거리곤 다시 눈을 내리깔았다.

"그래도 그거 등록해야 병원비도 감당할 만하구 약값도 싸져. 우린 엠알아이도 사만삼천칠백 원밖에 안 내. 보험은 들었구?"

새댁이 힘없이 고개를 가로저었다. 중년 부인은 나를 처음 만난 날 했던 질문들을 고스란히 새댁에게 옮기고 있었다. 그녀의 남편은 일 년 전, 낮술을 마시고 사다리를 타다 뒤로 넘어져 이제껏 중환자실 신세라고 했다.

"차라리 식물인간이면 편할 텐데, 정신은 또 말짱해. 어쩌다 면회 한번 거르면 얼마나 꼬라지를 부리는 줄 알아? 눈 부라리고 침 뱉고 오줌 깔기고. 난 뭐 가만있게? 옆구리나 장딴지를 아주 꼬집어 비틀어놓지. 그래 봐야 아픈 줄도 모르겠지만, 아픈 게 벼슬인가? 어디서 유세야, 유세길."

새댁은 침울한 표정이 되어 티셔츠를 봉곳하게 들어 올린 배를 쓰다듬으며 이미 흠뻑 젖은 소매로 눈물을 닦았다. 엘리베이터 열리는 소리에 고개를 돌려보니, 중년 여자들 틈에 섞인 민아가 보였다. 오지 말라고 수도 없이 일렀건만, 아이는 코 빠진 얼굴로 정지화면이라 해도 이상하지 않을 만큼 느리게 다가왔다.

"오지 말라니까, 왜 또 왔어?"

마주 다가가 걸음을 가로막았다. 비척대던 아이가 내 어깨에 손을 짚고 겨우 몸을 가눴다.

"어서 돌아가."

민아의 이마가 내 어깨로 침몰하듯 기대졌다. 뜨끈한 체온이 쇄골을 달궜다. 한 달 새, 아이의 얼굴은 보기 흉할 정도로 야위었다. 눈은 대꾼하고, 창백한 볼도 허룩하게 꺼져 있었다. 매끈하던 입술도 솜씨 없는 목공이 거칠게 대패질해놓은 것처럼 여기저기 흠집투성이였다. 그 톱밥이 튀어든 양, 두 눈이 씀벅했다.

"애기엄마, 지 아빠 걱정돼서 온 애를 왜 자꾸 가라 그래? 재 아빠도 오죽 자식이 보고 싶겠어? 같이 들어가서 손도 잡아주고 다리도 주물러드리라고 해. 우리 아들은 명일날 삐쭉 찾아와서 잠깐 들여다보곤 여직 깜깜무소식인데, 애가 참 기특하네."

중년 부인이 민아를 향해 어서 오라고 손을 흔들었다. 마치 평상에 앉아 수박을 먹다 이웃집 아이를 부르듯, 김치를 버무리다 손녀에게 소매 좀 올려달라고 청하듯, 중년 부인의 행동은 사사로운 일상의 한 장면을 오려낸 것처럼 평화롭기 그지없었다.

"엄마만 들어갔다 와. 난 그냥 밖에서 기다릴게. 대신 나한테 가라고 하진 마."

민아는 사고가 난 날 아침에도 구급차에 오르려다 내게 가슴을 떠밀리고 집에 혼자 남았다. 아이 앞에서 천연스럽게 거짓말을 할 엄두도 나지 않았고, 혹 희태가 의식을 차려 의사에게 사건의 전말을 떠벌릴지도 모른다는 생각에 떼어놓기로 마음먹었다. 아직 마음에 굳은살이 박이기 전인 민아는 희태가 입만 벙긋해도 마른 낙엽처럼 부서질 터였다.

119구조대를 불러 희태를 병원으로 옮긴 제문은 간호사가 링거를 연결하는 사이 나를 한갓진 복도로 끌고 갔다.

"제수씨, 아까 민아 놀랄까 봐 얘길 못 했지만 이거 존속살인미수예요. 중범죄라고요. 민아 오늘부터 만으로 열다섯이죠? 그럼 아무리 못해도 삼 년은 살다 나와야 됩니다."

제문이 주머니에 손을 찔러 넣고 고개를 가로저었다.

"개 친구를 민아아빠가 강간했어요. 만으로 열다섯 살 된 여자애 인생을 찢어발겼다고요."

"그런 일이 있으면 진작 나랑 의논했어야죠. 아무튼 난 못 본 걸로 할 테니 살기만 기도합시다."

제문이 짧게 한숨을 쉬곤, 다시 응급실로 앞장섰다.

"두리 모 하고 와써?"

그 와중에도 희태는 벌겋게 충혈된 눈에 힘을 주며 나와 제문을 위아래로 훑었다.

"니 흉 좀 보고 왔다."

제문이 안쓰러운 얼굴로 희태의 손등을 매만졌다.

"잠깐만요!"

젊은 의사 한 명이 제문과 내 사이를 가르고 들어와 희태의 외상을 확인했다. 그는 동맥혈을 뽑고 손과 발의 감각을 확인한 뒤 서둘러 엠알아이실로 희태를 옮겼다.

"외상성 뇌출혈 같아요. 일단 사진 찍고, 결과 나오면 수술을 할지 약물을 쓸지 결정할 거예요. 근데 어쩌다?"

의사는 수면이 부족한지 눈그늘이 길게 늘어지고 구레나룻과 턱에 파르스름한 수염이 돋아 있었다. 그의 눈동자가 내 이마를 맴돌았다. 출입문 유리에 비춰보니 희태에게 휘둘리다 싱크대에 부딪힌 자리에 피딱지가 엉겨 있었다.

"욕실에서 넘어진 거 같아요. 우당탕하는 소리가 나서 나와 보니 쓰러져 있습디다. 보시다시피 거구라, 옮기는 중에 우리 제수씨도 좀 다쳤고요."

제문이 얼른 지갑에서 명함 한 장을 꺼내 의사에게 건넸다. 의사는 화목한 가정에서 사랑을 듬뿍 받고 자란 사람 같았다. 그는 순순히 고개를 끄덕이곤 부탁도 하지 않았는데 손으로 내 턱을 조금 들어 올린 뒤, 앞머리를 들어 올리고 알코올 적신 솜으로 상처를 소독했다. 그러곤 면봉에 연고를 찍어 꼼꼼히 바른 뒤 거즈를 덮고 반창고로 고정했다.

"어, 저기 환자 나오신다."

그가 가리킨 쪽을 돌아보니, 희태의 침대가 돌아오고 있었다.

"제수씨, 간병하는 사람이 더 잘 먹어야 해요. 굶지 말고 당기는 거 있으면 사 먹어요."

제문이 지갑에 든 만 원짜리 지폐 다섯 장을 내 호주머니에 찔러 넣었다. 손사래를 치며 마다했지만, 제문은 단호하게 고개를 가로저었다.

"희태야, 나 경찰서 들어갔다 다시 올게. 잘하고 있어."

희태가 허옇게 말라붙은 입술을 움찔거리며 히잉, 어린애처럼 울음을 터뜨렸다. 제문은 그런 희태가 딱하다는 듯 그의 손등을 여러 번 토닥거리곤 마지못해 자리를 떴다. 제문이 사라지고 나자 콧물을 인중으로 늘어뜨린 희태가 침상 옆에 서 있는 나를 노려봤다.

"미나 데리와. 으디써, 미나."

정수리를 덮은 붕대가 적갈색에서 선홍색, 진분홍, 점층적으로 물들어 있었다.

"걔는 왜 찾아. 가뜩이나 많이 놀랐을 텐데."

"개 가튼 연들. 나, 나가기만 해바. 반 주겨 노, 노, 노…… 마리 왜 이래. 으사, 의사 부러 와."

의사는 부르지 않아도 찾아왔다. 그는 이를 빠드득 갈며 경련을 일으키는 희태에게 아이스크림 막대처럼 생긴 것을 물려주곤 엄지와 검지를 넓게 벌려 턱과 볼에 가져다 붙이고 잠시 머뭇거렸다.

"염희태 씨, 말씀하시기도 힘드시고 오른쪽 팔다리에 감각도 없으시죠? 뇌에 출혈이 생겨서 그래요. 방금 수술 결정 났거든요? 보호자분이랑 잠깐 이야기 좀 하고 올게요."

귀가 먹은 것도 아닌데, 의사는 또박또박한 발음으로 언성을 높였다.

"후홀? 아이구야, 크닐이네. 후홀 할 거면 체고 조은 으사로 데리고 와. 아니면 허울대하벼원으로 가 꺼야."

희태가 오른쪽 입아귀로 묽은 침을 흘리며 떠듬떠듬 말했다.

"네, 최고로 수술 잘하는 교수님이 하실 테니까 걱정 마세요. 보호자분은 저 좀……."

의사는 내게 눈짓을 보내곤 누룻한 얼룩이 묻은 가운 뒷자락을 펄럭이며 대기실이 있는 복도로 나갔다. 울었는지 눈이 퉁퉁 부은 중년 사내가 의자에 모로 드러누워 있다, 슬그머니 자리를 피했다.

"응급으로 수술하게 됐어요. 출혈 부위도 여러 군데고, 출혈량도 생각보다 많아요. 수술 중에 사망할 가능성도 있어요. 수술이 무사히 끝나더라도 영구적인 언어장애나 전신이나 국소적으로 마비가 있을 수 있고요. 수술 원하시면 여기 사인해주세요."

수술동의서에는 병명과 수술 목적, 수술 방법, 합병증 등이 건조한 문장으로 나열되어 있었다. 뇌조직, 혈관, 뼈 등의 출혈의 위험, 모든 수술의 감염 위험이 5퍼센트이며 그로 인해 사망에 이를 수 있다는 엄중한 경고와 신경 손상과 치료 예후 등을 눈으로 훑었다.

"빨리 해주셔야 할 거 같은데……."

의사가 또로록또로록 울리는 호출기를 내려다보며 볼펜을 내밀었다.

"수술했을 때랑, 수술 안 했을 때랑, 죽을 가능성은 어느 쪽이 더 높은가요?"

대개의 보호자들은 생존 가능성을 물었을 거였다. 하지만 나는 희태가 이대로 입을 꾹 다문 채 조용히 죽어주기를 바랐다.

"형편 때문에 치료 포기하시는 분들도 계신데요, 병원에 사회복지팀이 있어요. 잘은 모르지만, 분명 도움이 되실 거예요. 치료 포기하지 마세요. 아직 젊으신데, 어떻게든 회복하셔야지요."

의사의 호출기가 쓰르라미처럼 쉬지 않고 울었다. 그의 눈길이 볼펜 끝에 매달려 움직이지 않았다. 거실에 피아노가 있는 집, 가족 수만큼의 방과 침대가 있는 집, 안주인의 긴 손톱에 벗겨지기 쉬운 빨간색 매니큐어가 고고하게 칠해진 집에서 자란 선하고 인정 많은 청년은 모른다. 세상에, 뿔이 가랑이 사이로 자란 악마가 존재한다는 사실을.

만약 희태가 죽는다면, 민아는 아비를 살해한 자신을 용서하지 못할 거였다. 딸을 살인자로 만들지 않으려면, 희태를 살리는 수밖에 없었다. 나는 볼펜을 움직여 내 이름을 적고, 글씨체를 조금 흘려 서명했다. 의사는 수술동의서와 볼펜을 빼앗듯 품에 안고, 다시 환자들 틈으로 사라졌다.

여섯 시간에 걸친 수술 끝에 희태는 중환자실로 옮겨졌다. 아랫도리가 벗겨진 채, 하얀 시트를 덮고 있는 그는 마치 오랜

만에 휴일 늦잠을 즐기는 사람처럼 평온해 보였다. 간간이 찾아오는 경련 때문에 의식이 없는 상태에서도 전신을 푸르르 떨며 이를 바득바득 갈고 나면, 잠결에 길고 시원한 방귀를 뀐 사람처럼 입아귀가 평화롭게 말려 올라갔다.

주치의는 내게 엠알아이 사진을 보여주며, 출혈 부위와 예후를 설명했다. 반으로 쪼개놓은 호둣속처럼 자글자글한 뇌 사진에 허연 얼룩이 군데군데 보였다. 의사는 얼룩을 짚어가며 핏자국이라고 일러주었다. 그게 제대로 흡수되지 않고 새로운 혈관이 터지거나 합병증이 발생하면 사망에 이를 수도 있으니 당분간은 중환자실에서 경과를 지켜보자고 했다.

그날부터 민아는 하루도 빠짐없이 병원에 들렀다, 내 눈치를 살피곤 조용히 돌아갔다. 그러는 사이 제문은 성폭행 사건을 합의하려 현지의 부모를 찾아다녔다. 범인이 혼수상태인 마당에 고소를 해도 처벌을 기대할 수 없다는 걸 깨달은 현지의 부모는 합의금 이천만 원과 민아의 전학을 요구했다.

"뒷수습은 내가 할 테니까 제수씬 이사 준비해요. 어른들이 아무리 쉬쉬해도 학교에 소문나는 건 시간문제일 거고, 그쪽 집에서도 전학을 원하니까 그렇게 합시다. 그나저나 빠듯해서 어쩝니까? 혹시 희태 딴 주머니 찬 기미 없어요?"

내가 고개를 가로젓자, 제문이 허망한 표정으로 내 등허리를 가볍게 쓸어내렸다. 제문은 염치를 아는 사내였다. 그는 십 년 동안 매달 몇 번씩 드나드는 우리 집에 단 한 번도 빈손으로 찾아온 적이 없었고, 명절이면 민아의 손에 적으나마 용돈을 쥐여주고, 내겐 질 좋은 고기며 과일을 안겼다. 제문은 젊은 날 초등학교 교사와 결혼을 했지만, 만성신부전증으로 사별을 한 뒤 아내가 남긴 푸들 한 마리와 희태를 의지하며 혼자 살아왔다.

의처증이 심한 희태는 내가 다른 사내와 말 한마디 섞는 것조차 용납하지 못했지만, 수시로 집에 드나드는 제문에 대해서만큼은 의심의 촉을 누그러뜨렸다. 어느새 희태의 휴일과 내가 밑반찬을 만드는 날은 제문의 휴일에 맞춰졌다. 둘은 근무가 없는 날이면 새벽 일찍 집을 나서 저녁 무렵까지 쏘다니다 지친 얼굴로 돌아왔고, 나는 제문의 입에 맞춰 조금 간간한 된장찌개와 머리칼이 곤두서게 매운 제육볶음 등을 차려냈다. 밥풀 한 점 남아 있지 않은 제문의 빈 그릇을 설거지할 때마다, 진심으로 그가 다시는 우리 집에 찾아오지 않기를 바랐다. 그에겐 선량한 사람과 밥을 먹고 차를 마시고 잡담하는 삶이 어울렸다.

제문의 조언대로 나는 합의금 마련과 이사를 준비했다. 전세보증금을 빼고, 세간을 처분하고, 병원 근처 고시원으로 이사를 하는 일련의 과정들은 묵묵히 견뎌야 할 고행이었다. 민아는 비좁은 고시원 침대에 누워 종일 눈을 감고 지냈다. 할 수만 있다면 아이와 나 사이에 탯줄을 연결해 먹고 마시고 숨쉬기를 대신해주고 싶었다. 아니, 할 수만 있다면 민아를 한낱 내 살점에 불과했던 십칠 년 전으로 돌려놓고 싶었다.

민아가 몽유병 환자처럼 멍한 눈빛을 하고 대기실 벽에 등을 기댔다. 그 옆모습이 내 여고생 시절 사진과 흡사해, 가슴이 욱신거렸다.

"들어갑시다. 문 열렸네."

중년 부인이 끄응, 하고 의자에서 일어나 뒤뚱뒤뚱 문가로 걸어갔다.

"금방 나올 거야. 나가서 너 좋아하는 빅맥 사 먹자. 엄마도 배고파."

민아의 귀에 자그맣게 속삭인 뒤 사람들과 섞여 세면대에서 손소독제로 손을 닦고, 마스크를 귀에 걸었다. 문을 들어서자마자 안면을 익힌 간호사가 반가운 미소를 띠며 내게 성큼 다가섰다.

"염희태 씨, 의식 찾으셨어요. 보호자분 핸드폰이 없으셔서 따님한테 연락드렸는데, 얘기 들으셨죠? 이제 경구 섭취 가능하시니까, 매점에서 빨대 달린 물컵 사오세요."

그제야 민아가 중환자실 앞까지 찾아온 이유를 알 것 같았다. 민아는 그 애의 바람대로 살인자를 면했다. 하지만 그건 극형을 대신해 스스로 천 근짜리 족쇄를 차고 영원한 감옥으로 걸어 들어가는 일이기도 했다. 나는 서둘러 희태의 침상으로 걸어갔다. 고요히 감겨 있는 눈은 어제와 다름이 없었다. 면도를 하지 못해 덥수룩한 수염이 지저분했다. 옆 침상에 누운 전신마비 청년의 보호자가 아들의 이름을 절절히 외치며 기도를 했다.

"여기도 예수쟁이 천지네."

마치 기다렸다는 듯이, 희태가 눈을 번쩍 뜨고 입술을 일그러뜨렸다. 볼과 입술에 작은 경련이 있었지만 목소리만큼은 날카롭고 씽씽했다. 옆 침상 보호자가 잠시 멍한 눈으로 희태를 바라보다, 긴 한숨을 내쉬곤 다시 기도를 시작했다.

"빈손으로 왔냐? 염치도 없는 년. 나가서 홍삼이나 사와. 나 그거 먹고 일어설 거야."

희태는 동면에서 깨어난 야생 불곰처럼, 또렷한 눈으로 먹잇감을 노리듯 나를 바라봤다. 그는 면회 시간 내내 먹고 싶은 것을 열거하며 딸꾹질을 했다. 그 와중에도 간호사들의 종아리와 목덜미를 흘깃거렸다. 나는 희태의 침상을 등지고 서서 면회 시간이 끝나기만을 기다렸다. 삼십 분 후, 나는 등에 소름을 매달고 대기실로 나와 민아에게 걸어갔다. 민아가 휘청거리는 나를 끌어안고, 울음을 토했다. 속 모르는 중년 부인은 그런 민아의 등을 도닥거리며 모녀가 착해서 기적이 일어났다고 박수를 쳤다. 우리는 병원을 나와 맥도날드에서 말없이 햄버거를 먹었다. 그러곤 약국에서 소화제를 사서 나눠 먹고, 발목에 단 보이지 않는 족쇄를 끌며 더듬더듬 각자의 자리로 걸어갔다.

일반실로 옮긴 이튿날부터 희태는 맹렬히 먹어댔다. 감각이 살아 있는 왼손으로 미음 그릇을 내동댕이치고, 일반식을 내오라며 호통을 쳤다. 마비된 오른쪽 입술 사이로 뭉개진 밥알과 침을 줄줄 흘리면서도 하루 세 끼 식사와 간식을 거르지 않았다. 그는 나를 채근해 사들인 홍삼 엑기스를 수시로 마시며, 환자들 사이에서 주워들은 좋다는 민간요법을 어줍은 글씨체로 노트에 정리하고, 밤이면 화장실로 나를 끌고 가 추행했다.

민아를 지키려면 참아내야 할 일이었다. 그는 나나 민아가 반항을 하면 언제든 경찰을 찾아가 사실을 직고하겠다고 겁박했다. 그날의 사건은 민아가 현지의 전화를 받은 직후 벌어졌다. 경찰이 수사에 나서면 당연히 현지나 그 애의 부모 입을 열 거였다. 성폭행 사건과 희태의 뇌출혈 간의 상관관계를 찾다 보면, 그 혐의가 나나 민아에게 쏠릴 테고, 희태의 진술은 신빙을 얻을 모양새였다. 나는 열 손가락에 반지 낀 손으로 희태를 끌어안고, 불구덩이든, 물웅덩이든, 민아의 눈과 귀가 닿지 않는 곳으로 뛰어내리고 싶었다. 하지만 홀로 남을 민아를 생각하면서 나는 매일 밤 무기력한 표정으로 휠체어를 밀어 화장실로 향했다. 희미한 소독약 냄새, 시큼한 침 냄새, 당뇨 환자의 들큰한 소변 냄새, 그 모든 걸 한데 모아 묵혀놓은 걸레 냄새가 속을 뒤집었다. 생각해보니, 희태의 체취와 퍽 비슷한 냄새들이었다.

중년 부인은 하루 한 번, 병실로 내려와 내 옆에서 뜨개질을 했다. 이번엔 조끼를 뜨는 모양인지, 네크라인이 깊고 소매가 없었다. 중환자실 앞에서 만난 새댁의 남편은 악성뇌종양 말기라 손을 써볼 새도 없이 호스피스 병동으로 옮겼다는 소식이 그녀로부터 전해졌다. 노란 머리 간호사와 대머리 엑스레이 기사가 그렇고 그런 사이라는 소문, VRE 바이러스에 감염되면 공짜로 일인실을 쓸 수 있다는 정보, 아들이 면회를 오지 않는 건 사이가 나빴던 며느리와 갈라섰기 때문일 거란 추측 등을 그녀는 쉬지 않고 떠벌려댔다. 희태는 유언비어가 난무하는 주간지 정기독자처럼, 중년 여자를 목마르게 기다렸다. 남들 앞에선 선량하고 유머러스하게 자신을 위장하는 그는 중년 여자가 오면 아끼던 홍삼 엑기스도 내놓고, 고릿적 유머까지 풀어놓으며 입술을 비틀어 웃었다.

배운 것도 가진 것도 없지만, 아내와 딸을 위해 성실히 살아가던 가장이 어느 날 갑자기 불의의 사고로 반신불수가 됐다. 그렇게 새 욕실화를 사다 놓으라고 타일렀건만, 부주의한 아내는 남편의 부탁을 귓등으로 듣다 큰 화를 당했고, 병원비로 가진 돈을 모두 탕진해 오갈 데가 없는 처지가 되었다. 금쪽같은 외동딸은 고시원에 틀어박혀 아빠 걱정에 눈가가 짓물렀다. 희태가 어눌한 발음으로 중년 여자에게 늘어놓은 푸념들이었다. 중년 여자는 이야기를 들으며 나를 향해 하얗게 눈을 흘기곤 무릎을 쳐가며, 희태의 장단에 놀아났다.

"내 동생이 연향에서 감자탕집을 하거덩. 가겟방이 비어서 일하며 곁방 살 사람 찾던데 거기라도 소개해줄까? 뭐든 일을 해야 먹고살 거 아냐? 어쩌겠어, 고되더라도 원인 제공을 한 애기엄마가 두 목숨 책임져야지."

중년 부인은 희태의 대답을 기다리지 않고, 뜨개질 바구니에서 핸드폰을 꺼내 어디론가 전화를 걸었다.

"배달 갔나 보다, 안 받아. 잠깐, 조카한테 넣어보고."

상대방이 전화를 받지 않는 모양인지, 그녀는 지갑에서 깨알 같은 전화번호가 적힌 작은 메모지를 꺼내 입을 비죽 내밀고 손가락 끝으로 훑더니 따듬따듬 핸드폰에 번호를 눌렀다.

"지완이니? 광명 이모야. 응, 니 엄마가 전화를 안 받아서. 이모부야 맨날 똑같지. 대추나무 연 걸리듯 약이 주렁주렁이다. 아냐, 올 거 없어. 뭔 일 생기면 그때 부를게. 괜찮대두. 그보다, 너네 가겟방 아직도 비었니? 어머, 잘 됐다. 내가 그 자리에 아는 동생네 좀 소개해주려고. 이따 퇴근하면 엄마한테 전화 좀 넣으라고 해."

통화 볼륨을 최대치로 한 모양인지, 전화를 받은 지완이란 남자의 목소리가 고스란히 전달되었다. 공손하고 사근사근한 목소리 뒤로, 난잡한 발소리와 엔진음이 섞여났다. 전화를 끊은 중년 부인이 엄지와 검지를 동그랗게 이어 희태에게 오케이 표시를 했다.

"연향, 사람 살기 좋아. 공기도 좋고, 인심도 푼푼하고. 나도 더 늙으면 거기 내려가 살려고. 이따 동생하고 통화되면 다시 내려올게. 저녁 면회 가야겠다."

중년 부인은 아예 뜨개질 바구니를 맡겨놓고 중환자실로 떠났다. 저녁 식사가 배식되는지 문틈으로 희태가 좋아하는 계란찜과 누릿한 불고기 냄새가 새어들었다. 희태가 입맛을 다시곤 손을 뻗어 침대 발치의 식탁을 세웠다. 티브이에 정신이 팔려 있던 문가 자리 보호자가 배를 득득 긁으며 공용 냉장고에서 반찬통을 꺼냈다. 이윽고 하얀 효도화를 신고, 역시 하얀 가운과 모자를 쓴 배식원이 빠른 걸음으로 다가와 식탁에 식판을 내려놓았다. 희태가 기대에 찬 얼굴로 찬합 뚜껑을 열다 헛웃음을 터뜨렸다.

계란찜인 줄 알았던 것은 계란국이었고, 불고기인 줄 알았던 것은 오백 원짜리만 한 떡갈비였다. 뚜껑을 열기 전엔 알 수 없는 것들이 어디 밍밍한 병원 처방식뿐이랴 생각하며, 나는 자그맣게 연향을 발음해봤다. 어쩐지 한때 이름난 기생이었으나, 지금은 늙고 초라한 퇴기의 이름 같았다. 그 서글픈 이름이, 나와 내게 딸린 두 개의 목숨을 불렀다.

3월

김하임

엄마가 길을 잃었다, 마트에서. 엄마의 귀를 덮은 헬로키티 귀마개가 수많은 어깨에 치여 바닥에 내동댕이쳐졌다. 현실의 엄마라면 마트에 가지도, 그런 유치한 귀마개를 고르지도 않았을 테지만, 광녀 역할의 엄마는 부끄럼 없이 몸을 낮춰 사람들 사이를 잽싸게 오가느라 정신이 없었다. 미원 봉지를 뜯어 입에 털어 넣기도 하고, 겨우 흙만 털어낸 총각무를 시원스럽게 베어 물기도 했다. 아이스크림을 꺼내려다 냉동고에 거꾸로 처박혀 허우적거리던 엄마가 때마침 나타난 점원에게 허리춤을 잡혀 바닥에 나자빠졌다. 점원 역할을 맡은 배우는 한물간 아이돌그룹 멤버 마루였다. 머리를 하얗게 탈색하고 다닐 땐 몰랐는데, 검게 염색을 하고 보니 제법 잘생겼다. 엄마가 점원을 향해 윙크를 보내며 씨익 웃었다. 홈페이지 시놉시스대로라면 엄마와 점원은 머지않아 사랑에 빠질 거였다. 당연하게도 점원은 대형할인마트 체인을 운영하는 일류기업 후계자다. 그는 곧 아르마니 정장을 차려입고 기획실장이나 경영이사가 되어 엄마에게 청혼을 하겠지.

드라마 초반, 엄마는 광녀가 아니라 잘나가는 의상디자이너였다. 드라마마다 비열한 바람둥이로 자주 등장하는 남자 탤런트와 연인 관계였던 엄마는 그에게 배신당한 뒤 임신 사실을 알게 됐다. 홀로 고향에 돌아가 출산을 한 엄마는 배신남에게 복수를 하려다 도리어 폭력배에게 호되게 당하고 지금의 바보가 되었다. 세월이 흘러 엄마의 극중 딸은 기업인수합병 전문가가 되어 배신남인 자기 아버지를 파멸로 몰아가고, 배신남의 아들은 엄마와 사랑에 빠졌다.

"할아버진 저게 말이 된다고 생각해? 누가 봐도 미친 여자한테 멀쩡하고 잘생긴 연하남이 붙냐고? 와, 개막장이다."

쉿! 가부좌를 틀고 허리를 꼿꼿이 세운 할아버지가 검지를 들어 올려 조용히 입가에 세웠다. 저녁을 먹으면 배가 불러 정신이 흐려진다며, 할아버지는 빈속으로 텔레비전 앞에 정좌를 하고 드라마를 시청했다. 비록 내가 김치볶음밥을 만들어 곁에 다가앉았을 때 목울대가 요란스럽게 꿀렁거리긴 했지만, 엔딩 크레딧이 올라갈 때까지 할아버지는 미동도 하지 않왔다.

"올해 드라마 대상은 우리 효정이가 맡아놨네. 윤여정이, 고두심이를 데려와봐라, 내가 우리 며느리랑 바꾸나. 빤스 입고 똥 쌀 소리지. 근데 볶음밥 좀 남았냐?"

드라마가 끝나자, 할아버지는 엄마의 핸드폰으로 전화를 걸어 지극히 주관적이고 편파적인 모니터링 의견을 늘어놓고 왜자한 웃음으로 전화를 끊었다. 그러곤 내가 새로 볶아 온 김치볶음밥을 싹 비운 뒤, 녹화해두었던 드라마를 재생시켜 보고 또 보기를 반복했다.

"할아버지, 솔직히 대답해봐. 남자들은 좀 모자라더라도 예쁜 여자면 무조건 오케이야? 가치관이나 유머 코드 같은 건 중요하지 않아?"

막대사탕을 빨며 인형 놀이에 심취한 엄마를 바라보던 할아버지가 '응, 아니' 하고 알쏭달쏭한 대답을 내놓았다.

"그렇다는 거야, 아니라는 거야?"

수혁은 화장하는 여자를 싫어했다. 향수도 뿌리지 말아달라고 부탁했다. 하이힐이나 미니스커트도 별로라고 했다. 이유는 '내 애인이 남자들에게 예쁘게 보이려고 안달 난 여자처럼 보이는 게 싫어서'였다. 나는 여자들이 화장을 하거나 미니스커트를 입는 일이 단지 남자에게 예쁘게 보이고 싶어서만은 아니란 걸 설명하고 싶었지만, 그와 다투고 싶지 않아 입을 다물었다. 외모에 신경을 쓰지 않으니 매달 들어오는 용돈과 아르바이트 월급이 굳었다. 나는 그 돈으로 수혁의 영어학원비를 보태줬다. 수혁의 사촌이자 그를 내게 소개한 친구는 그가 작년부터 영어학원에서 만난 호주 출신 영어 강사와 사귄다고 했다. 큰 가슴과 두툼한 입술을 가진 그녀는 안젤리나 졸리를 닮았는데, 한국에 온 지 육 년이 다 되도록 서울을 쏘울로 발음하는 멍청이라고 전했다.

"너 지완이 때문에 그러지? 미스터 윤이라면 여자 얼굴 보고 사귈 놈은 아니지. 희망을 걸어봐."

할아버지의 입에서 느닷없이 우유식빵의 이름이 나오자, 아빠를 닮아 가뜩이나 둥글게 말려 들어간 발가락이 옴찔했다.

"나, 티 나?"

할아버지의 말마따나 나는 요즘 지완에게 잘 보이려고 무진 애를 쓰고 있었다. 중학교 때 읽었던 할리퀸 소설의 한 구절처럼 사랑은 사랑으로 잊어야 한다 믿으며, 매일 아침 드라이를 하고 인터넷에서 앞코가 뾰족한 하이힐과 스키니진을 사들였다.

"응, 너 티 나. 근데 그걸로 한참 부족해. 니 아빠가 얼굴 때문에 효정이한테 반했다고 생각하면 오해야. 효정인 뭔가 특별한 구석이 있었지."

할아버지의 말에 따르면 남자들은 저마다 독특한 '뽕점'을 가지고 있다고 한다. 그게 가늘고 긴 손가락인 경우도 있고, 땅땅하게 알통 박힌 종아리인 경우도 있고, 오목한 쇄골이나 매끄러운 목선인 경우도 있단다. 아빠의 경우엔 엄마가 긴 생머리를 쓸어 올려 귀 뒤에 꽂는 모습에 뿅 가버렸다고 하는데, 부자의 뽕점이 같은 이유로 할아버지 역시 첫눈에 엄마에게 반하고 말았다는 얘기였다.

"아이씨, 그럼 남자는 다 변태란 얘기잖아! 어디 가서 이런 소리 하면 돌 맞아. 귀 씻고 싶네."

듣고 있기 역겨운 얘기였다. 그 와중에 신기한 게 있다면 1930년대에 태어난 할아버지나 1980년대에 태어난 남자가 별반 다르지 않다는 거였다. 과연 내가 그들과 공존할 수 있을까. 아무래도 이번 생에 결혼은 글러 먹은 것 같았다. 뭐 연애라면 모를까.

"그 뽕점을 찾아내는 게 중요해. 미스터 윤 같은 얌전단지들이 의외로 섹시한 여자를 좋아하는 법이지. 그렇다고 망사스타킹이나 빨간 루주를 바르란 소리가 아냐. 그건 퇴폐미지 섹시미가 아니거든."

"아, 됐다니까!"

내 만류에도 불구하고 할아버지는 신문지 한 장을 펼쳐놓고 붓펜으로 그림을 그렸다. 긴 생머리에 쫄티, 롱스커트를 입은 여자였는데, 대걸레에 포대 자루를 씌워놓은 허수아비처럼 보였다. 긴 생머리 옆에는 '항시 촉촉이 젖어 있다'라고 쓰고 쫄티 옆엔 '체중조절 필수'라고 썼다. 그러고는 입가에 말풍선을 달아 '미스터 윤, 포도봉봉 빡스 좀 내려줄래요?'라고 적었다.

"이게 뭐야? 요즘은 이런 옷 팔지도 않아. 그리고 촉촉이 젖은 머리는 잘못하면 떡 져 보인다고. 할아버지 눈엔 진짜 이게 섹시해 보여?"

뭘 모른다는 듯 할아버지가 쯧쯧 혀를 찼다.

"내 말이 못 미더우면 성기한테 물어보면 될 거 아니냐! 그놈도 남잔데."

엄마 다음으로 이효리를 좋아하는 할아버지가 하는 말이니, 그리 미덥지 않았다. 이튿날 나는 신문지를 들고 나가 성기에게 보여주었다. 녀석은 심각한 얼굴로 찬찬히 그림을 훑어보곤 고개를 끄덕였다.

"여자들이 생각하는 섹시와 남자들의 섹시가 다른 건 사실일지도. 창문이 뻥 뚫린 집은 가까이 다가가지 않아도 속이 다 보이지만, 커튼이 쳐져 있으면 다가가 들여다보고 싶어지잖아. 그런 의미에서 신비주의 전략도 나쁘지 않다고 봐."

"하, 너도 변태였네."

밖에선 지완이 기차표 회수함을 들고 개찰구로 걸어갔다. 쏟아지는 승객들 중에 유독 긴 원피스 차림의 여자들이 눈에 들어왔다. 허리가 잘록하게 들어간 에이라인, 터틀넥에 몸에 착 감기는 앙고라, 무릎 위까지 내려오는 에이치라인 레이스. 표를 넘겨받는 지완의 손이 조금이라도 더뎌지는 옷차림이 나타나면 마음이 흔들렸다. 나는 성기의 시선을 피해 노트북을 돌린 뒤 검색창을 열었다. 누구의 마음에 들기 위해서가 아니라, 내 마음이 동해서 쇼핑을 하는 거라고 몇 번이고 마음속으로 뇌까렸다. 한참을 서핑하다 마침내 무릎길이까지 떨어지는 베이지색 시폰 원피스를 발견하고 결제했다. 어쩐지 할아버지와 성기에게 놀아나는 기분이 들어 쇼핑 뒤끝이 씁쓸했다.

언젠가 엄마는 쇼핑으로 나비효과를 설명한 적이 있었다. 옷을 사면 어울리는 구두를 사야 하고, 구두를 바꾸면 핸드백도 색깔을 맞춰야 하고, 그다음엔 향수, 그다음엔 헤어스타일, 그다음엔 눈과 코와 입을 바꿀 수밖에 없다고 했다. 엄마가 지금의 멋쟁이가 된 건, 대학교 입학식 날 외할머니가 사준 하늘색 투피스 때문이었단다. 남들처럼 가슴과 목을 조이는 검정 바지정장이 아니라, '쥬단학' 모델 유지인이나 고를 법한, 화려한 금자수가 놓인 여리여리한 하늘색 투피스가 엄마를 연향으로 이끌고, 탤런트로 데뷔시키고, 손에 물 한 방울 안 튀기고 사는 귀부인으로 만든 시작점이었다. 나는 부잣집 고명딸도 아니요, 엄마처럼 대단한 미인도 아니니 오래 입어도 질리지 않고, 아랫배와 팔뚝을 교묘히 가릴 수 있는 평범하고 수더분한 디자인의 원피스를 고른 데 만족했다.

이틀 뒤 도착한 베이지색 시폰 원피스는 화면발이었다. 재질도 시폰이 아닌 싸구려 광택이 나는 나일론이었고, 어깨를 장식한 레이스는 조잡한 데다 잔뜩 울어 잘 올라가지 않는 지퍼는 양초를 발라도 빽빽했다. 게다가 키가 크고 비율이 좋은 피팅 모델이 입었을 땐 무릎 정도 길이였는데, 내가 걸치고 보니 기장이 무릎 밑까지 내려와 어른 옷을 빌려 입고 학예회에 나온 유치원생 같았다. 내 원피스를 다양한 각도에서 감상한 할아버지가 고개를 갸웃했다.

"그런 원피스는 어디서 구해왔냐? 돈 받고 팔게 생기진 않았는데."

이 촌스럽고 싼 티 나는 원피스를 통장 잔고까지 박박 긁어 사들였단 말은 차마 하지 못했다. 옷을 무르고 싶은 마음이 굴뚝같았지만 입느라 목덜미에 틴트가 묻어버려 반품도 할 수 없었다. 자꾸 헛웃음 터뜨리는 할아버지를 외면하고 연향역으로 향했다. 하지만 비정상적으로 좁은 치마폭 때문에 종종걸음 수밖에 없어, 늦게 출발한 할아버지와 함께 매점에 도착했다. 문 앞에는 먼저 와 기다리던 성기가 패딩 점퍼에 손을 찔러 넣고 우두커니 서 있었다.

"그거 우리 엄마 옷 아니냐? 분명히 내가 옷장에서 봤는데."

무인경비시스템 해제키를 누르고, 등 뒤에서 이죽거리는 성기를 흘겨봤다.

"너 우리 집 가서 내 옷 좀 가져와."

바닥에 부려놓은 할아버지의 음향 장비를 끌어내는 성기에게 쏘아붙였다. 마음 같아선 길 건너 일 년 삼백육십오 일 점포정리 세일 중인 명동의류라도 뛰어가, 새 옷을 사 입고 싶었지만 역시 가벼운 주머니가 문제였다. 용돈이 입금되는 이번 주말까진 점심도 컵라면이었다.

"내가 왜?"

성기가 똬리 틀어놓은 마이크를 옆구리에 끼고 이맛살을 구겼다.

"알바생이 시키면 시키는 대로 할 것이지, 무슨 잔말이 많아?"

"쥐꼬리만 한 페이에 점심도 컵라면 주면서 사적인 심부름까지 시키시겠다?"

꿰진 보릿자루처럼, 심술이 닥지닥지한 얼굴에 두툼한 입술을 툭 내민 성기가 도전적인 눈빛으로 나를 쏘아봤다.

"난 뭐 점심때 오첩반상이라도 받냐? 쫑알거리지 말고 갔다와. 안 그럼 니 의자 확 뺀다."

"이럴 땐 명령이 아니라 부탁을 하는 겁니다."

녀석은 심통 난 얼굴로 카세트 라디오와 마이크, 할아버지의 간이의자를 들고 광장으로 걸어 나갔다. 되돌아오면, 땟구정물 흐르는 운동화를 화끈하게 지르밟고 녀석 대신 내가 집에 다녀올 생각이었다. 그런데 웬일인지 성기가 주차장에 세워놓은 자전거에 올라탔다. 녀석은 주머니에서 이어폰을 꺼내 귀에 꽂고 고개를 까딱거리며 신나게 페달을 밟았다. 곧이어 '하나 둘, 하나 둘, 마이크 테스트, 마이크 테스트, 마이크 테스트' 에코 섞인 할아버지의 목소리가 들렸다. 우주찬양가 전주가 시작되자 첫차를 타려는 승객 몇이 광장을 가로질렀다.

그들 틈에 간밤 야근으로 한 시간 늦게 출근하는 지완도 섞여 있었다. 휘장을 두른 할아버지가 우주찬양가에 맞춰 몸을 흔들며 그에게 손을 흔들었다. 함빡 웃으며 할아버지에게 맞인사를 하고 역사로 들어서는 지완을 흐뭇하게 바라보는데 예상치 못한 각도에서 그가 고개를 틀며 나와 눈이 마주쳤다. 촌스러운 원피스를 들킬까 싶어 얼른 계산대 뒤로 넘어가 몸을 숨겼다. 지완의 걸음이 역사 정문 앞을 머뭇거리다 느닷없이 매점으로 향했다. 나는 수선스레 진열된 과자를 더듬었다. 지완이 유리문을 밀고 안으로 들어왔다. 콩닥거리던 가슴이 쿵 내려앉았다.

"어서 오세요."

나는 돼지 귀처럼 너풀거리는 허리 장식 리본을 감추려 무릎을 조금 굽히고 인사를 했다.

"성기는요?"

꽃샘추위에 귓불이 새빨개진 지완이 바닥에 널브러진 박스를 주우며 물었다.

"볼일이 있다고, 잠깐 집에 갔다 온대요. 제가 치우면 되는데, 거기 두세요."

지완이 하얀 앞니를 드러내며 씨익 웃곤, 박스를 벽에 기대 세웠다.

"성기 있으면 쑥스러워서 어쩌나 했는데."

어느 동화에 나오는 소년처럼, 지완이 머뭇거리듯 주머니에 손을 넣어 뭔가를 꺼내 계산대에 올렸다. 그의 손에서 나온 건 여섯 알의 버찌 씨가 아닌 분홍 색지로 포장된 핸드폰만 한 상자였다.

"밸런타인데이 때 과자 값 안 받았잖아요. 갚으러 왔어요."

벗겨서 쓰레기통에 버리는 게 아까울 만큼 포장지는 도톰하고 고급스러웠다. 분홍색 바탕에 그보다 짙은 체리색 라넌큘러스가 프린트되어 있었다. 내가 포장 벗기는 법을 몰라 허둥대자 지완이 손을 뻗어 가장 작은 면에 빨갛게 솟아난 마감용 실을 당겨주었다. 포장지와 같은 디자인의 틴케이스가 드러났다. 그걸 열어보니 잘 세공한 루비처럼 빨간 사탕이 가득 담겨 있었다. 진한 복숭아향이 퍼져 나갔다.

"이모부가 영동세브란스에 입원해 계세요. 가끔 문병 다녀오는데 병원 앞에 큰 제과점이 있어요. 제가 맡아본 냄새 중 가장 좋았어요."

"제일 좋은 걸 나한테 준 거예요?"

지완의 등 뒤에 붙은 유리창에 얼빠진 내 얼굴이 비쳤다. 가장 좋은 걸 주는 사람을 만나고 싶었다. 매대에 쌓인 싸구려 사과 중 가장 예쁜 걸 골라도 좋고, 읽던 책 중 가장 낡아도 괜찮았다. 좋아서 준다는 그 마음 하나면 값이 비싸졌다.

"겨우 사탕인걸요."

지완이 진열 바구니에 놓인 화이트하임 하나를 집어 들고 지갑을 열었다.

"저기요, 윤지완 씨."

지폐를 헤아리던 지완이 긴장한 표정으로 황급히 내게 시선을 옮겼다.

"네?"

"몇 시에 끝나요?"

지완이 괜히 맘 졸였다는 듯 가슴을 쓸어내렸다.

"오늘은 매점 문 닫을 때 맞춰서 퇴근하려고요."

지완이 뒷말을 이으려 입술을 달싹이던 그때 매점 문이 열렸다. 양손에 옷을 나눠 든 성기였다. 지완이 가볍게 고갯짓으로 인사를 하고 매점을 나섰다.

"야, 넌 방이 왜 그 모양이냐? 도둑 든 줄 알았어. 책상 위에

다 먹은 컵라면, 아이스크림 껍데기는 왜 모아놨어? 코 썩는 줄."

성기가 계산대 위에 후드티셔츠와 운동복 바지를 던졌다.

"목소리 낮춰라. 넌 지금 이 순간을 영원히 기억해야 할 거야. 나한테 살해당할 뻔한 위기를 넘겼거든. 운 좋은 줄 알아."

나는 지완이 시야에서 완전히 사라질 때까지 유리문 너머를 바라봤다. 사탕 한 알을 집어 혀 위에서 녹였다. 농익은 복숭아가 주렁주렁 맺힌 연향의 오래된 과수원 한복판에 서 있는 기분이었다. 과수원에서 가장 완벽한 하트 모양의 복숭아에 앞니를 박고 달착지근한 과즙을 조금씩 삼키는 맛이었다.

"달다."

"김하임, 너 그거 살찌려는 징조야."

달뜬 마음 덕에 성기의 비아냥이 저절로 음소거 되었다.

3월

이무영

민아가 걸음마를 시작한 여름, 나는 연향 한 귀퉁이의 복숭아농원에 있었다. 남산돈가스집 사장이 자신의 부모가 운영하는 복숭아농원으로 야유회를 가자고 부른 덕이었다. 도착하고 보니 백발이 성성한 주인 내외와 얼굴이 곶감처럼 검게 찌든 중년의 부인네 둘, 사장의 처제 내외가 사다리를 오르내리며 복숭아를 따고 있었다. 그제야 사장의 의중을 눈치챈 직원들은 읍내에서 사온 삼겹살과 상추, 맥주와 소주 등이 든 비닐봉지를 평상에 부려놓고 목장갑을 꼈다.

건장한 체격의 시골 출신 조리사는 사다리를 기어 올라가 복숭아를 땄고, 잠든 아기를 업은 나와 부역에 차출된 게 내내 못마땅해 입이 부루퉁해진 아르바이트생은 손에 닿는 가지에 매달린 복숭아를 거뒀다. 나무를 지지해놓은 긴 대나무 장대를 걷어내면 굵은 열매를 매단 가지가 품으로 떨어지며 사스락, 속삭임 같은 바람 소리를 냈다. 그때마다 내 등에 얼굴을 비비대고 잠든 민아가 몸을 옴찔거리고, 톱날 같은 나뭇잎이 얼굴을 따갑게 훑었다.

"애기엄마, 그만하고 저리 가서 점심 듭시다. 하이고, 고것도 사람이라고 맛있는 건 아네."

바구니 열 개를 채웠을 즈음, 누군가 등을 두드리는 기척에 고개를 돌렸다. 챙이 둥근 모자를 눌러 쓴 사장의 처제가 민아의 궁둥이를 토닥거렸다. 민아는 언제 잠에서 깼는지, 뙤록뙤록 눈을 굴리며 제 얼굴만 한 복숭아를 한입 베어 물었다.

사장의 처제를 따라 농원 초입에 마련해놓은 평상에 다가가 보니 바깥주인이 페드럼통을 가져다 놓고 철망을 얹어 삼겹살 구울 준비를 하고 있었다. 지하수를 펌프질해 등목을 한 조리사가 수건도 없이 짧은 머리의 물기를 털어내고, 잰 손으로 철망에 고기를 올렸다.

"태풍이 온대서 걱정했더니만 손이 여럿이라 거지반 땄어요. 쉬러 오신 분들인데 이렇게 고생만 시켜서 참 미안스럽네요. 복숭아 한 보따리씩 담아놨으니까 고기들 잡숫고 이따 가실 때 하나씩 챙기세요."

바깥주인이 조리사와 함께 고기를 뒤적거리는 사이, 안주인과 초등학교 저학년생으로 보이는 소년이 각각 양은들통과 사발을 탑처럼 쌓아올린 쟁반을 들고 평상으로 다가왔다. 낙과를 줍던 사장이 겅중겅중 달려 나가 안주인에게 양은들통을 넘겨받았다. 뚜껑을 열자 다리를 꼰 영계백숙이 고소하고도 비릿한 수증기를 뿜어냈다.

"성기야, 이리 와서 애기 구경해라. 참 귀엽지? 엄마한테 이런 동생 하나 낳아달라고 해."

사장의 아내가 쟁반을 내려놓고 줄지은 복숭아나무 아래서 개미 떼를 구경하는 소년을 불렀다. 성기란 이름의 소년은 아이답지 않게 만사 귀찮다는 표정으로 느릿느릿 내 쪽을 향해 걸어왔다. 소년이 까치발을 들어 민아를 들여다보기에, 무릎을 굽혀 소년의 시선에 아이 얼굴을 맞춰주었다.

"외숙모, 우리 엄마는 배꼽수술 해서 애기 못 낳는대요."

소년의 심드렁한 대답에, 사장의 아내가 폭소를 터뜨렸다.

"얘가 참 못 하는 소리가 없네. 너 배꼽수술이 뭔지는 알고 하는 말이야?"

"애기는 배꼽에서 태어나잖아요. 근데 배꼽을 꼬매놓으면 어디로 낳아요?"

민아가 소년 쪽으로 몸을 기울여 작은 잇자국이 난 복숭아를 내밀었지만, 소년은 본체만체였다.

"니 말이 맞다. 배꼽을 꼬맸으니 동생은 텄네, 그지?"

아르바이트생이 내 몫의 삼계탕을 챙겨놓고 빨리 오라는 손짓을 보냈다. 나는 소년을 흘끔거리며 평상으로 걸어가 엉덩이를 걸치고, 포대기를 풀어 민아를 무릎에 앉혔다. 멀리서 사장의 아내가 쪽박 깨지는 소리로 웃곤, 소년에게 만 원짜리 지폐 한 장을 쥐여주는 게 보였다.

일회용 숟가락에 삼계탕 국물을 떠올려 후후 부는데, 민아가 어딘가를 향해 손가락을 뻗쳤다. 아이의 손가락 끝에 선글라스 쓴 여자의 연보라색 원피스가 걸려 있었다. 삼십 대 초반으로 보이는 여자는 서울의 번화가에서도 쉽게 구경하기 힘든 미모여서, 그 곁에서 한들한들 걸어오는 소녀와 작업복 차림의 통통한 사내는 돈가스에 따라 나오는 단무지 몇 조각처럼 눈에 잘 들어오지 않았다.

"하임이 왔구나. 이리 와서 고기 먹어라."

주인영감이 소녀의 가족을 반갑게 맞았다. 통통한 사내는 스스럼없이 사람들 사이에 끼어 고기를 씹었고, 미모의 여자는 광고모델처럼 사뿐한 걸음으로 복숭아나무 사이를 오가며 산책했다.

"니 댁은 왜 데리고 왔니? 귀한 손에 가시 박히면 낙평이 놈한테 무슨 원망을 들으라고."

주인영감이 슬그머니 통통한 사내의 옆에 붙어 앉아 이기죽댔다.

"저 사람도 가끔 콧바람 쐐야죠."

통통한 사내가 작게 아무린 상추쌈을 소녀의 입에 쏙 넣어 주었다. 소녀가 상추쌈을 오물거리며 작고 가는 손가락으로 민아의 볼을 간질였다. 삼계탕 국물을 납죽납죽 받아먹던 민아가 장난스러운 손짓에 까르륵 웃음을 터뜨렸다. 소녀가 시큰둥한 얼굴로 곁에 서 있던 소년의 손을 끌어당겨 민아의 볼에 가져다 댔다. 간지럼을 잘 타는 민아가 몸을 움츠리고 팔을 허우적거리다 아르바이트생이 들고 있던 삼계탕이 든 대접을 건드렸다. 그러자 대접 안에 들었던 국물이 소녀에게 쏟아져 배와 허벅지로 튀었다. 비명과 함께 아이의 살이 순식간에 벌겋게 달아올랐다. 통통한 사내가 젓가락을 내던지고 소녀에게 뛰어와 입고 있던 연하늘색 블라우스를 들어 올렸다.

"찬물이나 얼음 없어요?"

사내가 사방을 두리번거리며 열을 식힐 것을 찾았다.

"아빠, 나 괜찮아. 거의 식은 걸, 뭐."

소녀의 목소리는 침착했다. 이제 보니, 비명을 지른 건 소녀가 아니라 그 옆에 서 있던 소년이었다. 비명은 소녀의 블라우스 아래, 자그마한 배꼽이 무사한 걸 확인한 후에야 멈추었다. 나는 가방에서 가제 수건을 꺼내 소녀의 앞섶을 꼭꼭 눌러 닦아주었다. 사내는 안도하는 소년의 머리에 꿀밤을 먹인 뒤 다시 고기를 먹기 시작했고, 산책을 마친 미모의 여자도 귓가에 복숭아 잎사귀를 매달고 평상으로 돌아와 우아하게 닭다리를 뜯었다.

그날부터 나는 시장에서 복숭아를 보거나, 연향과 관련된 신문기사를 읽으면 성기라는 소년의 풋사랑이 생각났다. 이제 소년은 청년이 되었을 것이고, 농원 주인 내외는 사이좋게 한 봉분을 나눠 쓰고 있을지 몰랐다. 그러나 쫓기듯 찾아든 연향은 많이 변해 있었다. 인근에 반도체 공장이 들어서며 역 앞에 술집과 나이트클럽이 줄을 이었고, 농민들이 상업으로 뛰어들며 복숭아 농가도 대부분 사라졌다.

병원에서 만난 중년 여자의 동생은 언니만큼이나 수다쟁이였다. 그녀는 이삿짐을 옮기는 내내 희태의 옆에 붙어 앉아 젊은 나이에 어쩌다 이런 몹쓸 병을 얻게 되었냐는 질문부터, 어디서 태어나 어떻게 살았는지를 꼬치꼬치 캐물었다. 희태는 과장과 거짓을 칠 대 삼 비율로 섞어 여자의 질문에 답했다.

"요즘 어디 가서 보증금 오백에 방 두 개짜리 집을 구해? 우리 큰딸도 서울로 시집갔는데, 방 두 개에 고양이 낯짝만 한 뷔 하나 있는 전셋집이 일억이래지 뭐야. 여기서 돈 많이 벌어갖고 나중에 집 사서 나가."

여자는 누구의 허락도 없이 대뜸 말을 놓았다.

방은 여자가 운영하는 감자탕집 주방과 연결된 두 개였다. 시집간 맏딸이 썼다는 두 평 남짓한 방과 바로 옆, 문 없는 창고에 눈에 익은 짐들이 쌓여갔다.

"따님이 작은 방 쓰실 거죠? 그럼 책이랑 책장도 그쪽으로 옮길게요."

용달차 기사를 거들어 이삿짐을 옮기는 여자의 아들은 말수가 적고 손이 여문 미남이었다. 그는 내게 물건을 부려야 할 자리를 물어보곤, 큰 팔다리를 휘저으며 용달차와 문지방 사이를 빠르게 오갔다. 민아는 말없이 청년의 뒤를 졸졸 따라다니며 제 속옷이 든 상자나 묵은 일기장을 모아놓은 가방 따위가 그의 손에 들려 있으면, 얼굴을 붉히고 짐을 넘겨받아 작은 방으로 날랐다.

옷과 약간의 가구가 이삿짐의 전부였으므로, 이사는 오전 중에 끝이 났다. 짐이 정리된 걸 확인한 여자는 주방으로 들어가 감자탕을 끓여 늦은 아침상을 차렸다. 수다쟁이지만 인심은 헙헙한 모양인지, 여자는 일당을 받고 돌아가려는 용달차 기사를 주저앉혀 수저를 쥐여주었다.

"애기엄마, 오늘은 그렇고 내일부턴 여기서 자기랑 나랑 일해야 돼. 요리는 내가 할 테니까, 자긴 손님 맞고 설거지하고, 테이블 정리 맡아. 전에 식당에서 일해봤다니까, 길게 설명 안 해도 알 거야."

여자가 플라스틱 김치통에서 썰어놓은 포기김치를 꺼내며 조심성 없이 손에 든 집게를 흔들어 이런저런 설명을 늘어놓았다. 핏자국처럼 시멘트 바닥 위로 김칫국물이 튀었다.

"밥은 제가 풀게요."

"그래, 고마워. 식당이란 게 엉덩이 무거우면 못해먹는 장사야. 지완아, 아줌마 쟁반 갖다 드려라."

여자가 냉장고에서 여린 깻잎 한 움큼을 꺼내 감자탕 냄비에 얹고 들깻가루를 뿌렸다. 청년이 냉큼 자리에서 일어나 스테인리스 쟁반을 들고, 밥 푸는 내 곁에 섰다.

"나는 많이 주어. 아주 많이."

희태가 냅킨으로 입가의 침을 닦으며 제 몫을 많이 퍼달라 요청했고, 민아는 작은 목소리로 적게 달라 부탁했다. 마주 앉은 부녀는 서로의 얼굴을 외면한 채 너무 많거나, 너무 적은 밥그릇에 숟가락을 꽂았다.

"거기 청년은 대학생이야?"

희태가 큼지막한 돼지등뼈를 앞 접시로 옮기며 청년에게 물었다.

"아뇨, 졸업하고 지금은 역무원이에요. 언제 연향역 근처 오실 일 있으면 들르세요. 역 앞에 맛있는 식당 많아요."

감자탕을 자주 먹어서인지, 청년은 밑반찬으로 나온 콩나물무침과 미역초무침에만 젓가락을 가져갔다.

"우린 두 식구뿐이야. 재 아빠는 사 년 전에 지게차 사고로 떠났거든. 이제 식구 됐는데, 서로 이름 부르자. 잰 지완이고,

나는 경선이, 최경선. 이름 부르기 뭣하면 누나나 언니라고 부르든가. 우리 딸내미는 이름이 뭐야?"

커다란 감자를 이리저리 재며 숟가락을 디밀지 못하던 민아가, 경선의 질문에 퍼뜩 고개를 들었다.

"염민아요."

"어쩜 얼굴이 엄마랑 똑같이 생겼네. 오늘은 삼일절이구, 학교는 내일부터 나가지?"

민아가 바람 빠지듯, 힘없는 목소리로 '네' 하고 대답했다.

현지 일은 합의로 마무리가 되었지만, 아이들의 입에서 입으로 떠도는 소문까지 막을 방법은 없었다. 한때는 민아의 친구들이기도 했던 현지 친구들이 민아의 미니홈피에 들어와 온갖 욕설로 도배를 한 뒤, 아이는 잘못 깎은 발톱처럼 점점 제 속으로 파고들며 사람 만나기를 꺼렸다. 일주일 전, 나와 함께 연향에 내려와 전학 절차를 밟는 동안에도 아이는 교무실을 드나드는 제 또래의 소녀들과 눈이 마주치면 소스라치게 놀라 내 손을 아프도록 감아쥐었다.

"연향이 왜 연향인 줄 아우? 돌아가신 시어머니 말씀이 옛날에 이 고을에 그렇게 인재가 많았다지 뭐야. 동네 바보도 과거시험 보고 대번에 급제를 했다는데, 그건 솔직히 뻥 같고. 아무튼 너 나 할 거 없이 머리에 관을 쓰고 돌아오니 날이면 날마다 잔치가 벌어지고 풍악이 울렸다고 합디다. 첨엔 잔치하는 고장이라서 연향인가 보다 했는데, 우리 시어머니 말씀은 그게 아니더라고. 진짜 이유는 과거 급제한 수컷들한테 있었대. 그 호랑말코 같은 놈들이 금의환향해선 잔칫밥만 얻어먹고, 궐로 휑하니 가버리니 별 볼 일 없을 때 정분났던 처녀들은 오리알 신세가 됐다는 거야. 그 처녀들이 평생 동안 머리를 안 올리고 한양 간 애인 기다리다 늙어 죽었다지 뭐야. 그렇게 죽은 처녀들은 수의 대신 원삼 족두리에 연지곤지를 찍어 묻어줬다 하더라고. 사랑이 태어나서 죽는 자리라고 연향이라고 부른대. 댁들도 서로 미워하지 말고 오순도순 잘 살아. 나중에 돈 많이 벌어서 집도 사고 땅도 사고."

경선은 눈이 여린 여자였다. 내가 듣기엔 별거 아닌 이야기인데 그녀는 소매로 축축해진 눈가를 닦았다. 그러자 옆에 앉아 있던 지완이 얼른 냅킨을 뽑아 건넸다. 경선이 아들의 팔짱을 애인처럼 다정하게 끼고, 크라운 씌운 앞니를 드러내며 배시시 웃었다. 희태가 벙긋, 빈 웃음을 건네며 돼지등뼈를 쫍쫍 소리 내어 빨았다.

아침 식사는 용달차 기사의 인사로 어색하게 끝이 났다. 설거지를 하겠다며 내가 팔을 걷어붙이자, 경선이 손을 내저으며 짐이나 정리하라고 돌려세웠다. 지팡이를 짚고도 절룩거리는 희태를 지완이 부축해 방으로 옮겼다.

"참, 착하네. 얼굴도 잘생기구."

지완이 가게에서 가져온 방석을 깔고 그 위에 희태를 앉혔다.

"누나 시집가고 엄마나 저나 많이 적적했거든요."

"우리 애기엄마 많이 도와줘요. 여자 혼자 힘들 거야."

민아와 내가 바닥에 놓인 텔레비전을 예전에 화장대로 쓰던 서랍장 위에 올려놓느라 용을 썼다. 그러자 어느새 지완이 조르르 달려와 우리 대신 텔레비전을 옮겼다. 얼른 한 걸음 물러섰지만 텔레비전을 드느라 넓게 벌린 그의 팔꿈치에 가볍게 내 옆구리가 스쳤다. 나는 얼른 고개를 틀어 희태의 표정을 살폈다. 먼눈을 팔듯, 초점을 잃은 그의 눈동자가 내 옆구리 언저리를 맴돌았다. 조심스럽게 몸을 돌려 희태의 옆으로 다가서자, 그가 지팡이를 세워 내 발등을 찍어 눌렀다. 촘촘히 늘어선 뼈와 뼈의 좁은 틈으로 체중을 실은 지팡이가 파고들었다. 비명이 터져 나올 것 같아 숨을 참고 고개를 숙였다.

"아저씨, 뭐 하시는 거예요?"

지완의 목소리에, 나도 모르게 짧은 신음이 새어 나왔다. 그는 어느새 텔레비전을 내려놓고 희태가 내게 린치를 가하는 모습을 놀란 눈으로 바라보았다. 지완의 물음에 일순 얼어붙었던 희태가 손가락을 풀어 지팡이를 떨어뜨렸다. 눈자위를 붉히던 민아가 빠른 걸음으로 방을 빠져나갔다.

"아주머니 괜찮으세요?"

"장난이야. 장난."

지완의 서그러운 눈이 험악하게 구겨졌다. 희태가 내 손을 끌어다 입을 맞추곤 헤벌어진 웃음을 지어 보였다. 여전히 미심쩍은 표정이지만 지완이 미간을 풀고 꾸벅 고개를 숙여 인사를 하곤 방을 나섰다.

"젊은 놈이 만져주니까 젖꼭지 섰냐?"

희태가 왼쪽으로 기울어진 몸을 어깨에 기대며 씩씩 숨을 몰아쉬었다. 그의 앞니가 목덜미를 파고드는 게 느껴졌다. 바닥에 널브러진 걸레를 줍는 척, 자리를 벗어나자 희태의 몸이 바닥으로 곤두박질쳤다. 요란스러운 비명이 등허리를 갈겼다. 잠시 머뭇거리다 걸레를 주워 들고 방문을 열었다. 방문 건너 손님용 화장실 앞에 서 있는 지완이 눈에 들어왔다.

"제가 도울 일이 있으면 언제든 연락하세요."

그가 앞가슴 호주머니에서 명함을 꺼내 내밀었다. 나는 조용히 그를 비켜 화장실 문을 열고 슬리퍼를 신었다. 타일에서 뿜어내는 선뜩한 기운에 소름이 돋았다. 라디에이터 아래 빨랫비누와 빨래판이 보였다. 세면대에 물을 받아 걸레를 헹구고 비누칠을 했다. 찰박찰박 물소리 사이로, 고요한 숨소리가 섞여들었다. 잿빛이 나던 땟물을 맑은 물이 나올 때까지 헹궈내고 걸레를 비트는데, 화장실 문이 빼꼼 열렸다. 문지방 위에 직사각형의 흰 종이가 놓이고 다시 문이 닫혔다. 지완의 명함이었다. 나는 그것이 불온선전물이라도 되는 양, 주위를 두리번거리며 호주머니 깊숙이 찔러 넣고 문짝에 기대어 불규칙하게 들랑거리는 숨을 골랐다. 등 뒤로, 누군가의 거친 심장 박동이 들리는 것도 같았다.

4월

김하임

"망설임 얼마예요?"

냉동고에서 '설레임'을 꺼내 든 군인이 마개를 비틀며 천 원짜리 지폐를 내밀었다. 그가 아니어도 설레임을 망설임이나 속삭임 등으로 주문하는 손님은 종종 있다. 마시는 요구르트 메치니코프를 매번 차이코프스키라고 부르는 아줌마, 상어바를 찾다 죠스바를 사간 남고생, 담배 팔리아멘트를 당당히 필라멘트로 바꿔 부르는 아저씨, 팬티색 커피스타킹을 찾는 아가씨. 처음엔 거스름돈을 내주며 상품명을 고쳐 일러줘봤지만 이젠 포기했다.

성기는 지난주 〈오천만의 퀴즈쇼〉 예심에서 이백 년 전에 죽은 영국의 철학자가 만들었다는 원형감옥의 이름을 맞히지 못해 탈락했다. 정답은 팬옵티콘이었는데, 녀석이 제시한 오답은 팬티옵콘이었다고 한다.

"매점에선 쌍둥이바 달라고 하면 바로 쌍쌍바 꺼내주는데, 거참 되게 까다롭네. 야, 매주 예선인데 뭐가 걱정이야?"

검표를 하는 지완의 뒷모습을 흘깃거리며 실의에 빠진 성기를 건성으로 위로했다.

"우리 그룹 중에서 유일하게 그걸 맞춘 사람이 환갑 넘은 할머니란 게 충격인 거지."

성기가 상식백과를 덮으며 낮게 탄식했다.

"그건 당연한 거야. 너 세 살 때보다 지금이 더 똑똑하잖아."

"넌 나이 먹으면 검버섯처럼 아마존협정이나 에이마시, 비코프 같은 일반상식이 네 머릿속에 저절로 자랄 줄 알아?"

성기가 꼴같잖아 웃음이 났다. 진 게 아쉬워서가 아니라, 나이 든 여자에게 밀려서 열등감이 더 폭발한 게 뻔히 보였다. 어차피 죽는 날까지 책을 읽어도 세상의 모든 상식을 꿸 수는 없다. 퀴즈에 목맬 시간에 자격증 시험 준비나 토익 공부를 하는 편이 성기의 암울한 미래를 조금이나마 밝힐 유일한 방법이었다. 하지만 입바른 소리 해봐야 우리 집 우주신이나 성기 같은 남자에겐 씨도 안 먹힐 경 읽기였다.

성기가 저 혼자 툴툴대는 사이 개찰구를 나온 손님들이 커피나 껌, 바나나맛우유를 사러 들이닥쳤고 광장에서는 우주찬양가 전주가 흘러나왔다. 손님이 잦아들기를 기다려 지완에게 문자메시지를 보냈다.

'아무거나, 되는대로, 둘 중 하나만 골라봐요.'

진창과 함께 플랫폼 벤치에 그늘을 내린 라일락 줄기를 전지하던 지완이 호주머니에 손을 넣어 핸드폰을 꺼내는 게 보였다.

'난 아무거나 되는대로 사는 거 별로지만, 꼭 골라야 한다면 아무거나요.'

사실 '아무거나'와 '되는대로'는 '인생 뭐 있어'라는 술집의 메뉴였다. 오늘 저녁, 나는 지완을 꼬드겨 그 술집에서 '아무거나'란 이름의 안주를 시켜놓고 술을 마실 작정이었다.

지난 보름 동안, 지완과 나는 데이트 비슷한 걸 세 번 해봤다. 극장에서 송강호가 나오는 영화를 함께 봤고, 맛있다고 소문난 곱창집을 찾아 시 경계를 넘어간 적도 있었다. 하지만 매번 그는 말이 없었고, 나 혼자 주책없이 할아버지나 부모님 이야기를 약간의 과장을 보태 신나게 떠들어댔었다. 분명 사귀기로 한 적은 없지만, 이만하면 연애가 아닌가 싶다가도 이름과 나이, 직업밖에 모르는 사람을 과연 남자친구라 부를 수 있을까 생각하면 연애가 아닌 것도 같았다. 그래서 생각해낸 게 술이었다. 아무리 숙맥인 지완이지만, 술이 들어가면 마음이 풀어져 자기 이야기를 꺼내놓지 않을까 내심 기대됐다. 그의 오른손 새끼손가락 두 번째 마디에 있는 굵고 기다란 흉은 어쩌다 생겼는지, 첫사랑 여자애와 어떻게 만나 어떻게 헤어졌는지, 역내 안내방송을 할 땐 왜 가제트 형사 목소리로 변하는 건지, 화이트하임을 인터넷에서 대량 구매하지 않고 꼭 김하임에게 사가는 이유는 뭔지, 살풋 잠이 들어 주먹 쥔 손을 천천히 풀듯, 자연스럽게 설명해주었으면 싶었다.

"나 오늘 어때?"

성기가 열 손가락에 반지처럼 짱구를 끼워 넣고 하나씩 뽑아 먹다, 내 질문에 다시 책으로 시선을 옮겼다.

"어제랑 뭐 다른 게 있긴 해?"

성기는 시큰둥했다. 머리도 고데기로 돌돌 말았고 꼼꼼하게 마스카라와 아이라인까지 그렸다.

"열광적인 반응 감사합니다."

좋은 소리는 기대도 안 했다.

"형은 어른스럽고 분위기 있는 여잘 좋아했어. 예전에 사귄 누나를 아는데, 연상이었지."

성기가 짱구를 와드득 씹으며 말했다. 그저 안면 정도나 있는 동네 선후배 사이인 줄만 알았더니 성기는 지완에 대해 제법 많은 걸 알고 있었다.

"여자친구가 있었구나. 그건 또 처음 알았네. 오래 사귀었어?"

내 질문에 성기가 책장을 넘기며 뭔가 말을 시작하려는지 입술을 여는 순간 내가 끼어들었다.

"아, 됐어. 암말도 하지 마. 그런 거 알아서 뭐한다고."

궁금했지만 과거까지 속속들이 알아버리면 김이 샐 것 같았다. 우린 아무것도 시작한 게 없었다. 누군가 먼저 실을 당겨 포장을 벗겨내길 기다리는 풋내기였다. 나는 아직 용기가 나지 않았다.

"난 너 그 형하고 얽히는 거 별로야."

성기가 과자봉지를 내려놓고 손을 털었다.

"니가 뭔데?"

아무리 오랜 친구라지만 성기는 요즘 들어 계속 손거스러미처럼 나를 긁었다. 별로라니 더 오기가 솟아났다.

"내가 뭐가 되고 싶다고 하면 시켜줄 거야?"

성기가 무슨 얘길 하는지 도통 이해할 수 없었다. 평소 그 애답지 않게 눈빛이 축축했다. 화를 내는 건지 내게 뭔가를 요청하는 건지 분간할 수 없었다. 성기는 몸을 홱 돌려 귀에 이어폰을 끼었다. 제대로 다툰 것도 없는데 저 혼자 토라지고 만 터였다. 혹시 나를 좋아하는 건 아닌가 하는 의심이 들었지만 아니길 바랐다.

오후 다섯 시가 되자, 오전 근무인 지완이 퇴근을 하며 매점 문을 두드렸다. 나는 고개를 끄덕이곤, 빈 도시락과 크로스백을 어깨에 걸었다.

“문단속 잘하고 들어가.”

녀석은 대답이 없었다. 성기가 나를 좋아하는 건 자유지만, 그렇다고 내가 다른 사람의 감정까지 책임져야 할 의무는 없었다. 나는 잠시 주저거리다, 오후 내내 가슴 한가운데 멍울져 있던 말을 꺼냈다.

“너 이러는 거 되게 신경 쓰이고 찝찝해. 딱 내가 싫어하는 인간 유형이라고. 외로우면 너도 연애를 하든지, 아님 애완동물이라도 키워봐. 나한테 이러지 말라고.”

나는 성기의 대답을 듣지 않고 매점을 빠져나왔다. 너무 야멸치게 쏘아붙인 건 아닌가, 마음 한편이 저릿했다. 하지만 지금은 원망을 듣더라도 나중을 위해 확실히 해두는 게 좋을 것 같았다.

“성기랑 싸웠어요?”

광장으로 나온 지완이, 서류 가방을 열어 한 줌 다발로 묶어 놓은 라일락을 꺼내 건넸다. 달착지근하고 상그러운 향기가 손아귀에 사로잡혔다.

“아뇨.”

“그럼 재 왜 울어요?”

성큼성큼 횡단보도를 향하던 걸음이 멈췄다. 지완도 뒤늦게 걸음을 멈추고 나를 돌아보았다. 하지만 나는 고개를 돌려 성기를 바라보지 않았다. 지질한 자식. 그까짓 몇 마디에 눈물이나 짜내다니. 매사 무신경의 극치를 달리던 녀석의 캐릭터와는 어울리지 않는 행동이었다.

"정말 울어요?"

"잘 안 보이긴 하는데 얼굴이 새빨개요. 따귀 맞은 것처럼. 어깨도 들썩거리고."

지완이 걱정스러운 얼굴로 까치발을 세워 매점 쪽을 넘겨봤다. 나는 떨어지지 않는 걸음을 떼어 다시 횡단보도로 향했다.

"짝사랑하던 여자한테 차였대요. 근데 차일 만했어요. 내세울 거 하나도 없는 주제에 입바른 소리만 했대요."

벌써부터 손수건으로 이마에 맺힌 땀을 찍어내는 중년 남자가 내 옆으로 걸어와 캔 콜라를 땄다. 성기의 손을 거쳐 그에게 전달되었을 콜라 캔 위로, 차가운 물방울이 주르륵 흘러내렸다. 깨르륵, 트림 소리와 함께 시척지근한 숨결이 내 쪽으로 달려들었다. 라일락 디발을 들어 올려 코끝에 가져다 댔다.

"연애는 바보도 할 수 있지만, 짝사랑은 바보만 할 수 있대요. 성기 녀석, 바보였네요. 어, 파란불이에요. 가요, 어디로든."

지완이 내 카디건 소매를 가볍게 흔들고 저벅저벅 횡단보도를 가로질렀다.

우리는 '인생 뭐 있어'의 첫 손님이었다. 주접든 앞치마를 걸친 중년 사내가 계단 물청소를 하다 마주 올라오는 우리를 발견하곤 재빨리 대걸레로 물기를 밀어내고 길을 터주었다. 실내로 들어서자, 카운터 꽃병에서 꽃잎이 누렇게 바래가는 백합이 지린내를 풍겼다. 지완과 내가 창가 자리를 잡자, 계단 청소를 마친 중년 사내가 메뉴판을 들고 다가왔다. 지완이 메뉴판을 받아 내 앞에 펼쳐주었다.

"생맥주 괜찮아요?"

내가 고개를 끄덕이자, 지완이 메뉴판의 안주 이름을 눈으로 훑다 어느 순간 벙긋 미소를 지었다. 이제야 아까 말한 '아무거나'가 안주 이름이란 걸 깨달은 모양이었다. 오백 시시 맥주 두 잔과 '아무거나'를 주문받은 중년 사내가 목례를 하고 주방으로 사라졌다. 곧이어 중년 남자를 꼭 닮은 청년이 술집 문을 열고 들어와 허둥지둥 검은 앞치마를 두르더니 당연한 임무처럼 요란한 록음악을 틀어놓고, 기계에서 맥주를 뽑아 잔을 채웠다. 청년이 맥주잔과 강냉이가 담긴 플라스틱 접시를 내려놓았다. 지완이 기다렸다는 듯 내게 건배를 청했다. 그 모습이 어찌나 자연스럽고 호기로운지 나는 넋을 놓고 잔을 부딪친 뒤, 그가 단숨에 잔의 절반을 비우는 걸 멍하니 바라보았다.

"술 잘 마셔요?"

윗입술을 조금 들어 거품을 호로록 빨아들이고 지완에게

물었다.

"아뇨. 첫 잔이 마지막 잔이라고 보면 돼요."

지완이 냅킨으로 젖은 입가를 닦아내며 강냉이를 집었다.

"근데 왜 술 마시자고 했을 때 거절 안 했어요?"

구레나룻을 시작으로 지완의 양 볼이 얼근하게 달아올랐다.

"잘 보이고 싶어서요."

지완이 주저 없이 답했다.

"언제부터요?"

지완이 냅킨으로 포크를 닦아 내 손에 쥐여주었다.

"죽은 개를 업고 간 날부터요."

한 달 전이었다. 개 한 마리가, 아마도 리트리버와 진돗개, 어쩌면 더 많은 품종이 뒤섞였을 커다란 동물이 연향역 광장에 죽어 있었다. 적게 잡아도 삼십 킬로그램은 될 법한 큰 개였다. 차에 치여 기어왔는지 개의 하반신이 뭉개져 있었다.

출근 전인 지완 대신 진창과 역장이 나란히 걸어 나와 개를 내려다봤다. 경찰을 불러야 하나, 119를 불러야 하나, 아니면 동물구조협회 같은 데서 해결해주지 않나, 둘은 길고 답 없는 질문을 주고받으며 시간을 낭비했다. 진창은 시청에 전화를 걸어 죽은 동물을 어떻게 버려야 할지 물었다. 돌아온 답은 동물의 사체를 버릴 땐 일반쓰레기 종량제봉투에 담아 내놓으라는 거였다. 아무래도 백 리터 봉투에 안 들어가겠다는 진창의 말에 역장은 쇠톱을 찾았다.

보다 못한 내가 나섰다. 죽은 개를 토막 내 쓰레기봉투에 담아 버리는 꼴은 보고 싶지 않았다. 목줄도 없는 걸 보니 유기견이었다. 아빠 친구네 복숭아농원이 생각났다. 지금은 복숭아를 베어버리고 황무지가 되었지만 볕도 잘 들고 흙도 기름졌다. 나는 진창과 역장을 밀어내고 죽은 개를 등에 업혀달라고 했다.

"일단 업긴 했는데 생각보다 무거웠어요. 지완 씨 아니었으면 농원까지 못 갔을 거예요."

죽은 개를 업어 옮기는 건 어려운 일이었다. 허리를 기역 자에 가깝게 숙이고 중심을 잃지 않으려 조심조심 걸었지만 개는 슬금슬금 미끄러져 눈 깜짝할 새 보도블록으로 곤두박질쳤다. 자전거를 타고 출근하던 지완이 나를 발견했다. 어쩌다 죽은 개를 짊어졌는지 묻는 대신, 그는 자전거를 팽개치고 내게 다가와 등에 업힌 개의 무게를 덜어주었다.

"모든 게 운명처럼 맞아떨어졌잖아요. 하필 그때 지완 씨 친척 아저씨가 트럭을 몰고 다가왔고 운이 좋게 농원까지 데려다주셨고."

농원엔 버려진 농기구가 많았다. 운이 좋게 겨울치고 포근한 날이어서 흙을 삽으로 퍼내는 일도 할 만했다. 우리는 농원 가장자리에 봉분 없는 무덤을 만들었다.

"죽은 개를 등에 업는 사람은 귀해요."

지완은 더 할 말이 있는 사람처럼 입술을 옴찔거리다, 새 맥주 한 잔을 더 주문했다. 그는 거푸 두 잔의 맥주를 비우고도 말짱했다. 오히려 맥주 한 잔에 취기가 올라 시답잖은 수혁 이야기를 떠들어 재끼고 인도 점성술 얘기를 하며 훌쩍거린 건 나였다. 결국 나는 아홉 시를 넘기지 못하고 목소리가 쉬어버렸다. 화장실에 다녀오며 계산을 마친 지완이 계단 앞에서 내 곁으로 바짝 다가와 한쪽 팔을 내밀었다.

"날도 추운데 핑곗김에 팔짱 좀 낍시다."

나는 팔짱 대신 손을 잡았다. 호프집을 나와 찬바람을 맞으니, 번쩍 정신이 들었다. 살그머니 고개를 들어 몰래 지완의 표정을 살피려다 눈이 마주치고 말았다. 맥주 탓에 화장실이 간절했지만 내 쪽에서 먼저 손을 풀면 그가 무안해할까 봐 아랫배에 힘을 주고 요의를 들이켰다. 우린 상대의 손을 놓아줄 적당한 순간을 찾지 못하고 집으로 접어드는 골목길 앞까지 보폭을 맞췄다.

"하임 씨처럼 할 말 하는 사람 보면 부러워요. 전 말재주가 없어서 손해를 많이 봤거든요. 손가락 흉터도 그래서 생긴 거예요. 군대에서 취사병 시절에 칼에 베여서 열두 바늘이나 꿰맸거든요. 칼질이 서툰 초임병한텐 철망으로 만든 장갑을 보급하는데, 제가 말주변이 없어서 그걸 달란 말을 못 했어요.

뭐 어려운 말이라고."

지완이 새끼손가락을 세워 까딱까딱 흔들었다.

"뭐야, 말 되게 잘하잖아요. 이제부턴 뭐든 나한테 떠들어요. 아무리 길고 지루해도 다 들어줄 테니까요. 첫사랑 얘기해주세요. 그담엔 안내방송 할 때 왜 가제트 형사 목소리로 변신하는 건지도 가르쳐주고요. 화이트하임은 어쩌다 중독됐어요? 형제 있어요?"

그날 밤, 나는 문 닫은 쎄씨봉 미용실 앞 평상에 앉아 그동안 궁금했던 것들을 한꺼번에 물었다. 지완은 주머니에서 화이트하임 하나를 꺼내 반으로 갈라 내게 내밀었다.

"재미없다고 도망가면 쫓아갈 거예요."

지완의 첫사랑 이야기가 시작되자 쎄씨봉 미용실에 달린 성기 방 창문에 불이 들어왔다. 불빛에 길게 늘어난 우리 둘의 그림자가 성기의 낡은 자전거 위를 덮었다.

세 번째 열차가 정차하도록, 성기는 출근을 하지 않았다. 문자메시지를 보내려던 손이 곱아들었다. 딱히 할 말이 없었다. 나는 만지작거리던 핸드폰을 내려놓고, 검표 준비에 나선 지완을 물끄러미 바라보았다. 불현듯 그가 고개를 돌려 내 쪽을 바라보곤 아지랑이처럼 보일락 말락 미소를 지었다. 이어 열차가 도착했고, 승객들이 역내로 쏟아져 들어왔다. 지완을 거쳐 역내로 들어온 승객 중 몇이 매점 유리문을 밀고 들어와 사이다와 바밤바, 밀크티를 주문했다. 성기가 있었더라면 나는 계산만 하고 물건을 꺼내는 일은 녀석이 전담했을 테지만, 오랜만에 성기 몫의 일까지 감당하려니 눈과 귀와 손이 공중에서 뒤엉켜 제 갈 길을 놓치고 있었다.

겨우 물건 값을 계산하고 고개를 들어보니, 개찰구로 마지막 승객이 걸어 나오는 게 보였다. 어깨까지 내려온 숱 많은 단발머리에, 화장기 없는 얼굴, 큼직한 이목구비, 야윈 몸에 흰색 블라우스, 낡은 청바지와 갈색 숄더백 차림의 여자였다. 어디서나 흔히 볼 수 있는 스타일이었지만, 어쩐지 그녀에게서 시선을 뗄 수 없었다. 그건 끈끈이에 발이 묶인 개미처럼 꼼짝 않고 여자를 바라보는 지완 때문이었다.

옛날 애인일까, 하지만 어젯밤 들은 지완의 첫사랑은 교회에서 만난 한 살 연상의 키가 작고 통통한 성악도였다. 파리한 낯빛의 여자는 지완에게 목례를 하곤 오른쪽 어깨를 조금 내려 숄더백에서 기차표를 꺼내 지완에게 건넸다. 그걸 받아 드는 지완의 뒷모습이 간신히 형태만 유지한 유적지의 석탑처럼 아스라해 보였다. 그의 얼굴이 보이지 않았지만, 여자와 지완의 눈빛이 한곳에서 엎치락뒤치락하고 있단 걸 느낄 수 있었다.

지완은 연향 토박이니, 하루에도 몇 번씩 친척이나 친구를 맞이하거나 떠나보냈다. 여자 역시 그의 동창이거나 같은 교회의 신자였거나 이웃일지 몰랐다. 그때 불쑥, 지완이 그녀의 야윈 손목을 붙잡는 게 보였다. 수숫대처럼 마른 여자는 지완의 손길에 사로잡혀 개찰구를 빠져나오지 못했다. 여자가 입술을 달싹여 뭐라 조곤조곤 이야기했지만, 입술 모양만으론 내용을 가늠할 수 없었다. 바짝 힘을 주어 하얗게 질린 지완의 손만이 스냅사진처럼 눈에 박혔다. 첫사랑은 아니더라도 성기가 말한 예전에 사귄 연상의 애인이 그녀일지 모른다는 생각이 들었다.

퇴근 시간이 되자 지완은 화이트하임 대신 담배 한 개비를 입에 물고 여자가 사라진 방향으로 휘적휘적 걸어갔다. 그가 지나간 자리에 푸르스름한 연기 몇 가닥이 긴 꼬리를 휘날리다, 흔적 없이 사라졌다.

4월

이무영

희태는 교회에 나가기 시작했다. 집사인 경선의 입바람으로 그녀가 다니는 교회 목사와 그의 아내가 중고 휠체어를 들여놓고 간 다음부터였다. 주치의는 휠체어에 의존하지 말고 규칙적으로 걷는 연습을 하라고 권했지만, 희태는 그 염려가 못마땅했는지 한 달에 한 번 있는 외래진료마저 나만 보내고 연향에 틀어박혔다. 그가 하는 일이라곤 매주 일요일, 부목사의 어깨에 의지해 휠체어를 타고 교회에 가는 것과 온종일 케이블에서 재방송되는 오락프로그램을 보며 경선에게 농을 거는 것뿐이었다. 그는 반은 얼고 반은 썩어 문드러져가는 한겨울 대봉처럼 늘 오른쪽 혓바닥을 빼물고 겔겔 웃었지만, 감각이 살아 있는 왼쪽 입술은 악물듯 차갑게 닫고 나를 관찰했다.

"동생, 우리 민아 도망 안 가. 눈에 불 끄고 성경 공부나 열심히 해."

언제부턴가 경선은 나를 민아라 불렀다. 그녀가 양동이에 수북이 쌓인 감자를 재게 깎으며, 내 등 뒤에 앉은 희태에게 말을 붙였다. 피식, 헛웃음 소리와 시금털털한 희태의 체취, 책장 넘기는 소리가 어깨를 타 넘어왔다.

"도망은 안 가두 언 놈이 채 갈까 봐 그러지요. 선일상회 임가도 그렇고, 고기 대는 김가도 그렇고."

경선이 잇몸을 벌겋게 드러내고, 목을 앞으로 길게 뽑으며 깔깔 웃었다. 남들에겐 우스운 농담처럼 들리겠지만, 희태의 말은 거짓이 아니었다. 채소와 고기를 대는 도매업자, 가게에 드나드는 단골손님들, 길 건너 보쌈집 홀아비 사장, 지완과 그의 직장동료, 구역예배에 참석하러 찾아오는 교인들까지도 희태는 고깝게 바라보았다. 그가 내게 허락하는 건 그 자신뿐이었다. 내가 허락받지 못한 사내들과 말을 섞기라도 하는 날이면 편히 잠들기는 포기해야 했다.

주먹을 날리는 대신 쇠젓가락을 라이터 불에 달궈 사람들 눈에 띄지 않는 허벅지나 등허리, 팔뚝 같은 곳을 지졌다. 나는 비명을 지르지 않았다. 바로 옆방엔 민아가 있고, 욕실을 쓰느라 하루에도 몇 번씩 일층을 들락거리는 지완이 신경 쓰였다. 뭣보다 더는 이런 방식으로 희태의 욕망을 충족시키고 싶지 않았다. 그가 원하는 건 고통에 몸부림치는 어린 소녀였다. 십여 년 전 그날처럼 그렁그렁한 눈으로 목숨을 애원하길 바라는 거였다. 나는 이를 악물고 그의 뒤틀린 욕망을 외면했다.

영업 시작 시간이 얼마 남지 않은 아침이었다. 비명을 참느라 흘린 신음을 경선이 들은 모양이었다.

"과부 앞에서 염장 지르고 있네. 사내 궁한 사람은 나야. 오죽하면 과부 엉덩이는 궁하다고 궁둥이랄까."

경선이 반쯤 깐 감자를 떨어뜨리며 배를 잡고 웃었다.

"그래도 아무나 고르면 안 돼요. 십 년 과부가 고자 고른대잖수."

이번엔 희태가 흐느끼듯 낄낄 웃었다. 경선이 감자를 집어 희태에게 던질 듯 어깨 위로 가져갔다 허리를 접고 따라 웃었다.

"우리 지완이 아빠 살았을 적에 꼭 이맘때면 역마살이 도졌어. 낚싯대 하나 들쳐 메고 집 나가면서 하는 변명이 봄바람은 첩 죽은 귀신이란 거야. 지금 생각해보면 그 말을 지가 지어낸 건지 으른들 하는 말 뽄땄는지 몰라도 아주 흰소린 아닌 거 같아. 자기도 밖에 좀 나가봐. 바람이 얼마나 이쁘고 곰살맞게 품으로 파고든다고. 신랑은 교회 다니면서 바람 쐬니까 이렇게 밝아졌잖아. 민아도 맨날 이러고 있지 말고 딸내미 데리고 교회 나와. 목사님 말씀도 듣고, 사람들이랑 어울리면 스트레스 풀린다?"

경선의 제안에 희태가 큼큼, 불만 섞인 헛기침을 하며 성경책을 넘겼다. 그가 아니더라도 교회에 나갈 생각은 없었다. 일주일에 단 하루, 희태의 체취를 털어내고 민아와 오붓이 보낼 수 있는 소중한 시간이었다.

"민아 공부도 그렇고, 전 요 담에 갈게요."

지난주부터 지완은 일요일 아침마다 민아에게 수학을 가르치고 있었다. 경선은 지완이 이런저런 핑계를 대며 교회에 나가지 않는 걸 고까워했지만, 다 큰 아들의 고집을 꺾을 수 없어 입술을 비죽거리며 잔소리를 집어삼켰다. 그러나 경선보다 지완의 과외를 못마땅하게 생각하는 사람은 희태였다. 그는 반듯한 지완을 '부처님 불알 쪽 같은 놈'이라 욕했지만 정작 욕실이나 주방에서 지완을 만나면 슬랩스틱 코미디언처럼 과장된 표정으로 반가움을 표하며 착살스럽게 달라붙었다. 음지에 뿌리를 내리고, 양지를 향해 가지를 뻗어가는 식물처럼 희태의 친절에선 언제나 퀴퀴한 늪지의 개흙 냄새가 풍겼다.

감자 칼을 내게 맡긴 경선이 얼갈이배추를 씻어 겉절이를 무쳤다. 그녀가 함지박에서 벌겋게 양념 밴 여린 배추 줄기를 꺼내 올려 희태의 입에 넣어주었다. 그가 어석어석 김치를 씹어 삼키곤 왼손 엄지를 들어 올렸다. 경선이 신바람 난 목소리로 '오케이' 외치며 김치통에 겉절이를 옮겨 담고, 깻잎을 씻었다. 그사이 도포에 갓을 쓴 노인과 아기를 등에 업은 추레한 차림의 초로의 영감이 첫 손님으로 들이닥쳤다.

"우주신님 오셨세요?"

경선이 앞치마에 손을 닦으며 도포 노인을 반갑게 맞았다.

"과부 눈엔 홀아비만 뵈나?"

아기 업은 영감이 눈을 흘겼다. 경선이 까르르 웃으며 쟁반에 깍두기와 방금 무친 겉절이, 어묵볶음을 담아 내게 넘겼다. 나는 노인들이 앉은 테이블에 찬과 물병, 물잔을 내려놓고 주문을 기다렸다.

"우리 해장국 둘하고 키핑해논 술 좀 갖다줘. 해장국은 애기도 먹을 줄 아니까 안 맵게 해서."

계산서에 '해장국2'라 적고, 술은 뭐라 어떻게 해야 할지 몰라 머뭇거리는데 아기 업은 영감이 앞니를 드러내고 웃었다.

"냉장고 보면 쏘주 반병 남은 거 있을 겨. 그거 갖다 달라고. 첨 보는 얼굴인데 분첩에 엎어졌다 나왔나? 참 곱네, 고와. 내가 나이 잘 맞춰. 서른다섯 살이지?"

내가 고개를 주억거렸다.

"거 봐. 나도 한가닥 한다니까."

영감의 호들갑에 우주신이라 불린 노인이 내 얼굴을 빤히 바라봤다.

"너무 고우면 슬픈 게야. 천상에 있어야 할 사람이 지상에 떨어졌으니 오죽 억울한 게 많을꼬."

노인은 자꾸 나를 구름 위에서 만난 적이 있다며 안쓰러운 표정을 지었다.

"선녀란 말씀이시네. 이 가여운 중생 손 한번 잡아주실 수 없겠소?"

영감이 나를 향해 몸을 뻗었다.

"야 이 땡중 놈아, 내가 널 그렇게 가르쳤더냐? 손녀딸 보는 앞에서 손모가지 꺾어놓기 전에 정신 차려!"

도포 노인이 아기 업은 영감에게 매섭게 일갈을 하곤, 나를 향해 미안한 듯 팔자 눈썹을 만들어 보였다. 도포 노인의 한마디에 아기 업은 영감이 대번 주눅 든 표정으로 내게 가볍게 고개를 숙였다.

노인들은 예상 밖으로 아주 조용히 해장국과 소주를 나누어 먹었다. 영감의 등에 업혀 있던 아기도 순한 모양인지 방글방글 웃으며 제 할아버지가 발라주는 고기를 받아먹곤 스르르 잠이 들어버렸다. 그릇과 잔을 비운 두 노인이 자리에서 일어서자, 아침드라마에 빠져 있던 경선도 엉덩이를 들썩해 인사를 했다. 내가 카운터로 다가서자, 아기 업은 영감이 쑥스러운 듯 고개를 들지 못하고 계산을 했다.

"인생은 톱니바퀴 같은 거유. 나한테 맞는 톱니를 만나야 삐걱대지 않고 잘 돌아가지, 잘 못 만나면 한쪽이 닳거나 망가져 못 쓰게 되지. 다행히 우주신은 짝 없는 물건은 만드시질 않았어. 이런 땡중 놈도 제 짝 만나 손주까지 주렁주렁 낳았잖소. 혹시나 톱니가 어긋나 삐걱거리걸랑 고민하지 말고 미스터 윤한테 물어서 우주신을 찾아와요. 내가 소리 없이 씽씽 돌아가게 기름칠 해줄 테니."

아기 업은 영감을 밀어내고 도포 노인이 속삭였다. 노인의 말 때문인지, 드라마 때문인지 경선이 웃음을 참지 못하고 킬킬거렸다. 나는 고개를 끄덕이며 노인들에게 인사를 건넸다. 도포 노인이 손을 들어 올려 휘휘 젓곤 가게를 빠져나갔다.

드라마가 끝났는지 경선이 자리에서 일어나 채반에 건져놓은 깻잎의 물기를 털어냈다. 설거짓감을 들고 개수대로 다가서 보니, 경선의 입가에 웃음기가 배어 있었다.

"나쁜 사람은 아냐. 지완이네 역에서 매점 하는 영감님인데, 옛날에 벼락 맞고 맛이 좀 갔어. 자기가 우주신이라고 우기는데, 말리다 말리다 아들 메누리도 손 놨나 봐. 민아야, 콩나물 네치게 물 올려."

그날 영업은 해장국 한 그릇을 시켜놓고 숟가락도 담그지 않은 채 소주만 마시다, 주독 오른 코를 소주잔에 박고 잠이 든 구둣방 할아버지로 끝이 났다. 경선이 금전출납기를 열어 카드 전표와 현금을 헤아리곤 덧버선을 벗어 카운터에 대고 탁탁 털었다. 제 할 일을 마쳤다는 뜻이다. 그녀가 피곤한 눈꺼풀을 파르르 떨며 냉장고에서 박카스 한 병을 꺼내 내 손에 쥐여주고 이층으로 올라갔다.

나는 진노랑의 달고 아릿한 음료를 입에 털어 넣고 설거지를 시작했다. 남은 반찬과 해장국은 매일 아침 잔반을 거두러 오는 돼지농장 주인 몫으로 한데 모아놓고, 뚝배기와 냄비, 밥풀이 말라붙은 스테인리스 밥공기에 수세미질을 했다.

“이 행주 써도 되지?”

작아져서 깡총하게 팔목이 드러난 후드티셔츠를 입은 민아가 행주를 들고 홀로 나갔다.

“놔둬. 엄마가 해야 두 번 손 안 가.”

언제나 그렇듯, 민아는 내 만류에도 불구하고 뚝배기 바닥이 찍어낸 동그란 얼룩들을 찾아 행주로 지워갔다.

“너도 궁뎅이가 근질거리냐? 그럼 공부 고만하고 니 에미처럼 궁뎅이 살랑거려서 돈이나 벌어 와.”

희태가 문지방에 걸터앉아 반창고를 칭칭 감아 손잡이처럼 만든 젓가락을 민아에게 겨누었다. 그의 말에 행주질을 잠시 멈추었던 민아가 고개를 푹 수그리고 다시 바지런히 손을 움직였다. 나는 일부러 수돗물을 세게 틀어 냄비와 희태의 목소리를 닦아내고, 주방 바닥을 걸레질했다.

“썩어 문드러질 년들.”

희태가 내 쪽을 향해 손을 휘젓곤 바다사자처럼 상체 힘으로 하체를 끌어 방으로 들어갔다. 팔을 움직일 때마다 아직 채

아물지 않은 팔등의 상처가 옷에 쓸려 쓰라렸다. 민아 앞에서 꼴사나운 모습을 보이지 않으려면 빨리 일을 마쳐야 했다. 서둘러 걸레질을 끝내고, 주방 불을 껐다.

"내일 아침에 엄마가 해도 되니까, 그만 들어가서 자. 엄만 피곤하다."

행주질을 멈춘 민아가 내 얼굴을 외면하고 홀 전등을 껐다. 싸구려 입간판 네온처럼 지나치게 붉어진 아이의 뺨도 까무룩 어둠에 갇혔다.

희태가 리모컨으로 텔레비전을 틀었는지, 방문 앞으로 푸르스름한 빛이 넓게 퍼졌다. 민아가 그 빛을 밟고 도망치듯 제 방으로 들어가 문을 닫았다. 나는 앞치마를 풀어 옷걸이에 걸어놓고 방문으로 다가섰다. 희태가 기다란 쿠션에 몸을 기대고 입술을 비틀며 홍삼 엑기스를 마시고 있었다.

"오늘도 제 버릇 남 못 주고 헤프게 굴었으니 그냥은 못 넘어가. 혼나야지."

그가 빈 파우치를 내려놓고 이불 밑에서 라이터를 꺼내 불을 켰다. 벌어진 입술 사이로 드러난 크고 긴 앞니에 호박색 불씨가 어룽거렸다. 숨을 깊이 들이마시고 방으로 들어와 방문을 닫으려 뒤로 돌아섰다. 그때 화장실 옆 이층으로 향하는 계단에 뭔가가 움직거리는 게 보였다. 처음엔 민아인가 싶었지만, 옆방에서 밭은기침 소리가 들리는 걸로 보아 경선이거나 지완일지 모른다는 생각이 들었다. 나는 황급히 방문을 닫고, 어금니를 깨물었다. 누구에게도 나의 불행을 들키고 싶지 않았다. 불행의 원죄는 내게 있고, 누구도 그걸 대신 갚아줄 수 없었다.

일요일 아침, 희태가 경선과 부목사를 따라 교회에 가자 기다렸다는 듯이 민아가 방문을 열고 걱정스러운 표정을 지었다.

"엄마, 허리 아파? 파스 사올까?"

얽듯 화상이 생긴 등과 엉덩이 때문에 바로 앉지 못하고 비스듬히 누워 있던 나는 고개를 가로저었다.

"아픈 거 참지 좀 마. 누워 있어, 금방 갔다 올게."

희태가 없었지만 민아는 발끝을 세우고 조심스럽게 방으로 들어와 옷걸이에 걸어둔 내 가방에서 지갑을 꺼내 들었다.

"진짜 안 아파. 생리통 때문에 누운 거야."

몸을 일으켜 앉아 웃어 보였다.

"그럼 타이레놀이라도 사올게. 잠깐만 있어봐."

내가 붙잡을세라, 민아가 지갑의 돈을 헤아리고 방을 나섰다. 팔랑거리며 사라지는 민아의 단발머리를 멀거니 바라보다 다시 자리에 드러누웠다. 정말 생리가 시작되려는지 골반이 욱신거리고 아랫배가 묵직했다. 눈을 감고 무릎을 끌어당겨 몸을 동그랗게 말았다. 부풀어 오른 물집이 터졌는지, 엉덩이에 닿은 팬티가 축축했다. 집에 아무도 없다는 생각이 들자, 밤새 참았던 설움이 밀려왔다. 메말랐던 눈에서 눈물이 쏟아지기 시작했다. 나는 베개에 얼굴을 파묻어 눈과 입을 틀어막았다. 커다란 담석이 저 깊은 곳에서부터 치솟아 올라오듯, 배를 지나 목구멍을 넘어, 혀와 입술을 뻐근하게 했다.

"안에…… 계세요."

방문 밖에서 누군가 목소리를 냈다. 베개에 파묻었던 고개를 들어 민아가 지쳐놓고 나간 방문 쪽을 바라보니, 하얀 양말을 신은 큼지막한 발이 보였다.

"누구?"

방문이 조금 더 열렸다. 하얀 양말과 베이지색 면바지, 체크무늬 남방을 입은 지완이 보였다. 방금 면도를 한 듯 말끔한 턱과 웃지 않아도 기분 좋게 말려 올라간 입매, 질 좋은 지점토를 솜씨 좋게 다독여 만들어낸 듯한 매끈한 코와 시원한 눈이 나를 내려다보고 있었다.

"민아는 잠깐 나갔어요. 금방 돌아올 테니, 잠깐만 기다리세요."

베개를 짚고 일어나 부석부석한 얼굴을 가리고 입안에 고인 말을 우물우물 쏟아냈다.

"나가는 거 봤어요. 그보다…… 무영 씬 괜찮으세요?"

어색한 호칭이 귀에 박혀 이명처럼 소용돌이쳤다. 어젯밤,

계단참에서 봤던 그림자는 아무래도 지완인 모양이었다. 그는 어디까지 본 걸까.

"왜 전화 안 했어요?"

내가 대답을 찾지 못하고 머뭇거리자, 방문 너머에 선 지완이 한쪽 무릎을 접어 자세를 낮추고 걱정스러운 눈길로 내 얼굴을 지그시 바라보았다.

"말이 좀 험악해서 그렇지, 나쁜 사람 아니에요. 그러니까 모른 척해주세요, 제발."

전에 살던 동네에서도 희태의 폭력과 폭언을 눈치챈 이웃이 없던 건 아니었다. 이웃들은 옷 위로 드러난 검푸른 멍과 상처에 나를 동정하고 함께 역정을 내며 희태의 이중성을 비난했다. 그러나 정작 도움이 필요한 순간이 찾아오면 그들은 슬금슬금 희태의 눈치를 살피며 눈과 귀를 틀어막았다. 그건 희태가 긴 시간에 걸쳐 주도면밀하게 펼친 사교 공략의 성과였다. 그는 종종 이웃들에게 택시요금을 받지 않고 목적지까지 데려다주며 친분을 쌓았고, 일요일엔 음료와 빵을 사들고 조기축구회에 나가 동네 사내들의 신임을 얻었다. 인사성 바르고, 인심 좋고, 여자와 아이에게 친절한 희태를 사람들은 나나 민아보다 신뢰했다. 그러는 사이, 사람들은 희태가 미친 게 아닌 이상, 아무 이유도 없이 제 여편네 얼굴에 손찌검을 할 리 없다고 믿게 되었다. 그 여자 미성년자일 때 애 낳았대잖아.

보통 까진 게 아닌 거지. 그들의 믿음은 곧 내가 문제 있는 여자라는 결론으로 이어졌다.

"상 차릴 때 무영 씨 팔등에 난 상처 봤어요. 그냥 놔두면 감염될지도 몰라요. 제때 치료하세요."

지완은 제집에서 태어난 어린 동물을 바라보는 소년처럼, 맑게 일렁거리는 눈으로 나를 바라보며 문지방 위에 검지만 한 연고 튜브를 내려놓았다. 마데카솔이란 이름을 단 동정을 나는 똑바로 바라보지 못했다. 지완 역시 곧 희태의 편에 설 것이고, 그땐 나를 몰염치한 여자로 기억할 것이 틀림없었다.

"알았으니까 나가주세요. 그러고 있는 거 불편해요."

나는 말을 맺자마자 리모컨을 집어 들어 텔레비전을 켰다. 신경질적으로 볼륨을 높이고 사지도 않을 홈쇼핑 간고등어 방송을 멍하니 바라보았다. 지완이 짧게 한숨을 쉬더니, 문지방에 내려놓은 연고 튜브를 집어 들었다.

"팔등 이리 내봐요."

단념하는가 싶던 그가, 성큼성큼 방 안으로 들어왔다. 그의 돌발적인 행동에 펄쩍 놀란 나는 들고 있던 리모컨을 움켜쥐고 상체를 뒤로 젖히며 벽 쪽으로 한 뼘 다가앉았다. 그도 희태와 다르지 않은 인간일까. 나는 또 짐승의 먹이가 되고 마는가. 비명을 지르려는데 목구멍에 솜이 가득 찬 것처럼 숨도 쉬어지지 않았다.

"이런데도 다 나았다고 한 겁니까."

지완이 내 옷 소매를 걷어 올렸다. 거지반 아물어가는 상처, 이제 막 수포가 터진 상처, 피딱지가 도도록하게 올라와 흑장밋빛으로 굳어가는 상처가 드러났다. 지완이 질끈 눈을 감고, 긴 한숨을 토했다.

"해치지 않아요. 힘 빼세요."

손목을 빼보려고 팔꿈치를 비틀었지만 그는 포기하지 않았다.

"거짓말은 치료에 아무 도움이 안 돼요. 소독하고 약 바르고 엄살도 부려야 낫는 거예요. 다른 사람들은 다 그렇게 치료하고 살아요. 다른 덴 괜찮아요? 봐요, 저쪽 팔도."

지완이 손끝에 연고를 짜 내 팔등에 난 상처들을 덮었다. 나는 날개를 사로잡힌 잠자리처럼, 쉼 없이 입만 달싹거릴 뿐 그에게 내 몸을 맡기고 말았다.

"찔린 거예요? 덴 거 같기도 하네. 이거 봐요, 여긴 곪아가고 있잖아요. 보나 마나 다른 데도 상처투성이죠? 이런 거 민아도 알아요?"

상처에 꼼꼼히 연고를 바른 뒤에야, 지완은 내 손목을 놓아주었다. 그의 얼굴이 복숭앗빛으로 발갛게 상기되어 있었다. 나는 고개를 가로저으며 그의 손길이 지나간 팔뚝을 옷 위로 쓰다듬었다. 창문으로 쏟아진 햇빛 때문인지, 지완의 눈가가 물기로 번들거리는 것처럼 보였다. 그가 내 손에 남은 연고를 쥐여주곤 자리에서 일어섰다. 때마침 통통통, 작은 공이 튕기듯 마루를 달리는 민아의 발소리가 들렸다. 지완은 들어올 때와 달리, 묵직한 걸음으로 방을 나섰다.

"민아야, 오늘은 과외 일찍 끝내고 엄마랑 같이 곱창 먹으러 가자, 어때?"

오랜만에 민아가 높은 음으로 경쾌하게 웃으며 엄마에게 물어보겠다고 대답했다. 그러고는 쪼뼛쪼뼛 방으로 들어와 타이레놀을 건네곤 방금 지완이 한 말을 내게 옮겼다. 나는 희태를 핑계 삼아 지완의 청을 거절했지만, 실망한 민아의 얼굴을 보고 마음이 편치 않았다. 결국 우리는 시 경계선을 넘어 맛있기로 소문난 곱창집에 찾아가 커다란 몸집의 순한 초식동물이 남긴 내장을 말없이 나누어 먹었다.

지완은 연고가 다 떨어질 때쯤이면 어김없이 새 연고를 사와 디밀었고, 벚꽃이 필 즈음엔 민아를 꼬드겨 나를 벚꽃길로 이끌었다. 〈출발, 비디오여행〉에 송강호 주연의 블록버스터가 소개될 즘엔 영화표 석 장이 민아를 통해 전달되었고, 외래진료를 받으러 서울에 가는 날엔 좋은 좌석을 미리 예매해두었다 내 앞치마 주머니에 넣어주었다.

희태의 약을 처방받으러 서울로 가는 날, 오후 근무인 지완은 출근 전인지 앞머리를 노랗게 탈색한 역무원이 검표를 하고 있었다. 말갛게 닦아놓은 거울에 초췌한 내 모습이 유령처럼 얼비쳤다. 그 옆으로 화사한 차림의 내 또래 여자 몇이 다가서자 가뜩이나 좁고 앙상한 어깨가 움츠러들었다.

"거 봐, 올 줄 알았다니까!"

플랫폼으로 나가려는데 누군가 어깨에 멘 핸드백을 잡아당겼다. 돌아보니 도포 노인이었다. 노인이 연향역 매점을 운영한다던 경선의 말이 떠올랐다.

"죄송한데, 기차 시간이 다 돼서요."

노인이 아이처럼 해사하게 웃으며 고개를 끄덕거렸다.

"어째 지난번보다 얼굴에 생기가 도누먼. 요즘은 톱니바퀴가 잘 돌아가는 모양이야. 그럼 볼일 보러 다녀오시게. 연향은 우주신이 지키고 있을 테니."

노인이 한쪽 눈을 질끈 감아 윙크를 하곤 내게 어서 가라는 손짓을 했다. 정신이 오락가락한다는 경선의 말과 달리, 노인의 눈빛과 목소리는 청년 못지않게 또렷하고 힘이 넘쳤다. 나는 그에게 목례를 하고 개찰구를 빠져나갔다. 라일락 덩굴이 늘어진 플랫폼 벤치에 앉아 기차를 기다리는데, 눈에 익은 실루엣이 개찰구를 빠져나오는 게 보였다. 지완이었다. 홀린 듯 벤치에서 일어나 다가오는 실루엣 쪽으로 몸을 돌리는 순간 늘어진 라일락 덩굴이 얼굴을 훑었다. 이마 한가운데가 따끔거렸다.

"아프겠다. 이따 제가 깨끗이 전지해놓을게요."

내 앞에 선 실루엣이 늘어진 라일락 덩굴을 휘어잡아 끊어냈다. 첩 죽은 귀신 같다던 봄바람이 그와 나를 휘감고 흘러갔다.

5월

김하임

어느 볕 좋은 봄날, 일시에 망울을 터뜨리는 장미처럼 엄마를 향한 시청자의 관심은 한순간 눈부시게 만개했다, 곧 초라하게 오가리 들고 말았다. 초반, 남자에게 배신당하고 유치원생 정도의 지능으로 살아가는 엄마의 캐릭터는 여성 시청자들에게 동정을 얻어냈고, '쪼꼬바 한 개 사주면 안 잡아먹지.'라는 대사는 잠시 유행어가 되기도 했다. 하지만 엄마가 상대역으로 출연한 아이돌 스타와 본격적인 러브라인을 만들며 입맞춤까지 이르자 안티들이 하나둘 생겨났다.

엄마의 인터뷰 기사 댓글과 미니홈피 방명록은 생전 듣도 보도 못한 욕설로 도배되었고, 드라마 게시판엔 악의적으로 포토샵 한 아빠와 할아버지, 내 고등학교 졸업사진이 업로드

되었다. 에쿠스 운전석에 앉아 선글라스를 쓰고 엄마에게 손을 흔드는 아빠의 사진 밑에는 '조효정 스폰서. 가평에서 골프장 운영. 돈 많고 여자 밝히기로 유명.'이라 적혀 있고, 엄마 이름이 적힌 현수막 아래서 전도 중인 할아버지의 사진 밑에는 '노망 난 조효정 알바. 시간당 2천 원 받는다고 함. 연향 또라이.'라고 쓰여 있었다. 마지막으로 이마에 여드름이 닥지닥지 한 내 고등학교 졸업사진에는 '조효정 성형증거'라는 제목이 붙었다.

다른 유명 탤런트들처럼 수억 원짜리 외제 승용차나 밴을 살 형편이 되지 않으니, 타고 다니던 아반떼를 팔아 에쿠스를 리스한 아빠는 졸지에 한량 스폰서가 됐고, 연향의 명물이자 우주의 주인인 할아버지는 시급 이천 원에 거리로 나간 치매 노인이 되었다. 무엇보다 엄마의 성형 의혹까지 제기시킨 내 사진은 쭉정이처럼 윤기 없고 퀭한 촌년이었다. 요즘 성기가 시급 삼백 원을 올려 받는 내가로 사진이 업로드된 게시판을 찾아다니며 반박글을 올리고 있지만, 성과는 미미했다.

일요일 아침, 나는 감투 값을 하느라 채변봉투를 걷는 생활 부장처럼 만상을 찌푸리고 검색창에 엄마의 이름을 쳤다. 인물정보, 가십 기사를 수집해 방문자를 꼬이는 블로거들, 엄마의 안티카페 등이 늘어섰다. 검지로 성의 없이 마우스휠을 돌리는데 한 커뮤니티에 일 분 전에 올라온 게시물이 눈에 띄었다. '단역 출신 중견 탤런트 C와 가수 출신 Y군 불륜 현장 포착'이라는 제목이었다.

게시물을 클릭해보니, 챙이 넓은 모자에 마스크를 쓴 여자와 야구모자에 후드티셔츠를 입은 남자가 다정히 손을 잡고 걸어가는 사진이 올라와 있었다. 게시물 작성자는 '조효정이랑 윤마루 사귀는 거 맞대요. 울 사촌형 친구가 드라마 작가인데 맞으니까 소문내지 말라고 했대요. 지 아들뻘 되는 애랑 뭔 짓인지.'라고 코멘트를 붙였다. 다시 스크롤바를 올려 미간을 좁히고 사진 속 여자와 남자를 들여다보았다. 배경이 어두운 데다 해상도까지 낮아 이목구비를 확인하긴 힘들었지만, 내 눈엔 단역 출신 중견 탤런트 C가 엄마라는 게 훤히 보였다. 재작년 겨울에 홈쇼핑에서 10개월 할부로 산 구찌 숄더백, 숄더백 할부가 끝나기 무섭게 다시 바통을 이어간 불가리 선글라스, 몰래 훔쳐 입으려다 종아리조차 들어가지 않아 포기해버린 트루릴리전 청바지, 그리고 약지에 낀 결혼반지가 증거였다. 나는 그 아래 붙은 수백 개의 댓글을 차마 확인하지 못하고 게시물이 담긴 창을 닫으려 마우스를 움직였다. 손끝을 따라 기신기신 움직이던 화살표는 몇 번이나 허공을 클릭한 뒤에야 목표 지점을 찾아냈다. 나는 서너 걸음 차이로 막차를 놓친 취객처럼, 몇백 원이 모자라 잔액을 인출하지 못한 빈털터리처럼, 옛 애인과 모텔 엘리베이터에서 마주친 사람처럼 외롭고 두렵고 민망했다.

"효정인 어쩌고 너 혼자 오냐니까? 둘이 싸우기라도 한 거야? 말을 해봐, 이 사람아!"

주말이니 매점에 나가 있어야 할 할아버지의 목소리가 들렸다. 방문을 열자 겨드랑이께가 푹 젖은 와이셔츠에 은갈치색 양복바지를 입은 아빠와 그 뒤를 졸졸 쫓던 할아버지가 동시에 나를 바라보았다.

"엄마는 어쩌고?"

아빠는 아무 대답 없이 나를 와락 끌어안았다. 옅은 스킨 냄새, 쿼쿼한 땀 냄새, 묵은 머릿내, 비릿한 체취가 한데 뒤엉겨 내 어깨를 타고 전해졌다. 오랫동안 잊고 지냈던 아빠 냄새였다.

"엄만…… 촬영장 갔지. 얼마나 바쁘다고. 이젠 엄마가 주연이나 다름없는걸."

나는 가만가만 아빠의 등을 쓰다듬었다. 콧물인지 눈물인지 알 수 없는 것이 내 어깨를 적셨다.

"야, 이 정신 나간 놈아! 그럴수록 효정이 옆에 딱 붙어서 녹차도 타주고 발마사지도 해주고 대본도 맞춰줘야 할 거 아니냐? 선녀장가 들은 놈이 마누라 비위 하나를 못 맞춰?"

할아버지의 코침에 대꾸를 잊은 아빠는 핏발 선 눈으로 잠시 나를 일별하곤 아무 말 없이 안방으로 들어갔다.

"할아버지, 아빠 좀 그냥 놔두란 말야. 불쌍하지도 않아? 눈

퀭한 것 좀 봐!"

씩씩거리며 팔을 걷어붙이고 안방문 앞에 선 할아버지를 답삭 안아 끌어냈다. 할아버지의 말마따나 아빠는 분에 넘치는 선녀를 아내로 맞았다. 관음증 환자인 나무꾼이 납치, 협박, 감금으로 선녀를 품에 안았다면 아빠는 지고지순한 사랑과 가없는 희생으로 이십여 년의 결혼생활을 유지해왔다. 그래서 선녀가 나무꾼을 떠나는 건 탈출이지만, 엄마가 아빠를 떠나는 건 명백한 배신이었다.

할아버지는 도포 주머니에서 핸드폰을 꺼내 키패드 1번을 길게 눌렀다. 엄마였다. 엄마가 전화를 받지 않는 모양인지 할아버지는 양손을 가슴팍에 모으고 애처로운 표정을 지었다.

그런 모습을 외면하고 냉장고 야채칸에서 양배추즙 파우치 하나를 꺼냈다. 얼마 전 어느 유명 여배우가 심야토크쇼에서 자신의 피부 비결이 양배추즙이라고 털어놓자, 끓어 넘치는 찌개 냄비 뚜껑을 열어젖히듯 재빠른 동작으로 그걸 메모지에 적어놓았다 건강원에서 맞춤한 건강음료였다. 할아버지는 양배추즙을 야채칸에 채워 넣으며 엄마가 돌아오길 기다렸다. 그러나 지완의 말처럼 짝사랑은 바보들이나 하는 짓이었다. 가난한 직장인이 주머니 속 먼지까지 털어 펀드에 가입하듯, 상대에게 정성을 들이다 보면 언젠가 원금에 알토란 같은 이자까지 보태 주머니로 되돌아오리란 근거 없는 희망이 짝

사랑의 실체였다. 하지만 엄마의 사랑은 오직 거울에 비친 자신의 아름다운 미모뿐이란 걸 할아버지는 아직 모르는 모양이었다.

파우치를 찢어 양배추즙을 유리잔에 담고 찬장에서 상감청자 모양의 꿀 항아리를 꺼냈다. 할아버지가 조르르 달려와 꿀 항아리를 빼앗았다.

"얘 좀 봐, 그거 니 엄마 꺼라니까!"

"고생하고 들어온 아들한테 너무 야박한 거 아니냐고. 동네 개한테도 안 그러겠다."

꿀 항아리를 다시 찬장에 올려놓는 할아버지를 보며 씨근거렸다.

"동네 개 무시하지 말어. 그것들도 다 지 밥값은 하고 산단 말야. 밤이면 집 지키고, 봄이면 똥 싸서 거름 맨들고, 여름이면 쥔네 몸보신 시키고. 알아? 근데 니 애비란 놈은 대체 뭐하는 인물이냐? 당장 기사회견이라도 열어서 아닌 건 아니라고 밝혀얄 거 아니야! 지금 니 에미가 얼마나 속에서 천불이 나겠냐? 어디 아들뻘도 안 되는 놈이 붙어선……."

등허리에 소름이 돋았다. 할아버지도 엄마의 스캔들을 알고 있었다. 그러면서도 아빠를 호되게 꾸짖고 엄마 편에만 서는 할아버지의 속내를 나는 도무지 가늠할 수 없었다. 할아버지는 식탁 의자에 앉아 탐탁잖은 얼굴로 꼭 닫힌 안방 문을 흘겨보곤 유리잔에 담긴 양배추즙을 꼴딱꼴딱 마셨다.

“하기사 가을 뻐꾸기가 운대도 들은 사람이 셋이면 할 말이 없지. 이놈의 양배추즙, 먹을 만하다더니 영 원효대사 해골물 맛이다.”

쓴 입맛을 다신 할아버지는 거실 한가운데서 가부좌를 틀고 명상을 시작했다. 나는 안방 문 손잡이를 잡았다 도로 놓고 내 방으로 들어왔다.인터넷을 켜자니 엄마에 대한 새로운 기사가 올라왔을까 봐 겁이 났고, 책을 읽자니 책장엔 버리지 못하고 쌓아둔 전공 서적 외엔 볼 게 없었다.

나는 핸드폰으로 지완에게 문자메시지를 보냈다. ‘끝나고 뭐 해요?’ 낯선 여자의 손목을 잡은 후로 지완은 내게 더욱 친절해졌다. 캡모자와 운동화를 사주고, 사람들 앞에서도 스스럼없이 손을 잡았다. 나는 낯선 여자의 정체를 묻지 않기로 했다. 행여 원하는 대답이 나오지 않을까 봐 두려웠다.

지완은 답장이 없었다. 나는 핸드폰으로 틀린 그림 찾기를 하며 시간이 촉박할수록 부서질 듯 붉게 달아오르는 액정 속 모래시계에 조바심을 냈다. 뜨끈뜨끈해진 핸드폰에 배터리를 교환한 뒤에도, 할아버지가 꿀 항아리를 내 손이 닿지 않는 곳에 옮겨놓으려다 산산조각 낸 뒤에도, 아까운 꿀을 그냥 버릴 수 없다며 쎄씨봉 미용실 푸들을 데려와 핥아 먹인 뒤에도 묵묵부답이었다. 아무리 바쁘다 해도 화장실은 갈 것이고, 그 틈에 핸드폰 문자 확인 정도야 어렵지 않을 텐데, 지완은 무소식이었다. 낯선 여자의 얼굴이 자꾸 틀린 그림처럼 어딘가 왜곡된 초상으로 눈앞에 아른거렸다. 얇은 얼음판이 발밑에서 쩌억, 소리를 내며 갈라지는 것처럼 마음이 조마조마했다. 한참을 망설인 끝에 할아버지 대신 매점을 지키고 있을 성기에게 문자를 보냈다.

'지완 씨 퇴근했냐?'

문자메시지가 전송되고 채 삼 초도 지나지 않아 벨이 울렸다. 지난번 일로 매점을 그만두는 건 아닌가 내심 마음을 졸였는데, 다행히 녀석은 하루만 결근을 하고 아무 일 없었다는 듯 나를 대했다. 덕분에 성기는 알바비로 스마트폰을 구입했고, 나는 죄책감 없이 연애를 이어갈 수 있었다.

"그걸 왜 나한테 묻냐? 직접 전화해보면 되지."

전화를 받자마자 성기가 냉랭한 목소리로 쏘아붙였다.

"너야말로 답장이나 할 것이지, 전화는 뭐하러 했어?"

"무료 통화가 남아서."

수화기 너머로 귀에 익은 목소리가 왱왱거렸다.

"하임 씨, 지완이 이놈이 바람났어요. 내일부터 나랑 사귑시다!"

진창이었다. 농담인 줄 알면서도 목구멍이 빼근하고 콧날이 시렸다.

"진창 씨 휴근 아냐?"

"지완이 형이 결근해서 대타 뛰러 나왔대. 감자탕집에 일이 좀 생겼나 봐. 너한테 아무 말도 안 하디?"

어제, 영화를 보고 헤어질 때까지 지완은 평소와 다름없었다. 갑자기 버스럭거리는 소리와 함께 매점 안의 소음이 멀어졌다. 손님이 들어와 송화기를 막은 모양이었다. 나는 힘없이 통화종료 버튼을 눌렀다. 문밖에서 쿵쾅대는 소리가 들렸다. 핸드폰을 바지 주머니에 넣고 방문을 열었다. 쿵쾅대는 소리의 진원지는 안방이었다. 잠시 망설이다, 조심스럽게 안방 문을 열었다. 반바지에 러닝 차림의 아빠가 양손에 아령을 들고 스테퍼를 밟고 있었다. 건드리기만 해도 울 것 같은 표정 대신 전투적으로 꾹 다문 입술과 독 오른 눈빛의 아빠가 낯설어 보였다. 아빠 같지 않은 아빠가 방문 앞에 선 나를 슬쩍 쳐다보곤 스테퍼의 속도를 올렸다.

"저녁 차리지 마. 아빠 오늘부터 다이어트 할 거니까."

아빠는 양 볼에 홍조를 달고, 열심히 발을 놀렸다. 스테퍼 위에서 몸이 튕길 때마다 앞세운 배가 출렁거렸다.

"너 요새 감자탕집 아들 사귄다며?"

할아버지는 입이 가벼웠다.

"나는 사귀는 줄 알았는데, 아닌 것도 같아."

나는 태연한 척, 침대 귀퉁이에 앉아 널브러진 패션잡지를 끌어다 건성건성 넘겼다.

"그런 놈 잘라버려."

'쿨한 커리어우먼들의 프리토크'란 제목의 특집 지면이 눈에 띄었다. '당신은 아직도 사랑을 믿는가?'란 기자의 질문에 이니셜로 처리된 성형외과 의사와 패션디자이너, 카피라이터 등 다섯 명의 여자들은 믿지 않는다고 답했다. '3캐럿 다이아 반지가 담보라면 믿을지도?'라는 답, '요즘은 연애하면 촌스러운 거 모르세요?'라는 답이 이어졌다. 미혼을 고수할 거냐는 질문엔 '미혼이 아니라 비혼이라 말하는 시대예요.'라는 대답이 볼드체로 강조되었다. 역시 나는 유행에 뒤처지는 사람이었다. 남들은 다, 시시껄렁한 연애에 인생을 허비하지 않고 커리어를 쌓아갈 때, 유행 지난 연애에 혼자 가슴 졸이고 있는 꼴이 자존심 상했다.

"아빠. 쿨하게 아니, 냉정하게 현실을 받아들여. 자학하고 있을 때가 아냐."

"너야말로 냉정하게 행동해. 바람둥이 역무원 녀석 좀 차버리라고."

아빠는 바람둥이란 말을 내뱉는 동시에 스테퍼를 빠르게 밟았다. 나는 몸을 벌떡 일으켜 아빠 앞으로 바짝 다가갔다.

"누가 바람둥이야? 아빠가 봤어? 지완 씨 다른 여자 만나는 거 봤냐고?"

아빠는 내 머리 위 허공에 시선을 고정시키고 열심히 발을 놀렸다.

"오늘 아침에 옆에 여자 하나 태우고 주유소에서 기름 넣고 있더라. 여자애 화장실 가니까 차 문 열어주고 잽싸게 커피 뽑아주고 벨트까지 매주던데."

첨벙, 마침내 위태롭게 나를 지지하던 얇은 얼음판이 산산조각나버렸다. 날카로운 냉기가 전신을 관통하는 것처럼 입도 눈도 얼어붙었다. 아빠는 화난 표정으로 목표 체중을 향해 묵묵히 걷고 또 걸었다. 나는 아무렇지 않은 표정을 지으려 애썼지만, 전신 거울에 비친 내 얼굴은 추수 끝난 들판에 홀로 남은 허수아비처럼 덩그러니 스산했다. 간신히 몸을 주체해 방을 나서려는데 주머니에 든 핸드폰에서 문자메시지 알림음이 울렸다.

'오늘 결근했어요. 어젯밤에 갑자기 누나가 내려왔거든요. 바래다주고 오는 길인데, 잠깐 볼래요?'

지완의 문자메시지였다. 그의 말대로라면 아빠가 오늘 아침 주유소에서 본 여자는 그의 누나일 거였다. 고개를 들자, 눈이 세모꼴로 변한 아빠가 나를 한심하다는 듯 내려다보며 혀를 찼다. 아빠를 닮은 나는, 아직 사랑을 믿는 얼간이였다.

5월

이무영

지완의 누나가 다섯 살배기 딸을 업고 들이닥친 건 토요일 자정 무렵이었다. 별안간 주방에서 통탕거리는 소리가 들려 나가보니, 속바지 차림의 경선이 가스레인지에 냄비를 올리고 있었다. 경선은 아슴아슴 잠이 가시지 않은 눈을 비비며 내게 들어가라는 손짓을 했다. 다시 누워봤지만 이미 덧든 잠은 좀처럼 돌아오지 않았다. 방문 틈으로 지완 누나의 목소리가 새어들었다.

"마누라는 입덧 땜에 대꼬챙이처럼 말라가는데, 지는 돼지처럼 피둥피둥 살이 쪄서 요즘엔 바지를 38이나 입는다니까."

입술 새로 요란스럽게 국물을 후루룩대는 소리가 났다.

"그럼 언놈이 마누라 입덧을 같이하니? 저라도 잘 먹고 다녀야지."

"입덧 같이하는 사람들도 많아. 내가 후진 인간을 만나서 이 모양이지."

누군가 암팡지게 코를 풀었다.

"요강 빠질 소리 말아, 이것아. 아까 그 아줌마는……."

분명 내 이야기 같은데 경선이 갑자기 목소리를 낮춰 이어지는 말은 들리지 않았다.

"아무튼 우리 가게 자리 잡히고 둘째 돌 될 때까지만 아진이 좀 맡아줘. 아줌마 들어왔으니까 좀 한가해졌을 거 아냐."

"어어? 얘 좀 봐. 니 시집은 뭐 하고 아진이를 내가 맡아?"

경선의 목소리에 날이 섰다.

"우리 시어머니는 가게 차려줬잖아. 돈 없는 우리 엄마는 손자라도 맡아줘야지. 안 그래?"

"사람 사서 써. 돈 벌어 뭐 하니? 그런 데 쓰려고 버는 거지."

이야기를 들어보니, 지완 누나는 시집의 도움으로 최근 용산에 컴퓨터 부품 가게를 차렸는데 종업원을 쓸 형편이 되지 않아 부부가 합심해 어렵게 꾸려가는 모양이었다. 그러던 차, 둘째까지 임신하게 되어 육아 문제로 부부싸움을 하고 오밤중에 친정에 내려온 것 같았다.

출근조가 바뀌어 일요일에 근무하게 된 지완은 아침이 되어서야 누나와 조카를 발견하곤 얼떨떨한 표정으로 콩나물국에 숟가락을 담갔다.

"어제 잠깐 봤지? 우리 일 도와주시는 아주머니셔. 그리구 저긴 바깥아저씨랑 딸."

지완 앞에 알감자조림을 내려놓는데, 경선이 딸에게 인사를 시켰다.

"아주머니라고 하긴 너무 젊고 예쁘시다. 지완이 누나예요. 얜 아진이구요."

다섯 살쯤 되어 보이는 여자아이가 사방으로 뻗친 단발머리를 국그릇에 담그며 인사를 했다.

"너 참 귀엽다. 어려서 우리 민아처럼. 아저씨한테 와봐."

희태가 맞은편에 앉은 아진이에게 손을 뻗으며 미어진 소쿠리처럼 균형이 맞지 않는 입을 헤벌렸다. 아이는 낯을 가리지 않는지 얼른 자리에서 일어나 통통 튀듯 희태에게 왔다. 그는 주머니에서 오백 원짜리 동전을 꺼내 아이의 손바닥 위에 올려주곤 보얗게 살 오른 뺨을 쓰다듬었다.

"아진아, 고맙습니다, 해야지."

제 엄마의 말에 아진이 동전을 주머니에 집어넣곤 희태에게 꾸벅 인사를 했다. 지완이 숟가락질을 멈추고 아진을 집요하게 훑는 희태의 눈빛을 경멸 어린 표정으로 바라보았다. 아침 식사가 끝나자 지완은 출근을 했고, 교회 갈 준비를 마친 경선과 지완 누나, 아진이 일층으로 내려왔다. 희태도 빳빳하게 다린 와이셔츠에 얇은 봄 점퍼를 걸치고 휠체어에 올랐다. 목발을 짚으면 절룩거리며 걸을 수 있지만, 휠체어 신세를 질 때 사람들의 관심과 동정이 배가 된다는 걸 깨달은 그는 당연하다는 듯 팔과 다리를 늘어뜨리고, 경선에게 몸을 맡겼다.

"딸내미 과외 안 할 땐 같이 좀 가자. 다들 민아아빠 홀아빈 줄 안다니까."

경선이 눈을 흘기며 섭섭하단 표정을 지었다.

"기왕이면 총각이라고 해줘. 홀아비가 뭐야, 모양 빠지게."

희태의 말에 경선과 지완 누나가 동시에 웃음을 터뜨렸다. 희태가 내게 동행을 요구하지 않는 건 사람들 앞에서 보다 자연스러운 연기를 보여주기 위해서였다. 이번에 그가 맡은 캐릭터는 불의의 사고로 장애를 얻었지만, 아내와 딸을 극진히 사랑하는 선량하고 신실한 교인이었다. 수심 가득한 표정의 아내와 딸은 관객의 몰입도를 떨어뜨리는 방해물일 뿐이니, 일찌감치 캐스팅에서 제외된 건 당연한 일이었다.

희태가 나간 걸 확인한 민아가 욕실로 들어가 블라우스를 빨았다. 연향으로 이사 온 다음부터 민아는 희태와 빨래조차 섞지 않으려 했다. 한 상에서 밥을 먹어도 희태가 반찬을 집어간 자리를 피해 젓가락을 가져갔다. 평소엔 서로 말을 거는 법이 없었지만, 경선이 옆에 있을 땐 희태가 들척지근한 말투로 학교생활이나 신변잡기에 대해 묻곤 했는데 그때마다 민아는 자리를 피하거나 입을 꾹 다물고 대답하지 않았다. 속 모르는 경선은 그런 민아가 고까웠는지, 부모 속에 부처, 자식 속에 앙칼이라며 혀를 찼다.

아침 설거지를 마치고, 냄비에 세제를 풀어 행주를 삶았다. 좁은 주방이 금세 후텁지근한 공기로 가득 찼다. 잠깐 방에 들어가 엉덩이를 붙일까 돌아서는데, 타일 틈새에 피어난 검은 곰팡이가 눈에 박혔다. 나는 낡은 칫솔에 락스를 찍어 곰팡이 난 자리를 벅벅 문질렀다. 오래 묵어 깊이 뿌리 내린 곰팡이는 집요한 칫솔질에도 쉽게 사라지지 않았다. 행주 삶는 냄비에서 거품 넘치는 소리가 들렸지만, 나는 입술을 짓씹으며 칫솔질을 계속했다. 찝찔한 피 맛이 이 사이로 스며들고, 숨결에서 단내가 풍겼다. 아릿한 락스 냄새에 눈이 시고, 속이 메스꺼웠다.

"오래 묵은 거라 혼자선 어림없어요. 내가 할 테니까 관두세요."

넘어진 아이 일으켜 세우듯, 나긋하고 살가운 목소리에 칫솔질을 멈췄다. 주방 입구에 지완이 서 있었다.

"왜 돌아왔어요?"

나는 얼른 칫솔을 내려놓고 흐트러진 머리를 매만지며 지완을 맞았다.

"손님이 오셨어요. 역에서 길을 물으시는데, 마침 우리 집이더라고요. 짬이 나길래 모시고 왔어요."

지완의 등 뒤로 출입구를 서성거리는 제문이 보였다. 봄볕에 까맣게 탄 그가 나를 발견하곤 싱그럽게 웃으며 손을 흔들었다. 그의 손목에 걸린 하얀 비닐봉투 안에 딸기가 들었는지 연한 분홍색이 어른거렸다.

"고마워요. 민아 삼촌이세요."

나는 앞치마를 풀고 홀로 나가 제문을 맞았다. 못 본 사이 머리가 덥수룩 자란 제문이 지완에게 수인사를 하고 마주 걸어왔다.

"잘 지냈어요? 희태랑 민아는요?"

제문이 딸기가 든 비닐봉투를 건네며 가게 안을 휘둘러보았다.

"민아아빠 교회 갔고, 민아는 욕실에 있어요. 얘, 민아야!"

반가운 마음에 나도 모르게 제문의 손을 덥석 잡았다 지완이 지켜보고 있을지 모른다는 생각에 얼른 손을 놓았다.

"희태가 교횔 다녀요? 허긴 푸접 하나는 좋은 놈이니까, 어디서든 사람 냄새 맡아야 살겠죠."

제문이 신을 벗고 마루에 올라서는데, 욕실 문이 열리며 민아가 나왔다. 예전 같으면 제문을 끌어안고 그의 품에 얼굴을 비비며 어리광을 부렸을 테지만, 민아는 고개만 까딱해 인사를 하곤 얼른 제 방으로 들어가버렸다.

"역무원 총각, 부탁 하나 해도 됩니까?"

제문이 욕실로 들어가려는 지완을 불렀다.

"네, 하세요."

지완이 욕실 손잡이를 놓고 제문 앞으로 걸어왔다.

"시간 괜찮으면 민아하고 잠깐 데이트 좀 해주면 안 될까요? 둘이 긴히 할 말이 있어서 그런데."

나와 나눠야 할 긴한 대화가 무엇인지 가늠할 수 없었지만, 심란한 표정으로 보아 분명 희소식은 아닐 터였다.

"그렇게 하세요. 곧 점심시간이니까요."

지완은 순순히 제문의 부탁을 들어줬다. 그는 민아 방 커튼을 손끝으로 톡톡 건드리며 차 시동을 걸고 있을 테니 골목으로 나오라고 했다. 지완이 먼저 가게 밖으로 나가자 잠시 후, 야구모자를 눌러쓴 민아도 그의 뒤를 따랐다.

"점심 드시긴 이르죠? 커피 내올게요."

주방 앞 테이블을 차지한 제문이 조용히 고개를 가로저었다.

"커피야 매일 마시는 거고, 할 얘기가 있으니 출입문 잠그고 이리 좀 앉아봐요."

제문이 주머니에서 담배를 꺼내 입에 물었다. 나는 그의 요청대로 출입문을 잠그고 딸기 몇 알을 접시에 받쳐 제문 앞에 앉았다.

"현지네서 무슨 말 있어요? 돈을 더 달라든지 지금이라도 쥣값을 받으라든지."

민아를 내보내고 나눌 긴한 이야기라면 현지나 돈 문제일 터였다.

"그쪽은 조용합니다."

"그럼?"

제문이 쓴 입맛을 다시며 재떨이에 담배를 껐다.

"희태랑 내가 하던 일이 좀 틀어졌어요."

예전에 둘이 휴일을 맞춰 종일 어딘가를 쏘다니는 건 알았지만, 함께하는 일이 있는 줄은 전혀 몰랐다. 제문이 자신을 끌어안듯 팔짱을 끼고 나를 말끄러미 바라보았다.

"심플하게 설명하자면, 내가 수주를 받아서 희태한테 오더를 하면 그 녀석이 물건을 떼다 거래처에 배송을 해왔어요. 수수료는 공평하게 반반씩 나눴고요. 근데 희태가 배송한 물건에 문제가 좀 생겼어요. 꽤 까다로운 고객이어서 조용히 넘어갈 수는 없을 것 같고, 여차하면 부도내고 튀어야 할 판입니다."

제문이 괴로운 표정으로 마른세수를 했다. 둘 사이엔 내가 모르는 비밀이 많았다.

"그동안 받은 수수료가 있다면서요? 그걸로 환불하면 안 되나요?"

희태가 매달 내놓는 돈은 택시기사의 기본급을 밑돌았다.

"아시다시피 내가 가욋돈 만들어 챙기기 힘든 공무원이잖아요. 그래서 수수료를 희태한테 맡겼죠. 근데 이번에 일 터지고 나서 희태한테 전화를 했더니 이 녀석이 전화를 피하네요. 그래서 내려왔어요."

제문의 눈빛이 뇌꼴스럽게 바뀌었다. 지금껏 한 번도 본 적 없는 표정이었다.

"전 모르는 얘기예요. 그런 돈이 있다면 이런 데 내려와 살리 없잖아요."

희태는 주색뿐 아니라 슬롯머신도 좋아했다. 돈이 생기는 족족 유흥비로 써버렸는지 모를 일이었다. 한껏 성이 나 거스러진 제문의 눈빛에 가슴이 뜰먹거렸다.

"제수씨야 당연히 모르는 돈이겠죠. 희태가 어떤 놈인데 그 돈을 나눠줬겠어요. 난 그 녀석이 쓰레기란 거 진즉에 알았습니다. 그래서 파트너로 삼은 거고요. 나쁜 놈들이 왜 경찰에 잡히는 줄 알아요? 다 죄책감 때문이에요. 죄책감 때문에 술먹고 카드 긁고, 죄책감 때문에 누가 어깨만 툭 치고 지나가도 멱살잡이하고, 죄책감 때문에 입이 가벼워지고, 엉덩이가 가벼워지고. 아무튼 난 희태가 죄책감조차 없는 사이코라서 좋았어요. 적어도 다른 놈들처럼 돈 몇 푼에 먹튀할 거라곤 생각 못 했죠. 뭐, 지금은 생각이 좀 바뀌었지만요."

제문이 테이블을 짚고 자리에서 일어났다. 바드득, 어금니 부딪치는 소리가 났다.

"영장은 없지만 가택수사 좀 합시다. 저 방입니까?"

내가 대답하기도 전에 제문이 우리 방 문을 열고 들어갔다. 그는 베테랑 형사답게 방 안에 있는 모든 서랍을 차례로 열어 놓고 안에 든 물건들을 꼼꼼히 들췄다.

"제문 씨답지 않게 왜 이래요?"

포르노 잡지 몇 권과 솔기가 닳고 빛이 바랜 춘화 한 묶음, 잔액이 십만 원 남짓한 통장, 잭나이프, 여성의 성기를 본따 만든 자위도구, 각종 영수증 따위가 방바닥을 굴러다녔다.

원하는 것을 찾지 못한 제문이 발길로 장롱을 걷어차며 섬뜩한 욕을 퍼부었다. 그는 더 이상 선량한 사람들과 어울려 밥을 먹고 차를 마시고 일상적 대화를 할 수 있는 인물이 아니었다. 원하는 것을 찾지 못한 제문은 흉측하게 얼굴을 구기며 검은 속내를 거침없이 드러냈다.

"저녁에 민아아빠 올 거예요. 만나서 물어보면 되잖아요."

내 말에 속옷 서랍을 뒤지던 제문이 내 브래지어를 움켜쥐고 고개를 돌렸다.

"희태가 순순히 털어놓을 것 같아요? 그 녀석 어떻게 해서든 내 옷 벗기고 그 돈 저 혼자 먹을 겁니다. 좆병신 새끼."

결국 아무런 소득도 얻지 못한 제문이 널브러진 물건들을 순서 없이 도로 서랍에 밀어 넣곤 머리를 벅벅 긁으며 내게 다가왔다.

"제수씨, 내 툭 까놓고 말할게요. 그 돈 찾으면 희태 묻어버리고 나랑 반씩 나눕시다. 제수씨랑 민아한테 이런 좋은 기회가 어디 있어요. 싹 잊고 어디 외국 가서 새 출발 하면 되잖아."

제문의 손이 내 어깨를 쓰다듬었다. 배신감과 정념으로 이글거리는 끈적한 눈빛이 내 목덜미와 가슴을 훑었다.

"제문 씨도 못 찾는 걸 내가 무슨 수로 찾아내요?"

제문이 검지를 뻗어 내 쇄골과 턱을 천천히 쓸었다. 폭발 직전의 희태가 나를 더듬던 손길과 흡사한 느낌이었다. 그의 손길이 닿는 곳마다 잔털이 곤두서고 소름이 돋았다. 한때, 희태에게 모진 구타를 당할 때마다 나는 희태의 일그러진 얼굴 위에 제문을 덧입혔다. 그가 남편이라면, 민아의 아빠라면 얼마나 좋을까. 제문이라면 매일 냉장고와 가계부를 검사하지 않을 것이며, 빨래통을 뒤져 속옷에 남은 분비물을 증거 삼아 외도를 의심하진 않을 것 같았다. 간혹 다툼이 생기더라도 제 아내를 발가벗겨놓고 허리띠를 휘두르거나 냉동실에서 막 꺼내 돌덩이처럼 단단한 고깃덩이로 갈빗대를 후려치진 않을 터였다. 남보다 살가울 필요도 없었다. 그저 폭압과 강간만이 감정표현의 전부인 희태만 아니라면 누구든 견딜 수 있을 것 같았다. 그런 상상을 하고 나면 내게 무시로 벌어지는 일들이 마치 삼류 주간지 연재소설처럼 낯설고 작위적으로 느껴져서 좋았다. 하지만 제문 역시 희태와 다를 것 없는 들짐승이었다.

"설마 내가 유일한 목격자란 거 잊었어요? 지금 제수씨한텐 선택의 여지가 없어요. 상황이 안 좋긴 하지만 아직 부도 난 건 아니니까 말미를 좀 줄게요. 꿍친 돈 찾아내면 나한테 곧바로 연락하는 거 잊지 말아요."

그때 탕탕탕, 출입문 두드리는 소리가 들렸다. 제문이 고개를 돌려 출입문을 바라보았다. 버티컬 블라인드로 촘촘하게 가려졌지만, 가느다란 틈새로 지완의 유니폼이 비쳤다.

"하, 씨발. 저 새끼 안 가고 있었네."

제문이 내게서 한 걸음 떨어져 나갔다.

6월

김하임

샬레에 콩을 키운 적이 있었다. 교과서에 나온 대로 니베아 크림 통만 한 플라스틱 샬레에 탈지면을 깐 뒤 콩을 올려놓고 물을 주었다. 사나흘 후부터 다른 아이들의 샬레엔 연두색 싹이 올라오고 떡잎이 자라고, 줄기가 뻗어났다. 하지만 웬일인지 내 강낭콩은 물에 조금 불었을 뿐 가져온 모양 그대로였다. 보름이 지나고 한 달이 다 되어서야, 내 강낭콩이 썩었단 사실을 깨달았다. 물에 영양가가 부족해서 발아가 더딘가 싶어 우유를 준 게 화근이었다. 담임선생은 악취 풍기는 내 샬레를 높이 치켜들고 코를 쥐어 쌌다.

"다른 친구들 샬레에선 꽃이 피었는데, 김하임 샬레에선 청국장이 뜨네……."

담임의 말에 아이들이 배를 잡고 깔깔댔다. 분내 나는 담임의 손이 노르무레하게 곰팡이 핀 강낭콩 샬레를 쓰레기통에 던져 넣었다. 하필 그때 주번이었던 나는 아이들이 집에 돌아가길 기다렸다가 쓰레기통을 뒤졌다. 그리고 쪼개진 지우개와 조각난 색종이 사이에서 반쯤 썩어들어간 내 강낭콩을 발견했다.

나는 주전자 뚜껑을 열고 물에 강낭콩을 헹궜다. 곰팡이가 벗어져 나간 자리에 트다 만 싹이 양초 심지처럼 거뭇하게 박혀 있었다. 나는 소각장 앞 무궁화 화단에 강낭콩을 심고 그 위에 쪼그려 앉아 오줌을 쌌다. 이튿날 주전자에서 물을 따라 마시는 담임을 보았을 때, 나는 가슴속에서 폭죽 같은 게 펑펑 터지는 걸 느꼈다. 내가 기억하는 최초의 복수였다.

지완은 천천히 썩어가는 강낭콩 같았다. 겉으론 서분서분 웃고 있지만, 좀처럼 싹을 틔우지도 떡잎을 매달지도 않는다. 우린 일주일에 한 번씩 '아무거나' 혹은 '되는대로'를 시켜놓고 맥주를 마셨다. 컴컴한 영화관에서 영화를 보고 손을 잡았다. 루콜라가 올라간 피자를 꿀에 찍어 먹고, 엉터리인 줄 뻔히 알면서도 타로점을 봤다. 주위에 사람들이 뜸하면 체위를 바꾸듯 잡은 손을 깍지 꼈고, 상대가 하품을 하면 조용히 핸드폰을 집어 들어 집에 갈 채비를 했다.

그는 숙제를 마친 아이처럼 피곤과 안도가 묻어나는 얼굴로 나를 집 앞에 바래다주었다. 성큼성큼, 내가 없는 세상을 향해 미련 없이 걸어 나가는 지완의 정직한 뒷모습을 볼 때마다, 나는 짜릿한 반전을 꿈꿨다. 도저히 참을 수 없다는 얼굴로 내게 달려와 허리를 꺾어 입을 맞추는 지완, 다음 주엔 집에 무슨 핑계를 대든 둘만의 여행을 떠나자며 지질하게 졸라대는 지완, 내 핸드폰을 빼앗아 최근 통화 목록에서 수상한 전화번호를 찾아내 누구냐고 캐묻는 지완, 엉큼한 성기와 너무 가까이 지내지 말라고 근엄히 타이르는 지완. 이상하게도 내가 꿈꾸는 지완의 일탈은 과거의 수혁이었다. 일생을 숲에서 살다 인간 세계로 돌아온 늑대소녀도 언젠가는 숲으로 다시 돌아가고 싶어지는 걸까, 진드기와 송곳니, 흘레가 그리워지는 날이 오게 되는 걸까, 의심이 싹텄다. 역시 연애하는 여자는 유행에 뒤처진 걸지도.

진창은 우리를 가리켜 '연향역 2호 커플'이라고 불렀다. 1호 커플은 연향역 맞은편에서 제과점을 하던 과부와 광장에서 노숙을 하던 거지였다고 했다. 십수 년 전 일이니 확인할 길은 없지만, 둘은 불같은 사랑에 빠졌고, 전임 역장의 주례로 결혼식까지 올렸다고 들었다.

"거지 아저씨 입장에선 로또 맞은 거지. 길에서 한 푼 생기면 밥 사먹고 안 생기면 굶던 양반이 하루아침에 쏘나타 끌고 다니면서 담배도 말보로만 피웠다니까. 근데 한 석 달쯤 지났을까, 그 거지 아저씨 앞에 처자식이 떡하니 찾아온 거라. 들어보니까 아주 그런 망종이 없더라구. 노름해서 재산 다 탕진하고, 돈 없다고 마누라 쥐패고, 애들 코 묻은 돈 뺏어서 또 노름하고, 그러다 연향까지 굴러들었던 거지."

진창은 제과점이 있던 자리라며 길 건너 사진관을 가리켰다. 내 대학 입학원서에 붙인 사진을 찍은 곳이었다. 그러고 보니 사진관에 갔을 때, 필름과 일회용 카메라를 쌓아둔 유리 진열대가 제과점 케이크 진열대를 닮았다고 생각한 기억이 났다. 멀쩡한 것을 버리기 뭣해 남이 쓰던 진열대를 물려받은 사진관 주인도 처음 며칠은 필름에서 달콤하고 느끼한 생크림 케이크 냄새를 맡으며 후회했을 거였다. 지금쯤 진열장에 선 케이크 냄새가 모두 사라졌을까 궁금했다.

나는 요즘 들어 부쩍 찾아드는 수혁의 기억을 떨쳐내고 매점을 향해 다가오는 지완과 눈을 맞췄다.

"선배, 우리 하임 씨 귀찮게 하지 말고 그만 나와요. 역장님이 광장에 스크린 설치하래요."

지완이 유리문을 반쯤 열고 진창에게 나오란 손짓을 했다.

"본다고 닳냐? 말 좀 섞기로 니 여친이 내 여친 돼?"

진창이 반쯤 남은 바나나맛우유를 쓰레기통에 던지고 지완을 따라나섰다. 저녁마다 쓰레기통을 비워야 하는 성기가 인상을 구겼다.

진창과 지완은 둘둘 말린 하얀 천막을 연향역 광장에 세웠다. 사 년에 한 번, 연향역 광장은 월드컵 응원장이 되었다. 그 때만큼은 할아버지도 광장을 양보하고, 갓 대신 빨간 뿔이 달린 헤어밴드를 머리에 썼다. 2006년엔 나도 그들 틈에 끼어 구호를 외치고 야광봉을 흔들었다. 하지만 지금은 사정이 달랐다. 폭발적인 수요를 감당하려면 탄산음료나 생수, 과자 같은 간식거리를 미리 주문해야 하고, 할아버지가 전도 목적으로 특별 제작한 부채도 손님들에게 나눠줘야 했다. 게다가 시장의 간곡한 요청으로, 오늘 밤엔 '연향이 낳은 스타, 조효정'의 특별무대도 준비되어 있었다.

엄마의 스캔들은 며칠 뒤 상대 아이돌 가수의 기획사에서 다급히 낸 반박 보도자료로 한풀 수그러들었다. 여전히 소문과 억측은 파다했지만, 발 빠른 초기 대응 덕에 드라마 하차나 기자회견 같은 망신은 면할 수 있었다. 아빠는 할아버지의 등에 떠밀려 양배추즙을 품에 안고 서울로 올라갔다. 그러고는 어젯밤 엄마와 함께 집으로 돌아왔다. 나는 인사도 하지 않고 방에 처박혀버렸다.

"이런 날은 니들도 깔맞춤 좀 하지 그러냐? 우중충하게 그게 뭐니? 니 엄마 창피하게스리."

붉은악마 헤어밴드에 '쎄씨봉 개업 10주년 기념' 빨강 수건을 목에 건 할아버지가 우주교 신도들과 들이닥쳤다. 칭얼대는 손자를 등에 업고 빨간색 포대기를 두른 황 씨 아저씨, 티셔츠를 가슴 아래로 당겨 묶어 불룩한 아랫배를 드러낸 해림, 빨간색 모자와 마스크를 한 순무, 얼굴에 축구공을 보디페인팅한 시인 은수가 계산대 위에 쌓아놓은 부채를 한 움큼씩 집어 들었다.

"왜 벌써 나왔어? 아직 세 시간이나 남았는데."

그리스와의 첫 경기는 저녁 여덟 시 반부터였고, 아직 해가 중천이었다.

"좋은 자리 맡아놔야지. 부채도 노나줘야 하고. 그럼 수고!"

할아버지가 눈짓을 보내고 앞장서자, 우주교 신도들도 줄줄이 그 뒤를 따랐다. 사다리에 올라가 스크린을 설치하던 지완이 광장에 나온 할아버지를 발견하곤 반갑게 인사를 건넸다. 스크린을 판판하게 걸고 빔프로젝트 시험 작동까지 마친 지완은 매점에서 과일주스 다섯 병을 사 할아버지와 신도들에게 나누어주고, 창고에서 플라스틱 의자를 가져다 앉을 자리를 마련했다.

해거름이 되자 붉은 티셔츠와 모자를 쓴 연향시민들이 하나둘 광장으로 모여들었다. 시청에서 나온 공무원들은 스크린 앞에 카펫을 깔고 마이크와 스피커를 설치했다. 빨간 넥타이를 매고 에쿠스에서 내린 시의원은 시큰둥한 표정의 아줌마 부대 사이에 앉아 기념사진 촬영을 했다. 벌떼처럼 웅웅거리는 부부젤라 소음, 사물놀이패가 두들기는 북소리, 어느 통신사가 거액을 주고 만들어 수년째 우려먹고 있는 응원가, '거왜 남의 자리에 은근슬쩍 궁둥이를 들이댑니까?'나 '희찬아, 엄마 여깄어! 빨랑 와.' 같은 고함이 기름 끓는 프라이팬에 던진 물방울처럼 요란하게 사방팔방 튀었다.

광장 탑시계가 여덟 시를 가리키자 와이셔츠 위에 빨강 티셔츠를 덧입은 시장이 무대로 올라왔다.

"에, 존경하는 연향시민 여러분, 안녕하십니까? 시장 황대구 인사 올립니다."

시청 공무원인 성기의 아버지가 자리에서 벌떡 일어나 팔을 허우적대며 박수를 동원했다. 마지못해 하나둘 박수로 호응을 한 시민들은 시장의 연설이 길어지자 핸드폰 DMB로 텔레비전을 시청하거나 화장실에 들락거리며 경기를 기다렸다. 시장은 경기 시작 직전에서야 아무도 자신의 장황한 연설을 반기지 않는다는 걸 깨닫곤 씁쓸한 표정으로 이마의 땀을 닦으며 무대에서 물러났다. 그제야 스크린에 중계화면이 연결되었고 시민들의 박수와 함성이 터져 나왔다.

"물건은 내가 찾고, 계산은 니가 한다. 잔돈은 준비됐지?"

성기가 자못 비장한 목소리로 포지션을 확인했다.

"친구, 살아서 만나자."

격전을 앞둔 전우처럼 우리는 악수를 나누고 계산대 앞에서 자세를 낮췄다. 경기의 승패보다 사람 구경하러 광장에 나온 여고생 넷이 매점으로 들어왔다. 오렌지색 염색 머리의 여고생들은 입에 넣고 살살 돌리면 입술이 체리색으로 변하는 스크류바를 하나씩 사들고 제 또래 사내아이들이 맥주를 홀짝거리는 컴컴한 가로수 쪽으로 걸어갔다. 그 뒤를 이어 벌써 목이 쉬어버린 청년 둘이 비타500과 새우깡을, 입에서 치킨 냄새를 풍기는 아줌마와 거나하게 취해 갈지자로 걷는 아저씨가 컨디션을, 빨간 티셔츠를 리폼해 입은 내 또래 셋이 TOP 커피를 사갔다. 그 뒤로도 비슷한 물건을 요구하는 사람들이 고개를 스크린 쪽으로 꼬고 계산대 앞에 줄을 섰다. 성기와 나는 경기를 관람하지 못했지만, 사람들이 내지르는 함성의 높낮이로 공의 위치를 짐작할 수 있었다.

"아싸, 프리킥!"

금목걸이를 가슴팍까지 늘어뜨린 중년 사내가 더위사냥 한 개를 계산대에 올려놓고 주먹을 불끈 쥐었다.

"어, 어, 어, 어! 꼬올! 꼴꼴, 꼬올!"

중년 사내가 빠져나간 자리에 서서 통쥐포 한 마리를 사고 만 원짜리를 내놓은 아줌마가 잔돈도 받지 않고 광장으로 뛰어나갔다. 순서를 기다리던 다섯 명도 구토 직전처럼 벌그죽죽한 얼굴에 입술을 동그랗게 모아 '꼬올'을 외치며 그녀의 뒤를 따라 나갔다.

"굿 해먹은 집구석이 이런 거네."

성기가 의자에 털썩 주저앉아 고개를 절레절레 흔들었다. 바쁘기는 지완도 마찬가지였다. 그는 쓰레기봉투와 집게를 들고 다니며 광장에 널린 쓰레기를 주웠다. 대부분의 쓰레기는 매점에서 사간 물건들의 허물이었다.

"지난번 월드컵 때, 나 여기서 하임 씨 봤어요."

지완이 게토레이 캔 뚜껑을 따 내 손에 쥐여주며 배시시 웃었다.

"그게 기억나요?"

그를 좀 더 냉정하게 바라보려 애썼지만 쉽지 않았다.

"나죠. 그때 하임 씨 펑펑 울었잖아요. 유일하게 우리가 승리한 날이었는데."

토고전이었다. 예정대로였으면 그때 나는 시청 앞 서울광장에서 수혁과 함께 야광봉을 휘둘렀어야 했다. 그러나 수혁은 전날 밤부터 핸드폰을 꺼놓더니 경기 당일엔 혼자 있고 싶다는 짧은 문자메시지를 남기고 잠수를 탔다. 그러나 그날 수혁은 혼자가 아니었다. 연향역 광장 스크린에 거리 응원 나온 서울시민들의 풍경이 담겼을 때, 나는 술에 취해 비틀거리는 여자를 부축하고 걸어가는 낯익은 뒷모습을 발견했다. 운동화 뒤축에 닳아 나달거리는 청바지 밑단, 일주년 기념일에 아르바이트비를 털어 선물한 나이키 크로스백, 여자의 허리를 감싸 안은 털 무성한 팔뚝과 목덜미를 덮은 숱 없는 샤기컷. 틀림없는 수혁이었다. 그러고도 나는 수혁과 헤어지지 못했다. 그날 어디에서 누구와 무얼 했는지조차 따져 묻지 않았다. 그땐 그게 쿨한 줄 알았고, 잘생기고 인기 많은 남자를 붙잡을 수 있는 최선이라 믿었다. 스무 살의 나는 반송비가 아까워 팔 길이가 짝짝이인 티셔츠도 참고 입는 머저리였다.

"지완 씨 기억력 좋다."

"좋죠. 오늘이 우리 백 일인 것도 기억하는걸요."

지완이 허리를 펴고 손부채질을 하더니 내가 한 모금 마신 게토레이 캔을 가져가 꿀떡꿀떡 마셨다. 내게서 옮겨간 립스틱 자국이 지완의 윗입술에 묻어났다.

"그랬구나, 난 몰랐는데."

새빨간 거짓말이었다. 나는 지완과 첫 데이트를 한 날부터 다이어리에 숫자를 적어가며 백 일을 헤아렸다. 몰라주면 그걸 핑계 삼아 헤어질 결심까지 품었었다.

"끝나고 기다려요. 새벽까지 하는 초밥집이 있거든요. 예약해놨어요."

얼굴과 팔뚝에 태극기를 그려 넣은 청년 한 무리가 지완의 어깨를 툭 치며 알은체했다.

"인마, 얼굴 좀 보고 살자. 넌 어떻게 번호 바꾸고도 연락을 안 해?"

베컴 머리를 한 청년이 지완의 어깨에 팔을 두르고 내 쪽을 향해 능글맞게 웃어 보였다.

"우리 하임 씨 아름답지? 그렇다고 전화번호 같은 거 물으면 가만 안 둔다. 내 여자친구거든."

지완이 청년의 옆구리를 팔꿈치로 쿡 찌르며 싱글거렸다. 청년들이 엄지를 치켜세우며 지완을 향해 '오오' 환호성을 질렀다. 물러서려던 마음이 다시 바짝 달라붙었다. 그는 수혁과 달랐다. 사 년이나 사귀는 동안 친구들에게 나를 소개한 적 없는 음흉하고 비겁한 사내와는 비교할 수 없었다.

"얼른 끝내고 도와줄게요. 그럼 이따 봐요."

나는 지완과 그의 실없는 친구들에게 손을 흔들며 매점으로 뛰어 들어갔다. 잠시 한가한가 싶었지만 전반전이 끝나자마자, 사람들이 다시 매점으로 밀려들었다.

"언니, 날달걀 있죠?"

스크류바를 사샀던 여고생들이 이번엔 달걀을 찾았다.

"날달걀은 없고 구운 달걀만 있어."

날달걀이 없다는 대답에 여고생들은 머리를 맞대고 한참을 갑론을박했다.

"구운 게 더 나아. 맞으면 아플 거 아냐."

"야, 쪽팔리라고 던지는 거지 아프라고 던지는 거냐?"

"그럼 없다는데 어떡해. 아, 니들 존나 짜증 난다."

결국 여고생들은 세 개들이 구운 달걀 여섯 묶음을 주문했다.

"달라니까 주긴 하는데, 니들 이걸로 나쁜 짓 하는 거 아니지?"

성기가 여고생들의 얼굴을 하나씩 훑으며 구운 달걀을 계산대에 올렸다.

"뭘 하든 웬 참견."

머릿결이 지푸라기처럼 부석부석한 여자아이가 입술을 삐쭉대며 가방에 달걀을 챙겼다.

"몽타주가 쟤들 맞는데……."

여고생들이 광장으로 나가자, 성기가 미심쩍다는 듯 눈을 가느스름하게 뜨고 그녀들의 뒤태를 겨눠보았다.

"아는 애들이야?"

"작년 겨울에 엄마 미용실에서 딱 저런 애들 넷이 오렌지색으로 염색을 하고 토꼈거든. 학생이니까 싸게 해달라고 사정사정해서 엄마가 약값에 오천 원만 더 받기로 하고 염색을 해줬대. 근데 그것들이 머리 감을 때쯤 되니까 분식집 가서 라면 한 그릇 먹고 오면 안 되냐고 사정하는 거야. 그래, 엄마가 니들 뭘 믿고 보내주냐며 선불을 달랬더니, 그중 한 아이가 가방하고 지갑을 꺼내 맡기더래. 그때 하필 손님이 미어터질 시간이라 앉을 자리도 없고 해서 갔다 오라고 했더니만 튄 거지. 나중에 보니까 가방 안엔 시커먼 실내화 한 켤레뿐이고, 지갑엔

딸랑 천 원짜리 한 장 들었다더라. 재들 머리 색깔도 그렇고 염색 빠진 길이도 그렇고, 수상쩍어."

여고생들은 주변을 두리번거리며 관중석 맨 앞으로 걸어갔다. 할아버지가 그녀들에게 부채를 나누어주며 악수를 청하는 게 보였다. 여고생들은 어이없다는 얼굴로 부채를 거절하곤 할아버지를 밀어낸 뒤 가장 전망이 좋은 자리를 차지했다. 등을 떠밀려 꼴사납게 벌렁 나자빠진 할아버지는 벌겋게 달아오른 얼굴로 눈만 끔뻑거렸다. 하지만 자비로운 우주신답게 여고생들을 나무라지 않고 조용히 무대 옆으로 자리를 옮겼다.

"후반전에 앞서, 귀하신 손님을 모셨습니다. 연향이 낳은 스타, 신이 내린 미모, '너라면 좋겠어'의 히로인 조효정 씨가 지금 막 응원장에 도착하셨습니다. 관람에 앞서 잠시 시간을 갖도록 하겠습니다. 다 같이 박수로 맞이해주시기 바랍니다."

광고 화면이 송출되자 재빨리 무대로 올라와 마이크를 잡은 성기네 아빠가 주차장 쪽을 향해 몸을 돌리고 기세 좋게 박수를 쳤다. 주인을 기다리며 녹슬어가는 자전거들을 지나, 성미 급한 누군가가 지지듯 새겨놓은 스키드마크를 살포시 건너, 삼정세꼬시와 한마음성일교회 현수막 옆을 도는 엄마가 보였다. 허리까지 늘어지는 검은 생머리, 살구색 드레스, 인조보석으로 장식된 에나멜 샌들을 신은 엄마의 미모는 등 뒤에

말줄임표처럼 따라다니는 반백의 아빠를 더욱 초라하게 만들었다. 엄마를 향해 청년들은 휘파람을 불었고, 안면이 있는 이웃들은 박수를 쳤으며, 할아버지와 우주교 신도들은 국기에 대한 맹세를 하듯 부동자세로 넋을 놓았다.

"안녕하세요, 탤런트 조효정입니다."

엄마가 한 손으로 가슴을 가리고 조신하게 인사를 했다. 아빠가 보디가드처럼 양팔을 벌려, 무대 근처에 모여든 사람들을 막았다. 그때 환호성 사이로 앳된 음성이 날을 세우고 달려들었다.

"꺼져, 이 미친년아!"

"씨발, 늙은 주제에 어디서 우리 오빠를 넘봐?"

까치발을 들고 광장을 내다보니 욕설의 주체는 구운 달걀을 사간 여고생들이었다. 멀리서 봐도 엄마의 다리가 후들거리는 게 느껴졌다.

"저, 그건……."

엄마는 말을 잇지 못하고 당혹스러운 얼굴로 스탠드에 마이크를 꽂았다.

"뭐야, 저 오바는?"

여고생 하나가 자리에서 벌떡 일어나 엄마에게 구운 달걀을 던졌다. 달걀은 정통으로 엄마의 이마에 맞고 반으로 쪼개졌다. 이어 나머지 달걀들도 엄마의 가슴과 어깨, 허벅지로 날

아들었다. 아빠가 재킷을 벗어 엄마의 머리에 뒤집어씌우곤 재빨리 무대 밖으로 걸음을 옮겼다.

"아오, 내 저것들을……."

지켜보던 성기가 주먹을 불끈 쥐고 계산대 아래로 빠져나갔다. 성기는 턱을 높이 치켜들고 팔을 힘차게 휘두르며 매점 문을 열었다. 여고생들에게 다가가 삿대질을 해가며 발을 구르는 성기의 모습이 무성영화의 한 장면처럼 느껴졌다. 할아버지가 성기의 팔에 매달려 싸움을 말려봤지만, 뒤늦게 나타난 새로운 남고생 무리까지 합세해 성기를 둘러싸고 굶주린 상어 떼처럼 서서히 공간을 좁혀갔다. 나와 키 차이가 거의 없는 성기는 학생들 사이에 묻혀 정수리조차 보이지 않았다. 그때, 학생들 곁으로 다가가는 지완이 보였다. 그라면, 다혈질인 데다 화가 나면 말까지 더듬는 성기보다 이성적으로 사태를 진화할 수 있을 터였다. 가슴을 콩닥콩닥 울리던 두방망이질이 잦아들었다. 그런데 어느 순간 지완의 걸음이 뚝 멈추었다. 그는 들고 있던 쓰레기봉투와 집게를 내려놓고 복대기는 사람들 틈 어딘가를 뻰히 바라보았다. 그의 눈길이 다다른 곳엔 연회색 원피스를 걸친 가무잡잡한 피부의 여자가 서 있었다. 총천연색이 넘쳐나는 거리에서 유독 그녀와 지완만이 무채색이었다.

"개판이다 진짜. 저런 삼류도 연예인이라고 암내 풍기나 보네."

목을 빼고 양파링과 사이다를 기다리던 손님이 혀를 찼다. 엄마는 이미 할아버지와 아빠의 호위를 받으며 광장을 빠져나갔다. 나는 기계적으로 바코드리더에 양파링과 사이다를 가져다 대며, 눈으로는 지완의 행보를 열심히 관찰했다. 그는 홀린 듯 구부정한 자세로 천천히 그녀에게 다가갔다. 아기에게 목말을 태운 남자가 자꾸만 시선을 가로막았다.

"언니, 계산 좀 빨리 해줘. 이러다 후반전 시작하겠네."

손님의 불만에 얼른 잔돈을 꺼내 손바닥 위에 올려주고 고개를 들었다. 목말을 태운 남자는 여전히 그 자리를 서성였지만, 지완과 여자의 모습은 보이지 않았다.

"아, 목 타. 김하임, 생수 하나 줘봐."

여고생들과 일전을 치른 성기가 지친 얼굴로 가게에 돌아왔다.

"비켜봐. 지완 씨 좀 찾게 비켜보라고."

나는 계산대를 빠져나와 광장이 잘 보이는 문 앞으로 갔다.

"형은 왜? 어디 있겠지."

성기가 냉장고에서 생수 한 병을 꺼내 목을 축였다.

"사라졌어. 어떤 여자랑 같이."

성기가 매점 문을 활짝 열어젖혔다. 그사이 후반전이 시작되었고, 사람들은 다시 스크린에 홀려 있었다. 나는 성기에게 매점을 맡기고 광장을 돌아다니며 지완을 찾았다. 그러나 그는 경기가 종료된 후에도 돌아오지 않았다. 그가 서 있던 자리에 절반쯤 찬 쓰레기봉투와 집게가 얌전히 놓여 있었다.

"그렇게 걱정되면 전화를 해봐."

매점 문턱에 넋 놓고 퍼더앉은 나를 성기가 끌어안듯 일으켜 세웠다.

"안 할 거야."

"왜?"

"다른 남자 만날 거니까."

성기가 엄지와 검지로 내 눈꺼풀을 벌려보곤 헛웃음을 지었다.

"정신 차려, 김하임. 니 캐릭터가 팜므파탈은 아니잖아?"

"오늘부터 나 그거 하려고, 팜므파탈."

잠시나마 지완이 특별한 사람이라고 생각한 내가 가소로웠다.

"팜므파탈이면 화끈하게 복수하겠네. 상대 조직의 보스라도 낚아채려는 거냐?"

성기가 청바지 호주머니에 양손을 찔러 넣고 미간을 모았다.

"보스는 아니고, 말단의 말단."

"김하임, 너 뭔 소리를 하는 거야?"

"오늘부터 너 나랑 사귀자."

유행은 지났지만, 클래식은 영원하다. 다시는 혼자 남겨지고 싶지 않았다.

6월

이무영

제문이 다녀간 뒤부터 지완은 달라졌다. 품이 큰 유치원복을 걸친 다섯 살배기처럼 어딘가 불안해 보이던 눈빛은 사라지고 다부진 사내가 되어 있었다. 그가 부탁을 한 모양인지, 교회에서 나온 지완 또래의 청년들이 일요일 저녁마다 희태를 시 외곽의 스포츠센터로 데려가 재활치료를 받게 했다.

"그날 왜 문 잠그고 안 열어줬어?"

내 무릎을 베고 귀를 후비던 민아가 불쑥 물었다.

"제문 아저씨가 이층 오빠 앞에서 딴 얘기 할까 봐 그랬지."

"안 좋은 얘기 했어?"

민아가 귀이개를 내려놓고 몸을 일으켰다.

"그런 거 아냐."

"우리 도망갈까? 중국 같은 데 가서 둘이 열심히 돈 벌다 아빠 없을 때 돌아오자, 응? 지완 오빠가 무슨 부탁이든 다 들어준댔어."

도망, 중국, 아빠, 지완이라는 단어가 튀어나올 때마다, 민아는 두 눈을 끔뻑거리며 주위를 살폈다.

"엄만 외국 싫어. 남한테 신세 지는 건 더 싫고."

종지처럼 작은 민아의 얼굴이 품으로 파고들었다. 지완의 호의를 모람모람 받아들이다 보면 영영 돌아오지 못할 세계로 빠져들 것만 같았다.

"오빠가 제문이 아저씨에 대해 꼬치꼬치 물어봤어. 그래서 아는 대로 다 대답해줬고. 난 앞으로 뭐든 지완 오빠가 시키는 대로 할 거야."

민아가 내 가슴에 뺨을 문지르며 눈물을 글썽였다.

"우리가 여길 떠나도 달라지는 건 없어. 니 아빠가 용서해주지 않으면 어딜 가든 지옥일 거야. 조금만 참아. 넌 곧 어른이 되잖아. 블라우스에 얼룩 빼듯 열심히 아빠한테 잘해주면 돼. 난 남이지만 넌 딸이니까, 분명히 용서해주실 때가 올 거야. 그럼 어디로든 떠나버려. 엄마도 못 찾을 데로."

"난 블라우스가 아니잖아. 아무리 빨아도 다시 하얘지지 않아. 엄마도 더러워진 블라우스 던져버리고 다시 사 입어. 지완 오빠처럼 새하얀 걸로. 우리 다 알잖아, 그 오빠 마음."

민아는 아물기 직전 도로 벌어진 상처처럼 진물진물한 눈을 훑어내며 방을 나섰다. 코가 아리고 머리가 띵했다. 민아를 충동질하는 지완에게 경고를 해야 했다. 나는 카운터 전화를 들고 지완의 핸드폰 번호를 눌렀다.

"네, 윤지완입니다."

"저, 민아 엄마예요."

"알아요, 무영 씬 거. 민아한테 얘기 들었죠? 이제부터라도 차근차근 계획을 세워보죠. 제가 도울게요. 제문이란 사람도 앞으론 섣불리 무영 씨 못 괴롭힐 거예요."

비리 경찰인 제문에게 지완은 상대가 되질 않았다.

"이봐요, 윤지완 씨. 지도만 따라가면 목적지에 다다를 거 같죠? 그렇지 않아요. 사람들은 쉬지 않고 새로운 길을 만들고 낡은 길 위엔 아파트나 상가를 지어버려요. 해변을 기대하고 신나게 달리다 숯불갈빗집이나 주공아파트와 맞닥뜨리는 일도 얼마든지 있을 수 있단 거예요. 그 사람, 당신 생각처럼 호락호락하지 않아요. 당신이 가자는 길 끝은 천 길 낭떠러지라고요."

지완은 대꾸 없이 내가 퍼붓는 말을 고스란히 뒤집어썼다.

"걱정 말아요. 나도 그렇게 호락호락하진 않으니까요."

나는 수화기를 내려놓고 자리에 쪼그려 앉았다. 마데카솔로는 어림도 없는 절망의 병, 그게 불행이다. 나의 불행이 지완의 평탄한 삶을 감염시켜 농양을 만들고 부스럼을 일으킬까 두려웠다. 그걸 알면서도 지완을 떨칠 수 없는 건, 죽음 앞에 이기적으로 돌변하는 인간의 악마적 본성일지 몰랐다. 미안한 사람이 또 한 명 생겨버리고 말았다.

이른 새벽, 주방 앞에 지완이 서 있었다. 그가 젖은 손을 티셔츠 앞섶에 문지르곤 옷걸이에서 야구모자를 걷어 머리로 옮겼다.

"환기시키는 중이니까 좀 있다 들어가요. 락스로는 안 될 거 같아서 곰팡이제거제 사다 뿌렸어요."

주방 쪽으로 향한 선풍기가 가열하게 돌아갔다.

"이러지 마요. 부담스럽고 성가시네요."

나는 지완과 눈을 맞추지 못하고 혼잣말하듯 입안에 괸 말을 웅얼거렸다.

"전 그럼 조깅 가요. 무영 씨 이사 오고부터 담배를 끊었더니 체중이 많이 늘었어요. 요즘엔 비타민도 챙겨 먹고요. 건강해져야겠더라고요. 무영 씨한테는 내가 필요하니까요."

지완은 날렵하게 생긴 조깅화를 신고 가벼운 걸음으로 가게를 나섰다. 부윰한 새벽빛이 순식간에 그를 집어삼켰다.

"해야지 해야지 생각만 하고 있었는데, 결국 자기가 했구나. 아침부터 애썼다."

경선이 마른세수를 하며 주방으로 내려왔다. 나는 곰팡이가 빠져나가 하얗게 빛나는 타일에 물을 끼얹었다. 그러곤 밤새 불려놓은 시래기를 개수대에 엎어놓고, 서랍에서 고무장갑을 꺼냈다.

"그래, 잘 생각했어. 자기도 고무장갑 좀 끼고 일해야지. 젊은 여자 손이 그렇게 갈퀴 같아서야 어디 쓰겠어."

경선이 허리에 앞치마 끈을 질끈 묶고, 빈 수저통에 수저를 채웠다. 나는 마디가 비틀어져 변형되기 시작한 약지와 소지를 물끄러미 바라보다 고무장갑에 손을 끼워 넣고 시래기를 주물렀다. 평소와 달리 억센 물줄기와 거친 시래기 사이를 오가는 손길이 난생처음 포크댄스를 배우러 나온 소녀처럼 수줍고도 조심스러웠다.

"인정 많은 건 꼭 지 애비를 닮았어. 우리 지완이 말야. 아줌마 고생하는 거 안됐다고 식기세척기 하나 들여놓자고 성화네. 지가 돈 내준다고. 근데 민아 성격에 기계 설거지가 어디 양이 차겠어? 두 번 일 시키는 거지. 그래서 월드컵 핑계 대고 테레비나 큰 걸로 한 대 사달랬어."

수저통을 다 채운 경선이 덕용 포장 된 냅킨을 한 움큼씩 나눠 플라스틱 용기에 담으며 주절거렸다.

"오늘 첫 경기라던데, 손님 많겠네요?"

"다들 연향역으로 몰려서 여긴 휑해. 저번 월드컵 땐 멋모르고 휩쓸렸다 지갑까지 쓰리 맞고 왔다니까. 그래서 이번엔 교회 가서 응원하려고. 이따 여섯 시에 모이는데, 자기도 가려면 가자. 일찍 문 닫고."

나는 핏물 뺀 돼지등뼈에 칼집을 넣으며 고개를 저었다.

"자긴 꼭 그러더라. 청승맞게시리."

경선이 마뜩지 않은 얼굴로 새 냅킨 포장을 뜯었다. 희태가 방문을 열고, 엉금엉금 기어 주방으로 나왔다. 지팡이에 의존하는 습관을 줄여야 다리에 힘이 붙는다는 재활치료사의 강권에 희태는 마지못해 지팡이를 우산꽂이에 던져 넣고 집 안에선 기거나 물건을 잡고 더듬더듬 걸어야 했다. 그는 왼쪽 팔꿈치로 상체를 지탱하고 발끝으로 힘없는 하체를 밀어 주방 쪽으로 다가왔다. 나를 곁눈질하며 손님석 한 편에 놓인 자스민 화분으로 기어가 분무기를 들었다.

"동생도 참 정성이다."

우리가 이사 온 직후 경선이 작은 모종을 사다 심은 것이 이젠 엄지손톱만 한 잎사귀를 매달고 가지를 뻗었다.

"화초도 여자처럼 이렇게 살살 달래가며 키워야 돼요."

희태가 바닥에 떨어진 냅킨 한 장을 집어 분무질로 촉촉이 젖은 자스민 잎을 정성껏 닦아냈다.

"나도 저런 남자 있으면 당장 팔자 고치겠다."

경선이 테이블마다 냅킨을 비치하고 아랫배를 문지르며 욕실로 들어갔다. 문이 닫히자 희태가 분무기를 내려놓고 뭔가를 질겅질겅 씹듯 빈 입을 우물거리며 나를 노려봤다.

"너, 이층 새끼랑 잤지?"

벌겋게 핏물이 번진 대야로 뼈를 감싼 살점이 툭 떨어졌다.

"나 칼 들었어. 생사람 잡지 마."

나는 고무장갑 낀 손을 핏물에 넣고 더듬거려 살점을 집어 올렸다.

"새벽에 오줌 누러 나왔는데, 그 새끼가 너한테 잘 보이려고 주방에서 아주 생쑈를 하고 있더구만."

희미하게 코끝을 맴도는 약품 냄새가 마치 정사의 흔적처럼 느껴져 대꾸할 말이 떠오르지 않았다. 나는 잠자코 육수 냄비에 손질한 돼지등뼈를 쏟았다.

"조심해라. 너희 두 년 모가지는 내가 틀어쥐고 있으니까."

가스 불을 켜고, 솥 전더구니를 행주로 훔치고, 핏물이 든 대야를 비우는 동안, 아무리 태연한 척 연기를 해도 파충류의 혓바닥이 목덜미를 핥는 것처럼 온몸의 솜털이 쭈뼛 일어서고 무릎이 꺾이는 건 감출 수가 없었다. 그러는 사이 욕실에서 경선이 돌아왔다.

"우리 민아 깨워야지. 지각하겠네."

경선이 상을 차리는 동안, 희태가 민아의 방으로 몸을 틀어 기어갔다. 그러자 방문을 획 젖히며 민아가 걸어 나왔다. 아이는 오래전에 잠에서 깬 모양인지, 씽씽한 걸음으로 희태를 지나쳤다. 경선에게 자상한 모습을 보여주려던 계획이 틀어진 희태는 왼발로 민아의 발뒤꿈치를 내질렀다. 그러나 양팔을 벌려 가뿐히 균형을 잡은 민아가 나무토막처럼 생기 없고 몽땅한 희태의 왼발을 힘껏 걷어찼다.

“어머, 아빠 발이 거기 있는 줄 몰랐어. 미안해.”

호들갑스럽게 목소리를 높였지만, 표정만은 다시없이 싸늘했다. 민아가 욕실로 들어가자 키우던 개에 발등을 물린 주인처럼 얼떨떨한 표정의 희태가 빈 입을 쩍 벌리고 욕실 문짝을 바라보았다. 얼마 전까지만 해도 희태에게 눈조차 바로 뜨지 못했던 민아였다. 그러나 희태를 걷어찬 그 애의 표정엔 경멸과 환희가 교차했다. 자식은 부모를 닮게 마련이었다. 그러니 아무리 부정해도, 민아는 희태를 닮을 수밖에.

욕실에서 나온 민아는 희태의 옆에 바짝 붙어 앉아 숟가락을 들었다. 예사롭지 않은 분위기에 희태가 몸을 움칫거리며 눈동자를 불안하게 굴렸다.

“아빠, 이따 나도 교회 갈까? 같이 응원하면 재밌을 거 같은데. 내 짝도 그 교회 다닌대.”

희태가 입으로 가져가던 숟가락을 멈추고, 오른쪽 볼을 씰룩거리며 민아를 뚫어지게 바라보았다.

“어머, 잘됐다. 와서 응원도 하고, 목사님 말씀도 듣고, 아빠

휠체어도 밀어드리고 그래라. 어쩜, 재 철들었네."

경선이 젓가락을 내려놓고, 민아의 등을 두드리며 함빡 웃었다. 희태는 돌변한 민아의 태도에 무척이나 당황한 눈치였지만, 경선이 기뻐하는 데다 딱히 오지 못하게 할 구실을 찾지 못해 고개를 주억거리고 말았다. 나는 설거지를 미뤄두고 민아의 방으로 들어갔다. 하얀 캐미솔 위에 블라우스를 걸친 민아가 단추를 채우고 있었다.

"너 왜 그래, 왜 안 하던 짓이냐고?"

민아가 고무줄 달린 넥타이를 목에 걸었다.

"계속 당하고 살 수는 없잖아."

벽거울에 제 얼굴을 비춰보는 민아는 더 이상 겁에 질려 훌쩍거리는 어린아이가 아니었다.

"어제 제문이 아저씨한테 전화 왔어. 뭐 하나만 도와주면 아빠가 어떻게 되든 눈감아주겠대."

정수리에 바짝 묶은 머리를 동그랗게 말아 고무줄로 고정한 민아가 벽거울로 나와 눈을 맞췄다. 바둑돌처럼 검고 반들거리는 눈동자에 날 선 면도칼 같은 살기가 흘렀다.

"돕다니, 뭘?"

"있어, 그런 거. 나중에 말해줄게."

벽거울로 옷매무시를 살피던 민아가 블라우스 밑단에 비죽 삐쳐 나온 실밥을 앞니로 똑 끊어내고 방을 나섰다. 얌전히 여물기를 기다렸다 기광하고 튀어 나가는 봉숭아 씨처럼, 방자한 뒤태였다.

제문이 내게 했던 제안을 민아에게 한 것인지 몰랐다. 본래 할퀴는 짐승은 발톱을 감추는 법이다. 그날 겪은 제문은 자신이 손해 볼 제안을 할 위인이 아니었다. 더구나 상대가 이제 막 세상 밖으로 튀어나온 어린 씨앗이라면 널름 제 입에 꿀꺽 삼킬지 몰랐다. 긴 세월을 희태와 친구로 지냈다는 건, 두 인간이 다르지 않은 괴물이란 의미였다. 입을 꿰매든 혀를 자르든 목구멍을 틀어막든, 그의 아가리를 향해 다가가는 민아를 막아야 했다.

지완이 출근을 하고, 아침드라마에 미련을 버리지 못한 경선이 느릿한 동작으로 자리에서 일어나 파를 다듬었다. 희태는 문지방에 걸터앉아 재활치료사가 들려 보낸 고무공을 주물렀고, 나는 경선을 거들며 후텁지근한 날씨 탓에 뜸해진 손님을 기다렸다. 점심 무렵이나 돼서야 근처 공사장에서 온 인부들이 감자탕과 소주를 주문했지만, 그 후론 매상이 끊겼다. 다섯 시가 되자, 경선은 외출 준비를 시작했다.

"어쩌니? 저녁은 혼자 먹어야겠다. 손님 없으면 일찍 문 닫고 쉬어. 이럴 땐 치킨집만 노나는 거지 뭐."

선홍색 립스틱을 바른 경선이 핸드백 대신 전대를 허리에 찼다. 희태도 청바지에 교회 이름이 새겨진 붉은 티셔츠를 입고 오랜만에 생기 도는 얼굴로 벽시계를 확인했다. 그리고 여섯 시 정각, 부목사가 가게 문을 열고 들어와 능숙한 솜씨로 휠체어에 희태를 앉혔다. 따라나선 민아를 본 부목사는 아이의 머리와 목덜미를 오래도록 매만졌다. 민아가 눈빛을 곤두세우고 손길을 털어냈다.

"가게 걱정 말고 다녀오세요. 지갑 조심하고요."

내 인사말에 경선이 익살스럽게 웃으며 전대를 두들겨 보이곤 떠났다. 왁자한 웃음소리가 수챗구멍에 물 빠지듯 서서히 잦아들자 드디어 혼자가 되었다. 희태가 앉은 자리를 향해 고정되어 있던 선풍기를 끄고, 파투 난 화투패처럼 여기저기 흩어진 방석을 정리하고 나니 할 일이 없었다.

골목에 인적이 끊긴 걸 확인하고, 제문에게 전화를 걸었다. 신호 대신 결번 메시지가 흘러나왔다. 민아에게 전화를 걸었다면 번호가 남아 있을 터였다. 학교에는 핸드폰을 가져가지 못하니, 민아 방 어딘가에 핸드폰이 있을지 몰랐다. 예상대로 핸드폰은 책상 서랍 안에 들어 있었다. 주저 없이 통화 버튼을 누르고 최근 통화 내역을 살폈다. 저장되지 않은 번호로 온 전화는 그제 저녁 딱 한 통이었다. 나는 민아의 핸드폰을 들고 카운터로 나갔다. 열한 자리의 번호를 누르고 신호를 기다렸다. 두 번째 신호가 끊기기 전, 걸걸한 목소리의 제문이 전화를 받았다. 그의 목소리 뒤로 요란한 음악 소리와 환호성이 섞여들었다.

"난 또, 누구라고. 잘 지냈어요, 제수씨."

"우리 민아랑 통화했어요?"

제문이 자리를 옮긴 모양인지, 소음이 뚝 끊겼다.

"소식 빠르네요."

차르르, 물 흐르는 소리가 들렸다.

"편하게 얘기해요, 화장실이니까."

"도대체 애한테 무슨 얘길 한 거예요?"

"민아가 말 안 해요?"

제문이 느물거리며 대답을 피했다.

"대답해요. 무슨 꿍꿍이로 우리 민아한테 전화했는지."

물 내려가는 소리, 지퍼 올리는 소리, 가래 돋워 뱉는 소리가 차례로 들렸다.

"나 파면됐어요. 근무지 이탈로 누가 내사과에 찔러 넣은 모양인데, 친절하게 연향역 시시티브이 테이프까지 보냈더라고요. 그 양반 덕분에 투잡 뛴 것까지 뽀록나서 어제 날짜로 수배령 떨어졌어요. 우리 윤지완 씨 말야, 같은 공무원끼리 정말 너무한 거 같지 않아요? 얼굴은 순진하게 생겨갖고 속은 능구렁이란 말야. 확 오장육부를 까뒤집어 헹궈버릴까 해. 암튼 이렇게 된 거 제수씨의 적극적인 도움을 받으려면 우리 사업 얘기를 좀 구체적으로 해야겠는데, 지금 시간 괜찮아요?

좀 긴데."

제문은 내 대답을 기다리지 않고 '우리 수경이'란 말로 입을 열었다. 수경은 제문의 동갑내기 아내였다. 스물네 살에 만성 신부전증 진단을 받은 그녀는 신장이식을 기다리며 서른 살까지 살았다. 그녀가 정상 기능의 십 퍼센트에도 못 미치는 고장 난 신장을 어르고 달래 마지막 일 년을 살아낸 건, 이식 대기자 명단 두 번째에 자신의 이름이 올라가 있어서였다. 그러나 수경의 차례는 요원했다. 칠 년째 이식를 기다리던 앞 대기자가 쇼크로 사망하자 그녀의 불안감은 더욱 커졌다. 그때부터 수경은 장기 밀매업자를 찾아가서라도 이식을 받겠다고 떼를 썼지만, 제문은 공무원인 자신의 신분과 언제 돌아올지 모를 실낱같은 희망을 포기하지 못해, 매번 아내를 설득했다. 한 알이었던 수면제가 두 알로 늘어났고, 입안이 부르터 식사 대신 영양제와 조제분유로 연명하는 날들이 이어졌다.

의사는 입원을 권유했지만, 수경은 견딜 만하다며 거부했다. 그러나 수경은 그리 견딜 만하지 않았던 모양이었다. 영원히 견딜 수 없다면 이쯤에서 끝내버리는 것이 낫겠다고 판단했는지도 모를 일이었다.

그 무렵 제문은 밥풀 하나를 더 달고 경장이 되어 집을 비우는 날이 잦아졌다. 그러는 동안 수경은 홀로 투석을 받으러 다녔고, 카데터가 들어간 자리를 소독하며 서서히 떠날 준비를 했다. 그러던 어느 월요일, 수경은 제문이 출근을 하자 티끌 하나 없이 집 안을 치워놓고 마트로 나갔다. 그녀가 사들인 건 오렌지, 바나나, 인스턴트커피, 쇠고기 등심, 신선한 샐러드 재료와 파스타 소스, 칼륨 보충제처럼 병원에서 금기한 식품들이었다.

집에 돌아온 수경은 파스타 면을 삶고 등심을 굽고, 샐러드를 만들어 식탁에 앉았다. 그러곤 천천히 맛을 음미하며 마지막 식사를 즐겼다. 자정이 돼서야 집으로 돌아온 제문은 차가운 물이 찰찰 넘치는 욕조에서 잠든 듯 고요히 눈을 감은 수경을 끌어내 가슴팍에 귀를 가져다 댔다. 차갑고 축축한 수경의 몸은 끝내 잠잠했다. 사인은 배설되지 않은 칼륨이 일으킨 심장마비였다.

장례가 끝난 뒤, 제문은 수경의 짐을 정리하다 그녀 이름의 통장 하나를 발견했다. 입금 내역은 단 한 곳, 생명보험사뿐이었다. 일억 원 남짓한 보험금은 대학에 입학하자마자 교통사고로 부모를 동시에 여읜 수경의 전 재산이었다. 그런데 어째서인지 병원비로 빼서 쓴 기억이 없는데, 통장의 잔액은 천만 원도 되지 않았다. 제문이 통장을 겨드랑이에 끼고 화장대 서랍을 여는데 이번엔 전단지 한 뭉텅이에 눈이 갔다. 크기와 종이 질은 다르지만 모두 장기별로 금액이 매겨진 밀매 선전지였다. 제문은 전단지 한 귀퉁이에서 눈에 익은 수경의 글씨를 발견했다. A11, A10, B22, B15, C11, C16, DR12, DR24. 그녀의 유전자형이었다. 수경은 제문이 집을 비운 날이면 자신과 같은 유전자형을 찾아 낯선 사내들의 전화에 구호 신호를 보냈던 것이다. 오십 퍼센트만 일치해도 이식이 가능했지만, 전단지마다 적힌 숫자는 대부분 0이거나 10이었다. 제문은 눈물을 소매로 훔쳐가며 아내의 흔적을 좇다, 마지막 전단지에서 '80%'와 '50%?'라는 숫자를 발견했다. '업계 최고가 매매'라는 단출한 문구와 전화번호가 전부인 전단지였다. 그는 홀린 듯 아내의 핸드폰에 전화번호를 찍고 통화를 눌렀다. 상대는 '여보세요' 대신 '결심하셨어요?'란 말로 전화를 받았다.

상대는 수경의 사망 소식에 일방적으로 전화를 끊었다. 제문은 곧바로 경찰서에 돌아가 전화번호의 명의자를 확인했다. 주거지 불명의 팔십 대 '이순분'이란 노파였다. 하지만 그와 통화한 상대는 분명 남자의 음성이었다. 대포폰이었다. 제문은 이번엔 자신의 핸드폰으로 다시 그에게 전화를 걸었다. 그러곤 신장을 팔고 싶다며 만나기를 청했다. 상대는 다시 전화를 하겠다며 전화를 끊더니 늦은 밤이 되어서야 유선전화로 전화를 걸어 약속 장소를 통고했다. 이튿날 새벽 여섯 시, 제문은 충주의 딸기농원 앞 주차장에서 등산복 차림의 노인과 마주 섰다. 어디서나 볼 수 있는 백팩에 등산화, 은테 안경을 쓴 풍채 좋은 노인이었다. 그는 달게 담배 한 개비를 필터

부근까지 피우곤 호주머니에서 일회용 주사기를 꺼냈다. 그는 제문이 좀처럼 팔뚝을 내놓지 않자, 이래봬도 자격증 있는 의사이니 걱정 말라며 안심시켰다. 노인의 말대로 피를 뽑는 손길엔 군더더기가 없었다. 정확히 한 번에 정맥을 찾아냈고, 머뭇거림 없이 바늘을 꽂아 유유히 피스톤을 당겼다. 주사기에 피를 채운 노인은 제문을 데리고 내장탕집에 들어가 소주 한 병에 내장탕을 먹으며 숟가락에 걸려 올라온 정체불명의 장기에 빗대 보수를 설명했다.

그는 신장의 경우 다른 장기에 비해 가격이 낮은 것이, 이식센터 직원의 협조로 공여자 정보를 미리 입수해 다른 장기보다 손쉽게 구할 수 있기 때문이라고 말했다. 그제야 제문은 자신들에게 이식 순서가 돌아오지 않은 이유를 깨달았다. 조사 내용을 상부에 보고하는 게 가장 쉽고 명쾌한 방법이었지만, 노인이 고령인 점을 감안한다면 길어야 사오 년 정도 형을 살고 나서 은닉한 재산을 뿌리며 거리를 활보할 것이 뻔했다. 제문은 가장 어렵고 성가신 방법을 선택했다.

며칠 후, 노인은 제문에게 전화를 걸어 유전자형이 칠십 퍼센트 일치하는 환자가 나타났으니 하루 금식을 하고 충주로 내려오라고 했다. 이튿날 아침, 제문은 삼팔구경 리볼버를 허리춤에 감추고 노인과 약속한 딸기농원 주차장으로 나갔다. 이번엔 노인 대신 중년 사내 한 명이 제문을 맞았다. 그는 자신의 승용차에 제문을 태워 강원도 방면으로 달렸다. 비포장도로와 포장도로를 번갈아가며 두 시간 만에 도착한 노인의 거처는 단단하게 지은 양옥집이었다. 응접실 소파에서 노인을 기다리는 동안, 동행한 중년이 제문에게 계좌번호를 물어왔다.

수술 당일엔 계약금 조로 천만 원이 입금되고 퇴원하는 날 나머지 이천만 원이 입금될 거라고 했다. 어차피 돈을 바라고 찾아온 것이 아니었으므로 제문은 군번과 학번 등을 조합해 아무렇게나 계좌번호를 지어냈다. 계좌번호를 받아 적은 중년이 제문에게 따라오라는 손짓을 하며 지하로 향한 계단을 밟았다. 땀으로 미끄덩거리는 손을 불룩한 허리춤에 문지르며 제문이 그의 뒤를 따랐다. 계단 끝에는 마치 사우나 탈의실처럼 넓고 환한 공간이 그를 맞았다. 연녹색 커튼이 쳐진 건너편이 수술실인 모양이었다. 팔에 링거를 꽂은 삼십 대 후반의 여자가 제문을 보자 얼른 고개를 돌리고 지척거리며 커튼 뒤로 사라졌다. 수혜자였다. 중년은 제문에게 가운을 주며 욕실에 들어가 샤워를 하고 갈아입으라고 했다. 제문은 그 전에 노인을 좀 만나게 해달라고 청했다. 그러자 중년은 어렵지 않은 부탁이라는 듯, 고개를 끄덕이곤 노인을 데려왔다. 물론 공포탄 대신 여섯 발의 실탄을 장전해 꼿꼿이 겨눈 제문 앞으로.

노인은 수경을 기억하고 있었다. 석 달 전쯤 유전자형 오십 퍼센트가 일치하는 공여자가 나타나 이식을 받으러 찾아왔지만, 상대가 마지막 순간에 마음을 바꾸는 바람에 수술이 무산되고 말았다. 순진한 수경은 공여자를 찾아가 그의 요구대로 당장 필요한 돈을 꾸어주고 이식을 사정했지만, 이미 손아귀에 원하는 것이 들어온 상대는 연락처와 주소를 바꾸고 사라져버렸다. 그리고 수경이 사망하기 하루 전, 팔십 퍼센트가 일치하는 새 공여자가 나타났으나 수경의 통장은 거의 바닥난 참이었다. 제문은 총을 거뒀다. 그는 어린아이처럼 어깨를 들썩거리며 욕실로 들어가 몸을 씻었다. 그러곤 알몸으로 걸어 나와 스스로 수술대에 누웠다. 그는 건너편 수술대에 누운 여자가 훌쩍훌쩍 흐느끼는 소리를 들으며 혼곤한 잠에 빠져들었다. 깨어났을 때, 그의 배엔 낫 자국 같은 한 뼘 길이의 상처가 맥박에 맞춰 욱신거렸다.

그길로 제문은 장기 밀매에 뛰어들었다. 수경처럼 마지막 순간에 뒤통수 맞는 일이 없도록 타깃을 제 발로 찾아오는 공여자가 아닌 주거불명의 노숙자들로 바꿨다. 관할 지구의 노숙자들에게 접근해 약간의 향응을 베푼 뒤 노인에게 얻어낸 근육이완제를 주사하고 희태를 부르면 임무는 끝이었다. 죄책감은 없었다. 그들은 거리에 함부로 나뒹구는 폐지와 다를 바 없이 매일 꾸역꾸역 쏟아져 나왔고, 누군가 치워주지 않으면 거리는 포화상태가 될 터였다. 폐지 몇 장이 사라졌다고 근심하는 사람 또한 없었다. 그런 의미에서 제문과 희태는 청소부였고, 노인은 고물상이었다.

제문과 희태를 통해 장기 이식을 받은 환자들은 주로 병세가 위독하지만, 메이드 인 차이나를 혐오하는 부유층들이었다. 물론 그들 중엔 고위공무원이나 범죄 집단의 우두머리처럼 필요할 때 타고 올라갈 수 있는 굵은 동아줄도 포함되어 있었다. 그런데 어이없게도 가장 믿었던 탄탄한 동아줄 하나가 며칠 전 끊어진 모양이었다.

"하긴 퇴원하자마자 룸방으로 출근을 했으니 죽어도 싸지."

거리의 요란한 음악 소리와 환호성이 제문의 거친 숨소리를 흩어놓았다.

"지금은 월드컵 때문에 검문이 강화돼서 꼼짝도 할 수 없어요. 그렇다고 여기 앉아서 제수씨 연락만 기다릴 순 없잖아요. 그래서 민아한테 전화한 겁니다. 데리러 갈 때까지 희태 어디 못 가게 잘 붙잡고 있으면 용돈 좀 주겠다고 했죠. 검문 좀 느슨해지면 우리 넷이 오랜만에 밥이나 한 끼 합시다. 오늘 못 한 얘기도 좀 나누고 셈도 치러야 하잖아요? 윤지완이란 놈도 주물러줘야 하고. 조만간 연락하리다."

수화기를 내려놓고, 방에 들어가 이불을 뒤집어썼다. 턱이 덜덜 떨리며 이가 맞부딪쳤다. 당장 제문이 연향에 들이닥칠 것 같진 않았다. 하지만 원하는 것을 얻지 못하면 희태는 물론이고 나나 민아 그리고 지완까지 위험해질 수 있었다. 물론 그의 제안대로 희태가 꿍쳐놓은 돈을 찾을 수 있으면 좋겠지만, 이 비좁은 방 안에 그런 거금을 숨겨놓을 만한 장소는 없었다. 혹시나 하는 마음에 커터칼로 이불 홑청을 뜯어보았지만 묵은 솜뿐이었다. 베개나 겨울옷 주머니도 마찬가지였다.

당장 살 궁리를 해야 하는데, 자꾸만 눈앞에 지완의 얼굴이 아른거려 손이 멈칫했다. 시커먼 물속을 잠영하다 숨이 가빠서야 자신이 포유류란 사실을 깨닫고 수면 위로 뛰어오르는 고래처럼, 나는 막다른 골목에 다다라서야 내가 여자란 사실을 실감했다. 지금껏 지완의 평화를 깨고 싶지 않아 있는 힘껏 밀어냈다. 그의 일생이 지금처럼 단조롭고 안온하기만을 바랐다. 그러나 지완은 자신에게 보장된 평화를 깨고 스스로 전장에 뛰어들었다. 내겐 사선을 함께 넘을 전우가 생긴 거였다. 둘 중 하나라도 빗발치는 총알 세례를 피하려면 절대로 서로의 손을 잡아선 안 되었다. 혹여 잡는다 하더라도 걸음이 더딘 쪽이 먼저 놓는 게 마땅했다. 그런데 지완이라면 끝내 내 손을 놓지 않고 성큼성큼 사선을 넘어 아무도 찾지 않는 세상 끝으로 데려다 놓을 것만 같았다. 그를 생각하자 생목 같은 그리움이 가슴을 벅벅 긁었다.

둥둥둥, 동당동당, 왱강댕강, 삘리리삐리—

연향역 광장은 북과 소고, 꽹과리와 피리, 사람들의 함성과

욕설, 달콤한 밀어와 다툼으로 벅적했다. 쉬지 않고 손뼉을 치며 구호를 외치는 사람들은 전 재산을 걸고 검투장에 모여든 도박꾼처럼 달아올라 있었다. 그중에서도 가장 눈에 띄는 사람은 도포를 입은 노인이었다. 붉은 수건을 목에 건 노인은 일행으로 보이는 사람들과 어깨동무를 하고 물랭루주의 광대처럼 캉캉춤을 추었다. 땀으로 흠뻑 젖은 얼굴이며 가뿐한 춤사위가 청년 못지않게 씽씽해 보였다. 어쩌면 그는 정말 노인이 아닌지도 몰랐다. 십억 볼트의 전류가 관통한 그날, 노인은 인간으로서의 생을 정지하고 몸 안에 가둬놓은 전류로 사람 행세를 하는 로봇이 되었는지도 모를 일이었다. 노인의 단출한 삶이 부러웠다.

광장 가장자리 콘크리트 펜스에 자리를 잡고 앉자 큰 북을 목에 걸어 배에 늘어뜨린 청년이 나를 흘끔 쳐다보곤 태극기를 망토처럼 두른 제 친구에게 턱짓을 했다. 광장 안에서 붉은 옷을 입지 않은 사람은 내가 유일했다. 남과 다르다는 건 튀어나온 못처럼 뽑아내고 싶거나 박아 넣고 싶은 충동을 불러일으키게 마련이다. 평일의 연향역 광장이었다면 나는 대가리가 작아 박으면 겉으로 드러나지 않는 은혈못처럼 눈에 띄지 않는 배경의 일부였을 것이다. 전반전이 끝났는지, 스크린 앞에 오글오글 모였던 사람들이 흩어지기 시작했다.

사람들의 발걸음이 빈 벤치나 매점으로 향했다. 연인의 허리에 다정히 팔을 휘감은 남자, 어른처럼 껄껄 웃는 아이, 아이처럼 엉엉 우는 여자 너머로 익숙한 얼굴의 사내가 보였다. 사내의 시선도 나를 향했다. 그가 들고 있던 쓰레기봉투와 집게를 떨어뜨리듯 내려놓았다. 그가 서뿐서뿐 다가오자 나도 그를 향해 마주 걸어갔다. 마침내 사내와 내가 마주 섰을 때, 세상은 통조림 된 생명처럼 일순 눈과 입을 닫고 고요히 잠들어버렸다.

"할 얘기가 있어요."

나는 사내의 눈을 피하지 않고 속삭였다.

"그럼, 우리 밥 먹으며 이야기해요."

사내가 부드럽게 내 손목을 끌어당기며 앞서 걸었다. 우리는 신호를 무시한 채 횡단보도를 건너 감자탕집으로 돌아왔다. 나는 지완을 손님석에 앉혀놓고, 직접 냄비에 육수와 고기, 시래기를 넣어 감자탕을 끓여 냈다. 그러곤 차조가 섞인 밥과 햇빛에 대가리가 연두색으로 변해버린 콩나물무침, 고춧가루가 드문 깍두기와 어묵볶음을 차려놓고 오랜 연인처럼 다정하게 밥을 먹었다. 지완이 먹기 좋게 바른 고기를 내 밥 위에 올려주면, 나는 큼직한 감자를 젓가락으로 찍어 그의 숟가락 위에 올려주었다.

"제문 씨 일, 왜 그랬어요."

내 물음에 지완이 조용히 자리에서 일어나 소주 한 병과 잔

두 개를 가져왔다. 그가 잔 하나를 채워 내게 내밀었다.

"곪은 상처는 터뜨리고 짜내야 나으니까요."

그가 소주를 마셨다. 술이 약한 나도 그를 따라 잔을 비웠다. 곧바로 잔이 채워졌다.

"어디 숨어 있을 데 없어요?"

차마 제문이 한 말을 그대로 옮기지 못했다.

"내가 묻고 싶은 말인데요."

지완이 다시 잔을 비우고 내 얼굴을 빤히 바라보았다.

"내가 가면 당신은요?"

술기운에 가슴이 홧홧하게 달아올랐다.

"같이 가야죠."

지완이 내 손을 끌어다 제법 뜨뜻해진 볼에 댔다.

"마땅한 데를 알아볼게요."

식사를 마친 우린 오랜 연인의 당연한 데이트 순서처럼 서로 손을 잡고 이층 계단을 밟았다.

창문이 없는 방이었다. 어쩌면 암막 커튼이 쳐져 있었는지도 모르겠다. 옅은 스킨 냄새와 묵은 책 냄새가 났다. 지완이 스위치를 찾아 벽을 더듬었다. 나는 그의 손을 붙잡아 젖가슴으로 가져갔다. 어리지도 예쁘지도 행복하지도 않은 주제에 환한 조명 아래서 그를 마주할 염치가 없었다.

"가요, 천 길 낭떠러지든 해변 오두막이든 세상 끝이든."

고지를 향한 고불고불한 길이, 위태롭게 우리를 맞이하고 있었다.

7월

김하임

성기와 사귄 일주일 동안 나는 거의 하루에 한 번꼴로 대수롭지 않은 일에 이별을 선언했다. 녀석은 메뚜기가 뛰어봤자 풀밭이지 하는 표정으로 묵묵부답이었다.

"좀 물러주라. 물건 사도 7일 내엔 환불이잖아. 이렇게 정중하고 논리적으로 사정하는데 들은 척이라도 해야지."

뒤늦은 후회에 밤잠이 오지 않았다. 나란히 퇴근하던 길, 나는 다시 한번 이별을 독촉했다.

"네가 논리적이라고? 좋아, 그럼 내가 내는 문제 한번 맞혀봐. 맞히면 헤어져주지."

녀석이 성큼성큼 제 집 앞 평상으로 걸어가더니 백팩을 열고 수첩과 볼펜을 꺼냈다.

"나야 엄청 논리적이지. 맞히면 너 딴소리하기 없기다."

성기는 괴팍해서 그렇지 한 입으로 두말하는 사람은 아니었다.

"각각 다른 색으로 칠한 다섯 채의 집이 있어. 각 집에는 국적이 다른 사람이 한 사람씩 살고 있지. 집주인 다섯 명은 각자 특정한 종류의 음료수를 마시고, 특정한 운동을 즐기며, 특정한 애완동물을 키워. 같은 애완동물을 기르거나 같은 운동을 하거나 같은 음료를 마시는 사람은 한 명도 없어. 그럼 그 사람들 중에 물고기를 기르는 사람은 누구일까?"

성기가 수첩에 다섯 개의 사각형을 그리고 세모꼴의 지붕을 얹었다.

"장난하냐? 내가 무슨 초능력자냐, 그걸 맞히게?"

"물론 단서가 있지. 1. 영국인은 빨간색 집에 산다. 2. 스웨덴인은 애완동물로 개를 키운다. 3. 덴마크인은 차를 마신다. 4. 초록색 집은 하얀색 집의 왼쪽에 있다. 5. 초록색 집의 주인은 커피를 마신다. 6. 축구를 하는 사람은 새를 키운다. 7. 노란색 집의 주인은 야구를 한다. 8. 맨 가운데 집에 사는 사람은 우유를 마신다. 9. 노르웨이인은 첫 번째 집에 산다. 10. 배구를 하는 사람은 고양이를 키우는 사람의 옆집에 산다. 11. 말을 키우는 사람은 야구를 하는 사람의 옆집에 산다. 12. 테니스를 치는 집주인은 맥주를 마신다. 13. 독일인은 하키를 한다. 14. 노르웨이인은 파란색 집 옆집에 산다. 15. 배구를 하는 사람은 물을 마시는 사람의 옆집에 산다. 이제 맞힐 수 있겠지?"

나는 수첩에 단서 조항을 적어 넣고 평상에 엎드려 문제를 풀기 시작했다. 다섯 채의 집에 각각 취향이 유별난 외국인을 집어넣고 순서를 하나씩 치환해갔다. 그러나 탐구생활조차 개학 하루 전날 성기의 것을 베껴 써서 위기를 모면해온 나로서는 연역적 사고를 요구하는 이런 퀴즈는 애당초 무리였다. 문제를 푸는 내내 왜 국적이 다른 외국인들이 나란히 원색의 집을 짓고 살며, 취미마저 통일이 되지 않아, 매점 아르바이트생들과 인기 없는 유부녀 탤런트도 잘 터뜨리는 스캔들 하나 만들지 못해 독거 생활 중이며, 새나 고양이, 말 같은 것에서 인생의 낙을 찾으려고 하는지 궁금했다. 나는 삼십 분 만에 집 쉰 채와 까탈스러운 외국인 쉰 명이 엉성하게 그려진 수첩을 성기에게 냅다 집어 던지고 백기를 들었다. 아무래도 며칠을 더 사귀어야 할 모양이었다.

"거 봐. 넌 논리도 없고 이성도 상실했어."

성기가 수첩을 들어 깨끗한 면을 펼치곤 내 옆에 앉았다.

"정답은 독일인이야. 이런 문제를 풀 땐 그림보다는 도표로 표시해가며 푸는 게 편해. 국가, 집 색깔, 음료수, 담배, 애완동물, 이렇게 항목을 정해놓고 번호를 매겨서 칸을 채워가는 거야. 봐, 간단하지?"

성기가 볼펜으로 슥슥 표를 만들고 글씨를 써넣어 정답을 풀어갔다. 불과 몇 분 만에 네 번째 집에 사는 독일인의 애완동물 칸만 비고 모든 칸이 채워졌다.

"넌 문제에 맞닥뜨렸을 때, 평면적으로 사고하는 습관이 있어. 이를테면 그날 일처럼 말이지."

성기가 수첩을 덮고 양손을 깍지 껴 제 목덜미로 가져갔다.

"그날 일?"

"니가 나한테 사귀자고 한 날 말야. 이성적이고 합리적인 인간이었다면 이런 유치한 질투 작전에 친구를 끌어들이지 않아. 물론 평면적으로 보면 니 판단도 일리는 있어. 웬 여자가 나타나서 지완이 형과 사라졌다. 오케이, 니가 바람이면 나도 맞바람이다. 근데 논리 좋아하는 내가 봤을 때 니 판단엔 분명 오류가 있어. 형이 사라진 걸 왜 바람이라고 단정하지? 뭔가 긴박한 일이 생겼을 수도 있고, 또 애인한테 말 못 할 창피한 사정이 있을 수도 있잖아. 넌 형한테 해명할 기회를 줬어야 했어. 설령 다른 여자가 좋아져서 너랑은 끝이다, 소리를 듣더라도 넌 너와 형 사이의 매듭을 완전히 풀고 물러나야 했단 말야. 근데 뭐야, 폰 번호 차단하고 문자도 스팸설정 해놓고, 화이트하임 보급도 끊어버렸잖아."

성기의 방 앞, 가로등 전구에 하루살이가 새카맣게 달라붙어 커다란 그림자를 만들어냈다.

"넌 좋겠다, 논리적인 인간으로 태어나서."

나는 성기의 팔 한 짝을 끌어다 내 머리를 받쳤다.

"난 너의 정신적 딜도 되고 싶지 않아."

"뭐 이런 끕 떨어지는 소리를 하고 있어?"

"사실인걸. 네가 너를 위로하느라 날 끌어들였잖아. 오늘부터 난 너랑 안 사귀기로 결심했어. 형한테도 우리 가짜로 사귄 거니까 다시 잘해보라고 문자 해놨고. 지옥 같은 일주일이었다."

성기가 담담한 목소리로 이별을 선언했다.

"나 지금 차인 거임?"

성기가 피식 웃었다. 뾰로통한 표정을 지어 보였지만, 나는 그 순간 성기보단 지완의 반응이 참을 수 없이 궁금했다. 살그머니 고개를 돌려 성기의 얼굴을 보니 눈가가 불콰했다. 차인 건 난데, 도리어 미안한 마음이 들었다.

"차줘서 고맙나, 친구."

진심이었다. 우리가 사귄 지난 일주일은 초등학생이 연출한 아동극처럼 엉성하게 관계를 연기했다. 지완은 몇 번이고 내게 말을 걸려고 했지만, 나는 그때마다 보란 듯이 성기의 손을 잡거나 울리지도 않는 핸드폰을 귀에 가져다 댔다. 노골적으로 지완을 외면하고 박대하자, 그의 매점 출입도 점점 줄어들었다. 나는 화풀이로 죄 없는 성기에게 굿 나잇 인사처럼 매일 이별을 통고하고, 또 지완이 나타나면 언제 그랬냐는 듯 착살스럽게 달라붙어 두 사람 모두의 마음에 상처를 냈다.

"우주신 가라사대, 운명을 막는 자 세상에 없나니, 순리를 초탈한 자만이 남보다 잘 먹고 잘 사느니라. 한순간의 방심이 한순간의 불행이 되고 삼 분 먼저 가려다 삼십 년 먼저 가는 것이 인생이거늘."

할아버지 성대모사에 웃음이 터졌지만, 성기는 자못 진지한 표정이었다.

"우주신이라 거 논리적으로 설명이 안 되는 미신인데, 넌 그런 말을 믿냐?"

"믿지. 우주신도라면 누구나 운명을 믿게 돼 있어. 논리는 수학이야. 수학은 수많은 법칙과 원칙들이 경우의 수와 부딪혀 만들어내는 운명이고 우주잖아. 우주교도 여러 사람의 운명이 뒤엉켜 만들어졌거든. 너도 들으면 당장 우주교 신도가 될 거야."

가만 들어보면 성기는 참 똑똑한 앤데, 어째서 번번이 〈오천만의 퀴즈쇼〉 예선에 탈락하고, 삼류대학 비인기 학과에 예비 합격으로 간신히 입학했으며, 왜 나 같은 헛똑똑이한테 미련스럽게 이용당해주는 걸까.

"좋아, 해봐. 나도 이번 참에 종교 좀 가져보자."

성기가 목울대를 꿀렁하며 침을 삼키고 이야기를 시작했다.

"이건 이십사 년 전, 네가 태어난 날 벌어진 실화야."

성기는 시인 은수, 황 씨 아저씨, 우울증 환자 순무, 해림의 증언을 토대로 재구성한 우주교 탄생의 비밀을 털어놓았다.

사건은 괌 동쪽 해상에서 발생해 필리핀과 일본, 제주를 거쳐 사흘 낮 사흘 밤을 달려온 사나운 태풍 셀마가 연향에 당도한 날 벌어졌다. 당시 군입대를 앞둔 고시생이었던 은수는 짝사랑하던 친구의 애인에게 따귀를 맞고 연향역 처마 밑에서 비를 긋고 있었다. 그의 품에는 시발역인 영등포의 지하상가에서 전 재산 만 원을 털어 구입한 장미 한 다발이 안겨 있었다. 그걸 버리지 않고 고향인 연향까지 들고 온 데는 그만한 이유가 있었다. 은수는 풀치처럼 깡마르고 이마가 얼굴의 반을 훌떡 넘은 데다 선천적으로 등까지 조금 굽어 얼핏 중노인네로 보이는 소 자배기였지만, 고시생답게 의뭉스럽고 영악한 구석이 있는 청년이었다.

1지망인 친구의 애인에세 거절당할 경우에 대비해 그는 미리 물색해둔 2지망과 방금 통화를 마치고, 약속 시간을 기다리고 있던 중이었다. 그때 은수의 앞에 나타난 자가 있었으니, 훗날 우주신으로 재림하게 된 낙평이었다. 바짓단을 비틀어 빗물을 짜내며 은수의 옆에 쭈그려 앉은 낙평은 그에게 담배를 한 대 권하고는 다짜고짜 꽃다발 흥정에 들어갔다. 처음엔 공담배를 얻어 피운 염치로 그의 생급스러운 이야기를 들어

주는 척했지만, 겨우 불이 붙은 담배가 강풍에 날아가 빈 입맛만 다시게 되자 은수는 다랍게 들러붙는 낙평이 성가셔졌다. 그는 어서 빨리 2지망이 나타나 자신의 꽃다발을 접수한 다음 으슥한 장소로 이동해 이십삼 년간 먹고 마시고 양치질하는 데만 썼던 입을 용도 변경할 수 있기만을 간절히 바랐다. 그러나 은수가 간과한 부분이 있었다. 바로 으슥한 장소를 마련하는 데 필요한 돈이었다. 주머니에 든 담뱃값 오백 원 외엔 무일푼이었던 그는 당장 2지망이 나타나 다방이나 호프집에 가자고 해도 맥주 한 잔 살 돈이 없었다.

"만 원 줄게, 그거 나한테 팔아라. 응? 크게 밑지는 것도 아니잖아. 안 그래?"

낙평은 쉰 줄의 나이에 어울리지 않게 콧소리까지 섞어가며 은수를 설득했다. 그러나 눈치 빠른 은수는 초기 투자금에 장거리 운송료까지 생각해 만 오천 원을 요구하며 낙평의 제안을 거절했다. 그렇게 한참을 은수와 옥신각신하던 낙평은 마침내 자신의 입심으로는 이 몽니쟁이를 설득할 수 없다는 결론을 내리고 최후의 수단인 '먹고 튀기'를 결심했다. 그는 지갑에서 만 이천 원을 꺼내 은수의 손에 강제로 쥐여주고 번개 같은 속도로 꽃다발을 낚아채 횡단보도를 향해 내달렸다. 그때 낙평은 경황이 없어 은수의 얼굴을 자세히 보지 못했지만, 기실 이 잔망스러운 청년의 얼굴엔 거늑한 미소가 활짝 피어났다. 때마침 건너편 횡단보도엔 기다리던 2지망이 신호가 바뀌기를 기다리고 서 있었다. 낙평이 꽃다발을 사가지 않았다면 은수가 마주 달려 나가 그녀에게 사랑과 정열을 안겨줄 수 있었을 텐데, 하는 아쉬움도 잠시 들었다. 그러나 은수의 아쉬움은 그리 오래가지 못했다. 낙평이 고작 서른 걸음쯤 움직였을 때 우르릉, 하늘이 꿈틀거리더니 새파란 광선 한 자락이 그가 치켜든 꽃다발로 내리꽂힌 거였다.

백합을 고정하느라 세운 철사가 피뢰침 역할을 한지도 몰랐다. 번개가 다녀간 순간 낙평이 손에 들고 있던 꽃다발은 검은 연기를 뿜으며 바삭바삭하게 익어 차도에 흩어졌고, 낙평 역시 몸주체를 하지 못하고 지게 작대기처럼 고꾸라져 탄내를 풍겼다. 낙평이 아니었다면 은수가 누워 있을 자리였다. 때마침 낙평을 사이에 두고 보행 신호를 기다리던 탁발승과 과부가 낙평에게 뛰어가 몸을 흔들어보려 했지만, 손을 대기 무섭게 저릿저릿 전류가 흘러나와 감히 엄두조차 내지 못했다.

"사람 살려요. 누가 영구차 좀 불러주세요. 거기 학생!"

과부가 손을 모아 나팔처럼 입에 대고 연향산부인과 입구를 서성거리던 교복 차림의 여고생에게 소리를 질렀다.

"영구차가 아니라 구급차를 불러야지, 저렇게 누워 있다고 벌써 송장 취급을 하면 쓰나?"

탁발승이 고무신 신은 발로 낙평을 쿡쿡 찔러가며 과부의 말에 토를 달았다.

"어머나, 상구 씨? 당신 황상구 씨 맞죠?"

낙평이 아니었다면 자신이 누워 있어야 할 자리를 병병하게 쳐다보던 은수가 간신히 정신을 챙기고 공중전화 부스로 허겁지겁 달려갔다. 그 시각, 탁발승과 과부는 할 말을 잊은 채 멀뚱히 서서 서로의 얼굴을 애잔하게 바라보고 있었다. 그렇다, 한때 탁발승과 과부는 연인 사이였다. 둘의 고향은 셀마가 어제저녁 잠시 들렀다 쑥대밭을 만들고 도망한 제주였고, 그들은 그들의 기억엔 사랑과 배신으로 점철된 가슴 쓰린 섬에서 나고 자란 동무였다. 은수의 사랑 이야기가 별 볼 일 없듯, 탁발승과 과부의 연애사 역시 시시껄렁한 청춘의 한 페이지에 불과하나 당사자들은 소설책 열 권으로도 담기 모자란 비극의 대서사라고 주장했다. 그 진위 여부를 달리 확인할 방법도 없고 그리 궁금해하는 사람도 없어 지금껏 세상에 알려진 바는 없다.

어쨌거나 각자가 피해자라고 주장하는 둘 중 먼저 속세를 떠난 건 과부였다. 그녀는 단지 비구니가 입는 펑퍼짐한 가사보다 허리 라인이 예쁘게 잡히고 종아리나마 세상에 내놓을 수 있는 수녀복이 마음에 들어 종교에 귀의했다. 그녀가 수녀가 된 직후, 이미 그 전에 실연의 아픔을 달래려 원양어선을 탔던 탁발승이 삼 년 만에 제주로 돌아왔다. 그는 태평양과 인도

양의 집채만 한 너울 속에서도, 작은 섬 하나를 가볍게 날려버리는 거대한 스콜을 만나 배가 뒤집힐 뻔한 절체절명의 위기 속에서도, 첫사랑 그녀를 다시 만나야겠다는 일념 하나로 목숨을 부지해 예까지 살아 돌아올 수 있었다. 그렇게 나달나달해진 옛사랑의 사진을 가슴에 품고 그녀의 집을 찾았지만, 청천벽력 같은 그녀의 귀의 소식에 탁발승은 가슴을 쥐어뜯으며 세상에 대한 미련을 거둬들였다.

몇 년 뒤, 탁발승은 여전히 탁발승이었지만 수녀는 세속으로 돌아와 굴삭기 기사에게 시집을 가버렸다. 그리고 만 일 년 만에 불의의 사고로 남편을 잃자 전국을 부초처럼 떠돌다 연향의 한 복숭아농원에 붙박이 식모로 눌러앉게 되었다. 이 대목에 있어 지금까지도 꺼지지 않는 쟁점은 전남편인 굴삭기 기사와 사별을 하였느냐 이혼을 하였느냐인데, 이는 탁발승의 장모이자 수녀의 친정어머니가 팔순 잔치에서 술에 취해 실언을 한 까닭으로 튀어나온 문제로 지금껏 명확한 사실을 밝혀내지 못했다.

사고접수 십 분 만에 사건 현장으로 구급차를 끌고 온 사람은 순무였다. 순무는 겁이 많고 심약한 청년으로 고등학교를 졸업하고도 수년간 일다운 일을 하지 못하고 그저 주는 밥이나 얻어먹으며 밥벌레 소리를 듣는 한량이었다. 보다 못한 그의 어머니가 이리저리 연줄을 대 가까스로 병원에 취직을 시켰는데, 그날이 바로 순무의 첫 출근이었다. 구급대원 둘이 들것에 낙평을 실어 구급차로 옮기고 순무에게 출발 신호를 보내자, 순무는 크게 한번 심호흡을 하고 기어를 변속해 씨억씨억 빈 도로를 달려갔다. 그런데 병원 앞 사거리에 도착했을 즈음, 순무는 중요한 사실을 뒤늦게 깨달았다. 구급차의 주유를 깜빡한 것이었다. 순무는 핸들에 고개를 묻고 사시나무처럼 어깨를 떨며 하고많은 날 중 하필 출근 첫날 벼락을 맞고 나자빠진 낙평의 운명을 원망했다. 피시식, 시동이 꺼지자 조수석에 앉은 구급대원이 어금니를 깨물고 순무의 멱살을 감아쥐었다.

"너 이 새끼! 저 사람 죽으면 다 니 책임인 줄 알아."

새하얗게 질려 입도 달싹 못 하고 구급대원에게 휘둘리던 순무는 자신도 모르게 차 문을 열고 차도로 뛰쳐나갔다. 그는 사거리를 가로질러 무작정 집 방향으로 달려가며 어린애처럼 엄마를 불러 젖혔다. 그가 '엄마' 한 번 부를 때마다, 할 일 없는 동네 개들이 따라 짖었고, 달곰한 낮잠을 자던 젖먹이들이 일시에 울음을 터뜨리며 제 엄마를 찾았다. 집으로 돌아온 순무는 오줌을 벌벌 싸며 이불 속으로 기어 들어가 식음을 전폐하고 굶어 죽기를 자처했다.

낙평의 운명은 그날 네 사람의 운명을 뒤바꾸었다. 낙평 때문에 목숨을 부지한 은수, 탁발승을 걷어치우고 과부와 살림을 낸 황 씨 아저씨, 낙평이 죽은 줄만 알고 곡기를 끊었다 그의 회생 소식에 가슴을 쓸어내리고 다시는 직업을 갖지 않기로 작정한 순무, 그리고 하늘이 천벌을 내렸나 싶어 거리에서 삥을 뜯다 기다시피 집으로 돌아간 여고생 해림이었다. 해림은 새카맣게 탔지만 눈빛만은 형형한 낙평과 눈을 맞춘 그날을 기점으로 선량하게 살아왔다.

이야기를 마친 성기는 평상에서 벌떡 몸을 일으켜 가방을 둘러멨다.

"니 운명은 내가 아냐. 그러니 이쯤에서 각자 갈 길로 찢어지는 게 맞아."

성기가 가슴께에 커다란 풍선 모양을 그려 보였다.

"지완 씨가 나 안 받아주면 어떡하지?"

나는 녀석의 손을 잡고 평상에서 일어나 엉덩이를 털었다.

"그것도 운명이지."

나는 고개를 끄덕거리고 성기에게 손을 흔들었다.

"먼저 들어가."

성기가 성의 없이 손을 흔들곤 주머니를 뒤적거려 현관 열쇠를 찾았다. 그의 뒤를 따라가 문 앞에서 배웅을 해주고 평상으로 돌아왔다. 성기와 내가 누웠던 자리를 빼곤 하루살이 시체가 새카맸다. 누군가에겐 추억이 되고, 누군가에겐 무덤이 된 자리에 걸터앉아 핸드폰을 꺼냈다. 그러고는 조심스럽게 차단 메시지 보관함을 열었다. 총 서른두 개의 메시지가 들어 있었고 발신자는 모두 지완이었다.

"일찍 자라, 내일 덜 못 생기게."

성기 방 창문 안쪽에서 그림자가 어른거렸다. 짧은 연애의 마지막 날이었다.

7월

이무영

화장을 하지 않은 경선의 얼굴이 낯설었다. 찔레 순처럼 여리고 풋풋한 스무 살부터 코티 분으로 화장을 시작했다는 그녀는 두릅나무처럼 우묵주묵해진 쉰여섯에도 매일같이 화장을 했다. 그런 경선이 머리를 산발하고 러닝셔츠에 속바지 차림으로 앓아누웠다. 아침을 차릴 때까지 주방에 내려오지 않아 걱정을 했는데 아니나 다를까, 상에 앉은 지완이 경선의 와병 소식을 전했다.

"어디가 편찮으신지 아무리 여쭤봐도 그냥 괜찮다고만 하시네요. 내일부터 휴가지만 일단 출근했다가 조퇴하고 돌아올게요. 무영 씨가 병원 모시고 갈 수 있게 설득 좀 해주세요."

지완은 아침을 먹는 둥 마는 둥 근심스러운 얼굴로 출근했다.

"경을 칠 년, 아픈 유세 한번 드럽게 하네."

못 들은 척 제육볶음만 깨작거리던 희태가 상을 물리자마자 홍삼 엑기스 한 팩을 들고 슬금슬금 이층으로 올라갔다. 잠시 후, 들고 올라갔던 홍삼 엑기스를 도로 들고 온 그가 이층을 향해 눈을 모로 뜨고 입술을 비죽거렸다. 일껏 문병을 갔는데 만나지도 못하고 돌아온 모양이었다. 호들갑스럽고 변덕이 심하긴 했지만 잔정이 많아 희태와 죽이 잘 맞았던 경선이 웬일인가 싶었다.

나는 앞치마에 손을 닦고 이층으로 올라갔다. 지난번, 지완의 방에 들렀을 땐 어두워서 몰랐는데 거실 벽 한가운데 가족사진이 걸려 있었다. 흰 피부에 이목구비가 유순한 중년 사내와 지금보다 살집이 좋아 뵈는 젊은 경선, 경선의 뒤에서 그녀의 어깨를 짚고 어색하게 미소 짓는 딸과 입가에 가뭇하게 여린 털이 자란 교복 차림의 지완이 담겨 있었다.

안방에서 어렴풋이 훌쩍훌쩍 코 들이마시는 소리가 들렸다.

"저, 괜찮으세요, 잠깐 들어가도 돼요?"

"응, 민아구나. 들어와."

경선은 문병을 순순히 허락했다. 방문을 열자, 속옷 바람의 경선이 베개에 눌려 봄동처럼 퍼진 머리를 매만지며 벽에 등을 기댔다.

"방이 난장판이지? 흉봐도 하는 수 없어. 요 며칠 내가 내 정신이 아니었거든."

잡다한 살림들이 귀살스럽게 늘어진 방 안엔 배릿한 냄새가 가득했다. 경선이 펼쳐놓은 요를 조금 걷어내 앉을 자리를 마련했다.

"편찮으시다면서요? 지완 씨가 걱정 많이 해요."

경선이 크리넥스 한 장을 뽑아 젖은 눈가를 훔쳐냈다.

"으응, 내가 좀 아파."

"아프면 병원을 가야지요. 한술 뜨고 저랑 같이 가세요."

경선이 별안간 눈가에 굵은 주름을 잡아가며 정지된 화면처럼 입만 크게 벌린 채 소리 없이 울었다.

"나 아무래도 죽으려나 봐."

"어디가 편찮으신지 말씀 좀 해보세요."

끅끅 흐느끼던 경선이 휴지를 입에 대고 구역질을 하곤 잠시 뜸을 들였다.

"한 일주일 전부터 피가 비치더라고. 삼 년 전에 폐경했는데도 말야. 그래서 웃집 할머니를 찾아갔지. 그 양반이 젊어서 산파였는데, 큰애 낳고 훗배앓이 할 때도 꽃사과랑 계피랑 달여 먹으면 낫는다고 가르쳐줘서 가라앉힌 적이 있었거든. 노인네가 배도 주물러보고 눈도 까보더니 고개를 절레절레 흔들면서 암만해도 자궁암 같다고 하잖아."

무릎을 모아 가슴에 가져다 붙인 경선은 초경을 맞은 소녀처럼 두려움과 불안에 오슬오슬 어깨를 떨었다.

“병원을 찾아가서 검사부터 받으셔야죠. 팔순 넘은 노인네 말만 믿고 곡부터 하면 어떡해요?”

“우리 친정엄마도 난소암으로 돌아가셨고, 서울 사는 우리 언니도 이십 년 전에 내막암 진단받고 자궁 들어냈어. 보나 마나 나도 그런 계통일 거야. 초기면 아무 증상도 없다는데, 하혈을 많이 해. 피가 이렇게 쏟아지는 걸 보면 가망이 없을지도 몰라. 민아야, 나 어떡하니? 이 나이 먹도록 보험 하나 들어논 게 없다. 나 어떡하니? 우산이 없는데 비가 쏟아지잖아.”

자라는 나무는 비를 맞으면 가지를 뻗고 죽은 고목은 비를 맞으면 뿌리가 썩는다며, 경선이 울었다.

“이러지 말고 서울 큰 병원 가서 제대로 검사받아요. 차일피일 미룰 게 아니라 오늘 지완 씨 일찍 돌아온댔으니까 당장 올라가요.”

경선은 아들에게 부인과에 같이 가자고 하기 부끄럽다며 고개를 가로저었지만 지완은 차에서 기다리게 하고 내가 진료실까지 함께 가겠다고 약속을 하자 더는 뻗대지 못했다. 다시 한번 약속을 확인하고 일층으로 내려왔을 때 계단참에서 기다리고 있던 희태가 턱을 받치고 이층의 상황을 캐물었다.

“뭐래, 꾀병이지? 맞지?”

희태는 처음부터 경선의 안위 따윈 안중에도 없었다. 그녀에게 문병을 간 건 불구경이나 뉴스 시청처럼 타인의 불행을 한 발짝 떨어진 안전한 거리에서 관람하며 제 신세를 위안 삼으려는 음험한 심보였다.

"민아야, 엄마 이따가 경선 아줌마랑 서울 좀 갔다 올게. 집에 있을 거니?"

민아 방 커튼을 열었다.

"아빠는?"

잡지에 코를 박고 있던 아이가 커튼 밖으로 얼굴을 내밀고 희태를 바라보며 물었다.

"난 교회 갈 거다. 부흥성령회 준비해야 돼."

희태가 손님도 없는 홀을 바라보며 떠듬떠듬 대답했다. 그는 민아의 태도가 바뀐 다음부터 전처럼 욕설을 퍼붓거나 패악을 부리는 일이 없었다. 오히려 민아와 눈이 마주치면 먼저 시선을 피하고, 말을 섞을 일이 있으면 혼잣말을 하듯 의견을 전하기니 나나 경선을 다리로 이용했다. 내게 불침을 놓으려다가도 민아의 방에서 부스럭거리는 소리가 들리면 들개처럼 입술을 웅둥그리다 이불을 뒤집어쓰고 잠이 들어버리곤 했다.

"아빠 많이 늦어?"

희태는 민아의 물음에 대답 없이 분무기를 들고 자스민 화분 쪽으로 기어갔다. 요즘 민아는 희태에게 더없이 다정했다. 며칠 전 제문이 민아에게 전화를 걸어 부천의 어느 여인숙에 장기투숙을 끊어놓았으니 하루빨리 희태를 데려오라고 주문을 한 터라 어떻게든 기차에 태울 셈일 터였다. 아직 민아에게는 지완과 이곳을 떠날 생각이란 말은 하지 못했지만, 분명 흔쾌히 받아들일 터였다.예정대로라면 지완과 우리는 그의 연차 마지막 날 포항으로 떠나게 된다. 당분간은 떨어져 지내야 했다. 사직서를 제출하고 새 일자리를 찾아 경선을 안심시킬 때까진 그러기로 했다. 간단한 짐은 미리 챙겨놓았지만, 상황이 긴박할 경우 빈 몸으로라도 떠날 작정이었다.

희태와 민아가 각각 교회와 극장으로 떠나자, 지완이 가게에 돌아왔다. 그는 경선을 부축해 뒷좌석에 앉히고 내게 조수석 문을 열어주었다.

"나 앞에 앉고 싶은데."

파리한 몰골의 경선이 가볍게 운전석 의자를 발로 찼다.

"엄마, 원래 그 자리가 상석이에요."

룸미러에 비친 경선이 쓸쓸하게 웃으며 몸을 웅크렸다. 하행차선에 줄지은 차들은 대개 여름휴가를 떠나는지 뒷좌석에 민소매 차림의 아이들과 아이스박스를 싣고 달렸다. 서울에 도착할 때까지 우리는 아무 말도 하지 않았다. 경선은 자는지, 자는 척하는지 내내 눈을 감고 있었고, 지완은 입술 새에 기다란 과자를 담배처럼 물고 운전만 했다.

"넌 어디 가서 요기 좀 하고 있어. 아줌마랑 둘이 갔다 올게."

병원 주차장에 도착하자, 눈을 반짝 뜬 경선이 지갑에서 만 원짜리 지폐를 꺼내 지완에게 건넸다.

"돈 있어요."

"받으래도. 엄마가 간만에 용돈 주는데 손부끄럽게 왜 이래."

지완이 마지못해 돈을 받자, 경선이 애잔한 표정으로 차에서 내렸다. 병원 로비엔 가슴에 중심정맥관을 꽂은 암 환자 몇 명이 음미하듯 담배를 피우고 있었다.

"난 담배도 안 피우는데, 술도 안 먹고. 근데 어쩌자고."

느려지는 경선의 걸음을 재촉하느라 그녀의 팔짱을 끼고 접수 푯말이 붙은 곳으로 다가갔다. 번호표를 뽑고 기다리는 동안, 경선은 준비해온 손수건으로 이마의 땀을 꾹꾹 눌러 닦았다. 민아를 배에 담고 강경행 버스를 기다리던 십칠 년 전 내 모습도 저랬었다. 나는 경선의 손을 끌어다 가만가만 쓸어내리며 아무 일도 아닐 거라는 근거 없는 희망을 지껄였다.

접수를 하는 데 삼십 분, 혈액 샘플을 채취하는 데 삼십 분, 진료대기실에서 순서를 기다리는 데 한 시간을 소요한 다음에야 경선은 주치의를 만날 수 있었다. 주치의는 경선 또래의 여의사로 반백이지만 숱이 많고 결이 곧은 단발머리 멋쟁이였다. 경선은 턱을 덜덜 떨며 그간 일어난 변화와 유명한 산파가 몸을 만져보고 진단한 병명, 그리고 가족력을 설명했다. 주치의는 고개를 끄덕거리거나 빙그레 웃으며 컴퓨터 자판을 빠르게 두드렸다.

"혈액검사 결과상 염증 수치가 약간 높긴 해요. 일단 초음파 좀 보고 샘플 채취 합시다."

주치의의 말에 얌전히 서 있던 간호사가 진료실 한편에 붙은 검사실 문을 열고 경선의 이름을 불렀다.

"민아야, 주님께 기도 좀 해주라. 부탁할게."

경선이 엉덩이를 뒤로 빼고 늪에 발을 담그듯 지척지척 검사실로 들어갔다. 나는 신을 믿지 않았지만, 경선이 믿는 신에게 그녀의 간곡한 부탁을 전하는 건 거절할 수 없었다. 무엇보다 그녀가 건강해야 죄책감을 덜고 지완과 포항으로 떠날 수 있었다. 나는 신의 이름을 마음속으로 뇌었다. 채 십 분도 지나지 않아 경선이 검사실에서 나왔다. 희태처럼 몸을 가누지 못하고 간호사의 어깨를 짚고서야 간신히 자리로 돌아온 경선은 얼굴에 핏기가 없었다.

"폴립이 몇 개 있네요. 일종의 사마귀 같은 거라고 생각하시면 됩니다. 그건 내시경 수술로 간단히 제거할 수 있으니 걱정 마세요. 수술은 모레 합시다. 그리고……."

경선이 주치의의 책상을 짚고 상체를 숙였다.

"그리고, 뭐요?"

"그리고 자궁암 검사 결과는 일주일 뒤에 전화로 확인하시면 됩니다. 초음파상으로 약간의 선근증이 보이긴 하는데, 양성인 데다 가임 여성도 아니니까 크게 염려 안 하셔도 되겠어요. 일단 하혈 멈추는 약을 처방해 드릴 테니 받아 가세요. 그럼 모레 뵐게요."

경선이 손을 깍지 끼고 그녀가 믿는 신에게 나직이 감사 기도를 했다.

"근데 수술하는 거 아파요?"

금방 얼굴이 활짝 핀 경선이 의자에서 엉덩이를 떼며 주치의에게 물었다.

"수면마취 하니까 통증은 없을 거예요."

해발쪽 웃으며 진료실을 나온 경선은 수술비를 선납하고 가란 간호사의 말에 금세 낯빛이 바뀌었다.

"사마귀 몇 개 떼는데, 뭔 놈의 수술비가 호랭이 똥값이래. 아이구 참, 삼 개월 할부 끊어줘요."

경선이 혀아랫소리로 툴툴거리며 카드로 수술비를 선납했다. 그러곤 지완에게 병원 입구로 오라고 전화를 걸고 이마에 손 갓을 씌워 돈가스집이 즐비한 남산을 바라보았다.

"여기 올 때까지만 해도 호랑이 굴에 들어오는 거 같았는데, 이젠 좀 살 거 같아. 결과가 나와봐야 알겠지만, 우리 언니 말로는 콧바람에도 바스락거리는 게 의사래. 그러니 암 덩어리가 눈에 띄었으면 진작 겁부터 줬을 거 아냐. 별 탈 없을 거야. 없겠지."

경선은 자기 최면을 걸듯 별 탈이 없을 거란 말을 뇌고 또 뇌었다.

"지금껏 잘 버텼으니 앞으로도 탈 없이 사실 거예요. 전 그럼 기차역으로 가볼게요."

"자기, 연향 내려가게? 우리 딸네 집에 가서 오늘내일 묵고 수술하면 같이 올라가자. 동생 밥이야 민아가 어련히 챙겨주려고."

지완의 흰색 아반떼가 지하 주차장에서 올라오고 있었다.

"애아빠도 그렇지만 삼 일씩이나 어떻게 가게 문을 닫아요. 가뜩이나 손님도 주는 형편인데. 수술이나 잘 받고 몸조리하신 담에 천천히 올라오세요."

지완의 휴가가 줄어 계획이 틀어지면 어쩌나 걱정스러웠지만, 아픈 경선을 외면할 순 없었다. 그녀는 깍지 낀 손을 세차게 흔들며 아쉽다는 표정을 지었지만, 더는 붙잡지 않았다. 영등포역에 도착한 건 열차 출발 시각이 임박해서였다. 아쉬워하는 모자를 뒤로하고 자동차에서 내리자마자 숨골이 뜨끔거리도록 달려 아슬아슬하게 열차에 올랐다.

승객이 늘어 몇 년 후엔 경전철로 바뀌어 배차간격이 준다고 했지만, 평일 오후라 그런지 좌석은 대부분 비어 있었다.

가장 후미지고 해가 길게 늘어진 창가 자리를 차지하고 엉덩이를 붙이자 아슴아슴 잠이 쏟아졌다. 시럽 감기약처럼 달고 녹지근한 잠이었다. 허공에 고갯방아를 찧어가며 정신없이 졸다 보니 한 시간 반이 후딱 지나 어느새 연향역이었다. 지완 대신 염색 머리의 사내가 표를 받으며 그새 몇 번 보았다고 눈짓으로 알은체를 했다. 희태가 없는 줄 알면서도 나는 반사적으로 고개를 홱 돌려 사내의 눈길을 외면하고 역사를 빠져나왔다. 광장에선 도포를 입은 노인이 기괴한 춤을 추며 노래를 불렀고, 어디선가 빵 냄새가 났다. 오랜만에 쐰 바깥바람이 아쉬워 시장이라도 들를까 싶었지만 민아가 먼저 와 기다릴지 모른다는 생각에 집으로 발길을 돌렸다.

가게 앞엔 교회 이름이 새겨진 봉고차가 서 있었다. 열쇠는 내가 갖고 있지만, 가게 옆 문방구에 보조열쇠를 맡겨놓았으니 그사이 희태가 돌아왔는지도 몰랐다. 가게 문엔 나갈 때 붙여놓은 임시휴업 공고가 그대로였고, 내부는 버티컬 블라인드로 가려져 있었다. 희태가 돌아와 있다면 문은 잠겨 있지 않을 터였다. 그러나 내 짐작과 달리 가게 문은 굳게 잠겨 있었다. 불길한 예감에 가방에서 열쇠를 꺼내 가게 문을 열고 홀로 들어섰다. 짐승의 숨결처럼 끈적하고 습한 공기가 기분 나쁘게 몸을 감쌌다. 나는 손을 더듬어 홀 전등을 켰다. 맨 먼저 보인 건 민아의 방문 앞에 앉아 바지를 무릎까지 내리고 문짝에 얼굴을 바짝 가져다 붙인 희태였다.

"어마아……. 어마……."

눈이 반쯤 풀린 희태가 나를 돌아보는 동시에 민아의 방에서 가련한 신음이 흘러나왔다. 내 사고는 거기서 뚝 멈췄다. 신발장 앞에 어질러진 낯선 구두를 짓밟고 마루로 올라서 자줏빛 성기를 늘어뜨린 희태의 머리채를 휘어잡았다.

"네 새끼한테 너 무슨 짓을 한 거야?"

체중을 실어 희태의 사타구니를 걷어찼다. 그가 바닥으로 나동그라지며 비명을 질렀다.

"재가 왜 내 새끼야. 무슨 증거가 있어? 아…… 아직 재 맛도 못 봤어."

민아의 방에서 애처로운 신음이 끊일 듯 끊이지 않고 흘러나와 내 귀를 호볐다.

"넌 죽어야 해."

내 냉정한 목소리에 희태의 얼굴이 굳었다. 나는 민아의 방문을 두드렸다.

"괜찮아, 민아야. 엄마니까 문 열어."

민아는 한참 만에야 문을 열었다. 교과서와 교복, 성경책 등으로 어질러진 방 안에서 민아가 바들바들 떨었다. 얇은 반팔 티셔츠 목이 길게 늘어나 앙상한 어깨뼈가 보였다. 반바지 아래로 반항의 흔적이 역력한 멍든 허벅지가 드러났다. 어린 날의 내가 겹쳐 보였다.

"아빠랑 교회 부목사님이랑 둘이 같이…… 나를……."

희태 혼자 힘이 아니었다. 그와 그림자처럼 붙어 다니던 부목사도 한패였다. 민아가 극렬히 저항하자 부목사는 내뺀 뒤였다.

"엄마, 아빠랑 여행 좀 갔다 올게."

계획이 틀어졌다. 이제 내 여행파트너는 지완과 민아가 아닌 희태가 되었다. 연향에 내버리고 사라지면 제문이 알아서 처리해줄 테지만, 망가진 민아의 삶을 위해선 돈이 필요했다.

"가지 마, 엄마."

민아가 얼떨떨한 표정으로 매달렸다.

"가야 돼. 엄마도 쉬고 싶거든."

"어디로 갈 건데? 그럼 나도 데려가!"

민아가 눈물로 축축해진 뺨을 내 어깨에 문대며 끌어안았다.

"안 돼. 너하고 저 인간하고 둘이 가기로 했어."

나는 민아의 노트 한 장을 뜯어, 지난달 지완이 적금을 해지해 전세보증금을 치른 포항의 새집 주소를 적었다.

"테레비 다이 맨 아래 서랍 열면 통장이 있어. 그걸로 포항에 내려가서 이 주소를 찾아가. 이층 오빠가 연락할 때까지 거기서 꼼짝 말고 지내. 곧 엄마가 네 통장으로 돈을 부쳐줄 거야. 너한텐 꽤 큰 돈이 될지도 몰라. 그럼 그걸 갖고 아주 먼 곳으로 떠나. 바다를 건너든 대륙을 넘든, 아무도 찾을 수 없는 데면 어디든 상관없어. 그리고 다신 돌아오지 말고 거기서 늙어 죽어."

벌어진 문 틈 사이로 희태의 눈동자가 나와 마주쳤다. 나는 조용히 희태를 향해 걸어갔다. 그가 필사적으로 몸을 움직여 내게서 벗어나려 했지만, 몸의 절반이 마비된 터라 머리를 중심으로 몸이 반 바퀴쯤 돌았을 뿐 그 자리였다.

"나 돈 없어. 없다고. 차라리 죽여. 죽여, 이 개년아!"

희태가 몸부림을 치며 게거품을 물었다.

"있는지 없는지는 털어보면 알겠지."

나는 보일러실 공구함에서 청테이프 한 토막을 앞니로 잘라내 희태에게 돌아왔다. 희태가 필사적으로 성한 팔과 다리를 움직여 이층으로 향한 계단을 올랐다. 나는 서두르지 않았다. 천천히 다가가 그의 바지 뒤춤을 잡아당기자, 중심을 잃은 몸이 뒤로 발랑 나자빠지며 사지를 허우적거렸다. 나는 희태의 가슴에 올라앉아 발뒤꿈치로 팔뚝을 찍어 누르고 그의 입에 청테이프를 붙였다. 그러고는 숨을 고르며 몸을 일으켜 주방 한구석에 앞치마를 걸고 서 있는 원목 옷걸이를 끌고 왔다. 희태가 막힌 입으로 '읍, 읍' 하며 두 눈을 홉떴다. 그의 성한 왼팔을 향해 옷걸이를 휘둘렀다. 첫 방은 어깨를 맞았고, 두 번째는 손목, 겨우 세 번 만에 그의 팔뚝이 각도를 흩뜨리며 풀썩

꺾였다.

나는 희태를 주방에 내버려두고 미리 챙겨놓은 여행 가방을 어깨에 걸머졌다. 방을 나서려는데 장판 밑에 비죽 삐져 나온 쇠젓가락이 보였다. 나는 쇠젓가락과 홍삼 엑기스를 집히는 대로 가방에 채운 뒤 민아의 방으로 갔다. 그러곤 휴대전화를 열어 최근 통화 목록 중 물음표로 표시된 번호로 발신을 했다. 새로 대포폰을 개통했는지, 전과 다른 번호였다.

"어, 민아니?"

짐작대로 제문이었다. 담배를 물었는지, 그의 목소리가 어눌했다.

"연향사랑교회 가서 부목사를 찾아요. 그 사람이 돈을 맡아주고 있어요."

제문이 웃음을 터뜨렸다.

"확실합니까?"

"확실해요. 그건 그렇고 난 내 몫 챙겨야 하니까, 만날 데를 정하죠. 염희태도 데려갈게요."

"제수씨 생각보다 실행력 좋네. 그럼 우리 노인네 시켜서 교회로 사람 보낼 테니 제수씬 오늘이라도 부천으로 가요. 여관 골목 제일 끝 집 삼백삼 호예요."

제문이 전화를 끊었다. 나는 곧바로 콜택시 회사 번호를 눌러 택시를 불렀다.

"낙원감자탕집으로 콜택시 한 대 보내주세요. 부천이요. 네, 빨리요."

수화기를 놓고 돌아보니 바닥에 누워 버르적대는 희태 옆에 교복으로 갈아입은 민아가 서 있었다. 그 애의 블라우스가 눈이 부시게 하얬다.

"잘 있어, 우리 아가."

민아가 서럽게 우느라 눈도 뜨지 못하고 고개를 끄덕거렸다.

"엄마!"

"응?"

"이층 오빠한테 전할 말 없어?"

제대로 인사를 하고 싶었다. 그의 눈을 들여다보며, 가슴에 이마를 비비며, 어린애처럼 칭얼거리며.

"없어."

"잘 생각해봐."

"아무래도 낭떠러지 같다고, 그래서 혼자 간다고. 쫓아오면 뛰어내리겠다고 전해."

알았다는 뜻인지, 흐느낌 탓인지 민아의 턱이 위아래로 움직였다. 나는 가방에서 마스크를 꺼내 희태의 테이프 붙인 입을 가렸다. 핏발 선 눈이 나를 노려보았지만 더는 겁나지 않았다. 민아를 끌어안는데 가게 밖에서 짧은 경적 소리가 들렸다. 떠나야 할 때였다.

"갔다 올게."

민아가 어깨를 들썩이며 자리에 주저앉았다.

"엄마, 꼭 와."

부러진 팔을 드러낼 수 없어, 장롱에서 봄 점퍼를 꺼내 희태에게 입혔다. 그러고는 그의 겨드랑이 밑에 머리를 밀어 넣고 몸을 일으켜 세웠다. 불구가 되었지만 내가 감당하기엔 여전히 억세고 건장했다. 제 몸뚱이보다 몇 배 큰 메뚜기 시체를 진 일개미처럼 비척비척 가게를 나섰을 때, 제법 굵은 빗줄기가 쏟아지기 시작했다. 늦은 장마였다.

8월

김하임

지완의 여름휴가는 길었다. 그를 기다리는 시간은 봉숭아 물 들이는 밤처럼 설뚱하고 외로웠다. 나는 매일 아침, 화이트하임 진열대에 쌓인 먼지를 떨어내며 하루를 시작했다. 하지만 연일 최고기온을 갱신하는 무더위 탓에 손가락 사이로 질척한 초콜릿이 흘러내리는 화이트하임은 잘 팔리지 않았다.

"하임 씨, 끝나고 시원한 맥주 한잔할까요?"

더위에 벌겋게 얼굴이 익은 진창이 손부채질을 하며 매점으로 들어왔다.

"맥주 좋죠."

행여 진창에게 지완의 소식을 들을 수 있을까, 가슴이 요동쳤다.

"그럼 간만에 지완이네 가게 가서 한잔 마십시다."

지완의 어머니가 감자탕집을 한다는 이야기를 얼핏 들은 기억이 났다.

"둘이 풀어야 할 오해도 있다면서요. 지완이 이놈아 휴가라고 전화도 꺼놓고 잠수탔는데, 까짓 거 안 나오면 쳐들어가는 거지, 뭐."

구석에서 조용히 중세철학 책을 읽고 있던 성기가 슬그머니 책으로 얼굴을 가렸다.

"사기범들이 왜 붙잡히는 줄 아세요? 꼭 일당 중에 입 싼 놈이 껴 있어서 그래요. 딱 저 녀석처럼. 둘이 진짜 사귀는 줄 알고 지완이가 얼마나 속앓이를 했다고. 거 증말 연애 한번 참 얄궂게들 해."

진창이 냉동고에서 꽁꽁 언 생수 한 병을 꺼내 얼굴과 목에 문질렀다.

"미안하게 생각하고 있어요."

"아무튼 오늘은 일찍 가게 문 닫고 지완이네 감자탕집으로 쳐들어갑시다."

진창이 눈가에 씰쭉 주름을 잡아가며 웃곤, 생수를 도로 냉동고에 넣고 매점을 나섰다.

"나 이제 어쩌지?"

사기꾼의 질문에 공모자가 책을 덮고 머리를 긁적거렸다.

"뭘 어째, 솔직히 말하면 되지. 7일 이내에 반품했으니 나랑 사귄 거 아니잖아. 형 질투심 유발하려고 연극한 거라고 말해 버려. 때마침 나도 진짜 여친 생겼어. 그러니 미안할 거 없다."

성기가 여친이라는 단어에 힘을 주었다. 거의 온종일 붙어 있는데 연애를 한다면 내가 모를 수 있나, 의심스러웠다. 막차를 떠나보내고, 부랴부랴 매점 셔터를 내리고 나니 열 시가 조금 넘었다. 여자친구랑 오붓하게 보내고 싶은데 변변치 않은 남의 잔치에 초대를 받았다며 성기가 툴툴거렸다.

"그럼 여친 불러. 내가 쏠게."

앞서 걷던 진창이 와이셔츠 단추를 풀며 전화하란 시늉을 했다.

"바빠서 나오려나 모르겠네요."

성기가 비실비실 웃으며 청바지 뒷주머니에서 핸드폰을 꺼냈다.

"마감했어? 응, 그럼 지금 나올래? 아니, 직장 동료들하고 회식하는데 다들 자기 부르라고 난리잖아. 정말 괜찮겠어? 그럼 낙원감자탕으로 와. 그럼, 점잖게 입어야지. 내 체면도 있는데. 이따 봐."

통화를 하는 걸 보면 진짜 여자친구가 생긴 게 맞았다. 신통한 녀석.

"뭐, 직장 동료? 회식? 체면? 언제부터 너한테 그런 게 있었냐?"

나한테는 조롱 아니면 협박이던 녀석이 제 애인한테는 한없이 다정하고 들척지근한 꼴이 아니꼬웠다.

"형님! 같이 일하면 동료고, 동료끼리 밥 먹으면 회식이고, 그렇게 사회인이 됐으면 체면을 차리는 게 당연한 거 아닙니까?"

성기가 빠른 걸음으로 진창을 따라잡으며 동조를 구했다.

"쌍남자인지 상남자인지 모르겠지만, 성기 이제 다 컸네."

진창이 킬킬거리며 택시를 잡았다. 목적지는 내가 졸업한 연향여고 앞이었다. 그 앞을 지나다닌 삼 년 동안, 지완과 우연히 스쳤을지 모른다는 생각이 들었다. '낙원감자탕'은 연향여고 정문과 마주한 골목 끝 이층 건물에 있었다. 꽤 오래된 집인지 군데군데 페인트가 떨어져 나간 외벽은 마치 눈이 녹아 거뭇거뭇 흙이 드러난 것처럼 고색을 풍겼다.

"어머니, 저 왔습니다."

진창의 인사에 한 팀뿐인 손님상에 쌈장과 상추를 내려놓던 중년 부인이 박수를 치며 우리를 반겼다. 성기와 내가 어정쩡하게 인사를 하고 진창 뒤로 한 걸음 물러섰다.

"이게 누구야, 엉망이네? 진짜 오랜만이다. 거기 있지 말고 주방 앞 큰 테이블에 가서 앉아. 너무 반갑다."

중년 부인의 서글서글한 눈매와 흰 피부가 지완을 닮아 있었다.

"에헤, 또 엉망이라고 하시네. 진창이래도."

"그래, 엉망진창이. 근데 어쩌냐, 지완이 서울 갔는데."

그녀가 스스럼없이 내 등을 두드리며 핸드백을 받아주었다. 지완이 없다는 소리에 맥이 탁 풀렸다.

"어, 그러면 안 되는데. 오늘 진짜 귀한 손님 어렵게 모시고 왔어요."

진창의 너스레에 얼굴이 화끈 달아올랐다.

"그러고 보니까, 재 성기구나. 너 우리 교회 다녔잖아. 군대 갔다 오느라 안 보였지?"

성기가 대답 대신 꾸벅 인사를 하고 엉거주춤 테이블에 자리를 잡았다.

"거긴 엑스트라고, 진짜 귀빈은 이쪽이에요. 지완이 연애하는 줄 모르셨죠?"

진창이 새끼손가락을 뻗쳐 채신없이 흔들었다. 이럴 때 보면 나보다 더 우리 할아버지 손자 같았다.

"안녕하세요, 김하임입니다."

나는 자리에서 벌떡 일어나 지완 어머니에게 인사를 하며 발가락으로 애먼 방석을 꼬집었다.

"그래요? 나 지완이 엄마예요. 반가워."

지완 어머니는 어색하게 입술을 당겨 웃었다. 그녀가 밑반찬과 소주, 감자탕을 내오는 동안 진창은 내가 우주신의 손녀이자, 연향의 스타 조효정의 딸이라며 술도 마시지 않고 주사를 부려댔다.

"지완이 녀석, 서울은 뭐 하러 갔는데요? 꽃 같은 여자친구 혼자 놔두고."

자작으로 소주잔을 비운 진창이 지완 어머니를 끌어다 빈 잔을 내밀었다.

"몰라, 아침나절에 민아 데리고 나가서는 아직까지 연락이 없네."

여자 이름이었다. 귀가 솔깃했지만 대뜸 민아가 누구냐고 물었다가는 진짜 눈 밖에 날 것 같아 조용히 돼지등뼈만 빨았다.

"민아? 아아, 그 엄마 닮아 예쁜 애! 이젠 다 컸을 텐데, 클났네. 바람나는 거 아냐?"

진창의 말에 지완 어머니가 소주잔을 꼴딱 비우고 야무지게 그의 등을 내리쳤다.

"못 하는 소리가 없네. 더 예쁜 여자친구 놔두고."

지완 어머니가 술기운 홧홧한 얼굴로 내 얼굴을 빤히 들여다보곤 주방으로 갔다.

"긴장하지 마, 하임 씨. 자기가 민아보다 매력 있어. 성기야, 안 그러냐?"

성기에게 묻는 걸로 보아, 녀석도 민아라는 여자애를 아는 눈치였다.

"민아보다는 민아네 엄마가 분위기 있었죠."

연향역 광장에서 본 여자의 얼굴이 어렴풋이 떠올랐다. 가느다란 몸매에 가무잡잡한 피부, 앙상한 어깨 위를 찰랑거리는 단발머리, 팔을 하늘로 뻗고 발장구를 치면 포르르 날아올라 하늘 어딘가로 사라져버릴 것 같던 묘한 분위기의 여자. 뜨거운 감자에 입천장이 데었는데, 이상하게 아무 통증도 느껴지지 않았다.

멍하니 살점을 씹고 되씹는데, 더운 바람이 훅 끼치더니 성기가 내 어깨를 짚고 자리에서 일어섰다. 기다리던 여자친구가 도착한 모양이었다. 나는 그녀를 맞이하기 위해 자꾸만 까부라지는 몸을 간신히 곧추세웠다.

"여기야!"

성기가 빨강 미니원피스를 입은 여자에게 손을 흔들었다. 노란 염색 머리, 계절에 맞지 않게 롱부츠 신은 그녀가 환하게 웃으며 우리를 향해 걸어왔다.

"안녕, 여러분! 내가 성기 여친이야."

마냥 씹어도 넘어갈 줄 모르던 살점이 그녀의 인사를 받자 꿀꺽 목구멍으로 미끄러졌다. 지금 내 앞엔 우주교 골수신자, 왕년의 날라리, 이제는 성기의 운명 정해림이 서 있었다.

8월

이무영

"솔직한 말로다가, 성치 않은 사람 달고 온 것도 거시기한데 뭔 놈의 이불을 맨날 바꿔달래? 이만 원짜리 방 쓰기를."

여인숙 주인은 애벌레처럼 짧고 똥똥한 손가락으로 화투패를 내리꽂으며 어림없는 소리 말라는 듯 혀를 찼다. 마주 앉은 사람은 구릿빛 피부에 수줍은 눈을 가진 외국인 청년이었다. 여인숙 주인이 청년의 눈을 피해 엉덩이 밑에서 똥쌍피를 꺼내 제 패에 섞었다.

"정 꿉꿉하면 아줌마가 직접 빨아 쓰든지. 안 그러냐, 오함마?"

"무함마드라니까 왜 자꾸 오함마래요. 아, 먹을 거 진짜 없다."

무함마드가 길고 짙은 속눈썹을 껌뻑이며 오동잎 한 장을 내려놓자, 그 위로 벼락같이 여인숙 주인의 쌍피가 덮였다. 그러나 뒤집어 나온 패 또한 오동잎이자, 여자의 얼굴이 노염으로 시뻘게졌다.

"아싸, 설사!"

"이 새끼가, 어디서 야마시를 치고 있어? 이거 파투야. 나 돈 못 줘! 이래서 불체자들은 싸그리 지네 나라로 추방해야 한다니까!"

주인 여자가 순식간에 담요를 뒤엎더니, 무함마드의 다리 아래 깔린 천 원짜리 지폐를 몽땅 빼앗아 갔다. 주인 여자의 태도가 어찌나 당당하던지, 무함마드는 가진 돈을 뺏기고 나서도 군소리 없이 자리에서 일어섰다. 아무것도 얻지 못한 무함마드와 나는 나란히 계단을 올라 삼층 각자의 방으로 돌아왔다. 그의 방에서 이국의 기도 소리가 흐슬부슬 흘러나왔다.

처음부터 새 이부자리를 얻을 거란 기대는 없었다. 주인 여자를 찾아간 진짜 이유는 그녀의 악증 어린 포달과 요변스러운 협박 수법을 배우기 위해서였다. 나는 크게 한번 숨을 들이마시고 방문을 열었다. 뜨거운 공기와 코를 찌르는 악취에 숨이 턱 막혔다. 양팔과 한쪽 다리를 쓰지 못하는 희태는 이틀째 화장실 가기를 거부하고 누운 자리에서 대소변을 흘려보냈다. 요 커버 밑에 비닐이 한 겹 깔려 있어, 솜까지 젖지는 않은 게 그나마 다행이었다.

창문을 활짝 열고, 벽걸이 선풍기를 작동시켜 내 쪽으로 향하게 했다. 그제야 겨우 숨길이 트여 살 만했다. 골절된 왼팔이 거대한 소시지처럼 부풀어 오른 희태가 성한 왼발로 방바닥을 탕탕 찧으며 앓는 소리를 냈다.

"덥다고? 지옥은 여기보다 더 뜨거울 텐데."

나는 주전자에서 물 한 잔을 따라 희태의 옆으로 다가갔다. 물을 보자 그의 목젖이 꿀렁거렸다.

"돈 어디 있는지 말해. 그럼 여기 있는 물 줄게."

그간 모아놓은 수수료가 어딘가에 차곡차곡 쟁여져 있을 터였다. 이제 그 돈은 희태의 생명보험금이 되었다. 홀로 남을 민아를 위해 수단과 방법을 가리지 않고 수령해야 할 돈이었다. 그러나 희태는 죽음 앞에서도 그리 호락호락하지 않았다. 그의 누렇게 곱 낀 눈이 잠시 갈등하듯 느리게 움직이는가 싶더니 이내 독기를 뿜으며 그나마 성한 왼발로 발치에 앉은 내 아랫배를 걷어찼다.

"인간이 물 없이 살 수 있는 기간은 삼 일이래. 이제 하루 남았어."

나는 희태가 보는 앞에서 컵에 담긴 물을 꼴딱꼴딱 삼켰다. 희태의 얼굴이 짧은 경련으로 자글거렸다. 발가벗겨놓은 아랫도리가 들썩거리는가 싶더니 묽은 대변이 방바닥으로 흘렀다. 나는 창틀에 널어 말려놓은 수건으로 방바닥을 닦은 뒤 화장대에서 헤어스프레이를 가져다 희태의 아랫도리에 뿌렸다. 그러곤 핸드백에서 쇠젓가락을 꺼냈다. 반창고로 둘둘 만 손잡이에 희태의 손때가 잔뜩 껴 있었다.

"말썽을 부렸으니, 벌을 받아야지. 안 그래요, 염희태 씨."

희태의 눈이 화등잔만 해졌다. 나는 홍삼 엑기스 한 팩을 마시고 성냥에 불을 붙여 쇠젓가락을 골고루 달궜다. 읍읍, 청테이프로 막힌 희태의 입에서 무딘 비명이 새었다. 성냥 세 개를 태워 새빨갛게 달군 쇠젓가락을 들고 희태에게 바짝 다가갔다.

"대답할 거면 지금이라도 고개만 끄덕거려."

웃는지 우는지, 희태의 눈이 씰룩했다. 그러나 끝내 고개를 끄덕이지는 않았다. 나는 희태의 사타구니 안쪽 여린 살에 쇠젓가락을 가져다 댔다. 어제 지진 자리에 벌써 노란색 수포가 올라와 있었다. 희태가 왼쪽 다리를 퍼덕거리며 사력을 다해 몸부림을 쳤지만, 어린아이 찜부럭만도 못한 몸짓이었다. 나는 젓가락을 내려놓고, 손톱으로 수포를 하나씩 터뜨렸다. 미적지근한 액체가 손톱 밑으로 스며들었다.

"지질 때보다 수포 터질 때가 더 아파. 근데 그보다 더 아픈 건, 터진 자리를 다시 지지는 거였어."

나는 새로운 성냥을 켰다. 그리고 쇠젓가락을 달궈 수포가 터져 나간 자리를 훑었다. 희태가 오줌을 찔끔 흘리며 다리를 푸들푸들 떨었다.

"이번엔 그 잘난 물건 차례네."

엄지손가락만 하게 쪼그라든 희태의 비루한 성기를 바라보았다. 청테이프를 뚫고 꺼억꺼억 숨넘어가는 소리가 들렸다. 내가 새로운 성냥불을 켜자, 희태가 빠르게 턱을 위아래로 끄덕거렸다. 대답하겠다는 의미였다.

"누가 그러는데 거짓말은 치료에 아무 도움이 안 된대. 조금이라도 덜 비참하게 죽고 싶으면 솔직히 대답하는 게 좋을 거야."

그건 내 팔등에 난 화상을 조심조심 치료하며, 지완이 했던 말이었다. 그의 손이 지나간 자리엔 옅은 흉터가 눈물 자국처럼 점점이 남았다. 그러나 지금은 감상에 사로잡혀 있을 때가 아니었다. 나는 성냥을 불어 추억을 소화시키고, 희태의 입에서 청테이프를 벗겨냈다. 접착제에 뜯긴 입술에 핏방울이 맺혔다.

"물, 물 좀 줘."

희태가 고통스럽게 얼굴을 일그러뜨리며 물을 찾았다. 그는 거푸 세 잔의 물을 마신 뒤에야 눈에 생기를 찾았다.

"소리 질러봐야 소용없어. 이 골목은 누구나 말 대신 악다구니를 쓰거든. 죽지 못해 사는 사람은 다른 사람의 불행 같은 건 들리지도 보이지도 않아."

불법체류자들과 주점 아가씨들이 악다구니를 쓰는 이 골목은 새벽도 낮 같았다. 희태가 가슴을 들썩이며 웃었다.

"돈, 있지. 근데 그건 내 딸한테 줄 돈이야."

희태가 제 입술에 맺힌 핏방울을 핥으며 이죽거렸다.

"그래, 내 말도 그거야. 그 돈 일 원도 안 빼먹고 당신 딸한테 줄 테니까 어디 있는지나 말해."

고개를 돌려 나를 바라보는 희태의 눈에 불길이 타올랐다.

"내 딸은 러시아 유학 갔는데, 누구 딸? 당신 딸 민아 얘기하는 거야?"

희태가 낄낄거리며 웃다 사레가 들어 칼락거렸다.

"나를 얼마나 쏙 빼닮았다고. 민아하곤 비교도 안 되게 예쁘고 당당하고, 영리하다니까. 보면 깜짝 놀랄 거야."

갈증이 해소된 희태는 제법 힘 있는 목소리로 유학 보낸 딸 이야기를 꺼냈다.

아이의 이름은 은비였다. 그는 이혼할 때 친권마저 포기한 비정한 아비였지만, 민아가 커가는 모습을 볼 때마다 새록새록 아이에 대한 그리움이 싹텄단다. 결국 희태는 전처를 찾아가 딸을 다시 만나게 해주면 매달 생활비와 양육비를 송금해주겠노라 약속을 했다. 셈속 빠른 전처는 한 달에 한 번 아이를 보여주는 대가로 두둑한 목돈을 챙겼지만, 돈의 출처 따윈 한 번도 궁금해하지 않았다.

아이를 다시 만난 희태는 사업에 성공한 다감한 아빠 행세를 했다. 아이도 건들거리는 엄마의 젊은 애인보다 상냥하고 다정한 아빠와 함께 있는 걸 더 좋아했다. 담비처럼 날씬하고 유연한 몸을 가진 아이는 초등학교에 입학하자 발레를 배우게 해달라고 희태를 졸랐다. 그는 아이의 말이 떨어지기 무섭게 국립발레단 수석무용수 출신의 대학교수를 고용해 일주일에 두 번씩 개인 레슨을 시켰다. 또 발표회나 공연이 있는 날이면 어김없이 캠코더를 들고 찾아가 아이에게 꽃다발을 안겼다. 그러던 아이가 어느덧 대학 졸업반이라고 했다.

"우리 은비는 누구 씬지도 모를 민아하고는 차원이 달라."

살기등등했던 희태의 눈길이 딸 이야기를 하자 숙부드럽게 변했다.

"누구 씨라니? 어떻게 그걸 의심할 수 있어?"

그간 희태가 민아의 친부를 의심하는 말을 여러 번 했지만, 단순한 심통으로 여겼을 뿐이다. 체형부터 혈액형, 상처가 쉽게 덧나는 살성, 땅콩을 먹으면 두드러기가 나는 체질은 희태에게서 민아가 똑 닮게 물려받은 것이었다. 그런데 희태는 진심으로 민아를 자기 딸로 인정하지 않고 있었다. 진심을 깨닫고 나니 목구멍에서 팥죽처럼 뜨거운 것이 올라왔다.

"세상천지에 지 애비 죽이려고 덤비는 딸이 어디 있어? 나는 니년들 말 안 믿어. 내 딸은 세상에 염은비 하나뿐이야."

나는 희태의 입을 다시 청테이프로 봉했다. 그러고는 무릎으로 희태의 부러진 왼팔을 짓눌렀다.

"당신은 이 방에서 살아 나가지 못해. 내가 굶겨 죽일 거거든. 그리고 경찰서에 찾아가서 지금껏 당신이 한 일을 모두 털어놓고 나도 자수할 거야. 경찰은 당신한테 딸이 한 명 더 있다는 걸 쉽게 알아내겠지. 그럼 러시아에서 은비가 혼비백산 되어 돌아올 거고, 당신 실체가 장기 밀매업자였다는 것도 알게 될 거야. 선택해. 은비에게 성공한 사업가에 다정한 아빠로 기억될 건지, 인간 백정에 파렴치한 거짓말쟁이로 남을 건지."

희태는 눈을 까뒤집으며 도리질을 쳤다. 희태의 충혈된 눈에 피 같은 눈물이 고여 그렁댔다. 나는 힘에 부치면 홍삼 엑기스를 마시고, 마음이 약해지면 카운터에 내려가 주인 여자를 관찰하고 돌아와 그의 몸에 상처를 덧냈다. 희태가 까무러치면 찬물을 끼얹어 깨우고, 잠이 들면 쇠젓가락을 달궈 몸을 지졌다. 희태의 피부는 성한 곳이 없었고, 부러진 팔은 퉁퉁 부어올라 달군 쇠처럼 뜨끈거렸다. 그렇게 고단한 두 번의 밤이 지나고 새벽이 찾아왔다. 벽에 기대 깜빡 졸다 부스럭하는 소리에 잠을 깼다. 교교한 달빛 아래, 멀건 눈을 뜬 희태가 손가락으로 요를 감싼 비닐을 매만지고 있었다.

"말하고 싶어?"

십 년 동안 지치지 않고 나를 강간하며 주먹을 휘두르던 거구의 사내는 마치 먹구렁이가 빠져나간 허물처럼 초라하고 창백한 모습으로 턱을 끄덕거렸다. 나는 희태의 바지에서 허리띠를 끌러내 그의 목에 단단히 감고, 입을 가린 청테이프를 벗겼다. 비명을 지르거나 욕지거리를 늘어놓으면 조를 심산이었다. 그러나 희태는 반동으로 고개가 기울었는데도 추스를 힘조차 없는지 한참이나 움직임이 없었다.

"무영아, 나 무섭다."

희태가 아랫입술을 덜덜 떨며 눈을 껌뻑거렸다.

"그러게 왜 이러고 살았어?"

"아무도 악당이 되려고 노력하지 않잖아. 경쟁률이 낮으니까 나 같은 머저리도 대빵이 될 줄 알았지."

희태의 입가에 피식, 자조 섞인 웃음이 맴돌다 사라졌다.

"서랍에 춘화첩이 하나 있어. 별로 야하지도 않은 주제에 우라지게 비싼 그림이지."

술에 취해 돌아온 날이면 희태는 어김없이 한 묶음의 춘화를 방바닥에 펼쳐놓고, 두레박 빠진 우물 보듯 멍하니 목을 뺐었다. 기껏해야 승객이 택시에 두고 내린 물건이거나 복제품일 거라고 짐작했던 그것이 수년 동안 죄 없는 사람들을 저미고 쥐어짜낸 산물일 줄은 미처 알지 못했다. 허탈감에 허리띠를 쥐고 있던 손이 스르르 풀렸다.

"씨발, 개 같은 년. 나 안 죽는다. 내가 어떤 새낀데 지금 죽어!"

희태가 얼굴이 새파래지도록 악다구니를 질렀지만, 이미 그의 몸은 끈 떨어진 마리오네트처럼 움쩍도 하지 않았다. 상대가 누구이든 식어가는 육체를 바라보는 건 두 손 놓고 불길에 휩싸인 집이 전소하길 기다리는 이재민처럼 가슴 한편이 까맣게 타들어가는 일이었다. 나는 희태의 비틀린 팔을 바로잡아 옆구리에 붙여주고 눈을 쓸어 감겼다. 곧이어 욕설을 퍼붓던 입술과 뺨에 요란한 경련이 일어났다.

"야쏙…… 직……."

발음이 정확하지는 않았지만 아마도 약속을 지키라는 말이리라.

희태의 어깨가 부들부들 떨렸다. 나는 희태를 안아주는 대신, 그의 성기를 감싸 쥐었다. 작고 미적지근한 살점은 아주 잠시 빳빳하게 부풀었다, 거짓말처럼 푹 주저앉았다. 이제 희태의 두 딸에게 약속을 지키러 가야 할 시간이었다.

9월

김하임

예기치 않은 사건으로 엄마의 드라마가 조기 종영 되었다. 부모님은 그길로 서울의 월세방을 청산하고 연향으로 돌아왔다. 할아버지가 전도를 거른 것도 엄마 곁에 붙어 앉아 살뜰히 수발을 들어야 하는 탓이었다. 하지만 나는 아직 엄마의 스캔들을 용서하지 못했다. 그런 사건이 있은 뒤에도 백조처럼 긴 목 꼿꼿이 세우고 아빠와 할아버지의 순정을 당연한 눈길로 내려다보는 엄마의 오만이 못마땅했다.

점심시간이 되자 성기는 컵라면 두 개에 끓는 물을 부었다. 나는 맛도 잊은 채 퍼석퍼석한 면발을 기계적으로 빨아들였다. 허연 수증기 너머로 매표 중인 지완이 수리수리 보였다. 휴가에서 돌아온 그는 수척했다. 결핵병동에서 한 철을 보낸 소년처럼, 혈기 없는 뺨은 움푹했고, 대꾼한 눈은 긴 속눈썹을 들어 올리는 것조차 버거워 보였다. 그는 평소처럼 표를 받고, 시각표를 고치고, 안내방송을 하면서도 아련한 눈빛으로 먼 하늘을 멀거니 올려다보았다.

"민아라는 애 어떤 애야?"

내 질문에 도시락을 치우고 냉장고에서 유통기한이 지난 유제품을 상자에 옮기던 성기가 손을 멈췄다.

"잘 몰라. 해장국 먹으러 가서 한 번 봤고, 교회에서 몇 번 마주친 게 다니까. 근데 사람들하고 잘 어울리질 못했어. 진짜 꽃처럼 보이려고 화분에 묻어놨지만 뿌리 없는 조화 같다고나 할까. 생기가 없는 애였어."

성기가 딸기우유 하나를 뜯어 마셨다. 연향역 광장에서 본 여자가 자꾸 머릿속을 맴돌았다. 쓴 입을 달래려 성기의 딸기우유를 뺏어 먹으려는데 매점 문이 벌컥 열렸다.

"자아, 죄인 대령했습니다. 주리를 틀든지, 곤장을 치든지, 하임 씨 맘대로 하십쇼."

진창이 맥쩍은 얼굴의 지완을 끌고 들어왔다. 성기가 얼른 상자를 끌어내 자리를 마련해주곤 객쩍게 실실 웃으며 화장실로 내뺐다.

"그럼 쇤네는 바빠서 이만 물러갑니다요. 파이팅!"

멀뚱히 서 있는 지완의 어깨를 툭 치고, 진창이 역사로 달아

났다. 지완이 서너 걸음 그를 따라나서다 걸음을 멈추고 내 쪽으로 몸을 돌렸다. 근 한 달 만에 마주한 우리는 시숙과 새색시처럼 어색했다.

"휴가 잘 보냈어요?"

분홍색 매니큐어가 반쯤 벗겨진 손톱을 갉작거리며 물었다.

"네."

지완이 손가락으로 눈썹을 긁으며 계산대에 다가섰다.

"녹을까 봐 냉장고에 넣어놨어요. 화이트하임."

진열대를 더듬던 지완의 손이 냉장고로 향했다.

"신경 써줘서 고마워요."

지완이 과자 값을 계산하고 상자를 열었다. 이대로 미적거리다간 다시 지완을 놓쳐버릴 것 같았다.

"서울 다녀왔다면서요?"

내 질문에 비닐 포장을 뜯던 지완의 손이 멈췄다.

"네."

"민아하고 갔다고 들었어요. 누구예요?"

지완이 문득 허리를 숙여 계산대 안쪽으로 들어왔다. 그는 성기가 만들어놓은 간이의자에 앉아 화이트하임 비닐 포장을 벗겨내고 과자를 한입 베어 물었다. 그러고는 손을 뻗어 내 손을 감아쥐었다.

"지금부터 다 설명할게요."

샘물처럼 맑은 눈동자에 목마른 표정의 내가 어른거렸다. 오랜만에 듣는 지완의 다정한 목소리와 자상한 눈빛에 왈칵 눈물이 솟구쳤다. 그의 입술이 전류를 감지한 필라멘트처럼 파르르 떨렸다.

9월

이무영

희태가 죽은 날 아침, 나는 공중전화 부스로 달려가 지완에게 전화를 걸었다. 그는 포항에 거의 도착했다며, 왜 연락 없이 사라졌는지 물었다. 나는 상황을 간략히 설명하고, 경찰이 찾아오기 전에 희태의 소지품에서 화첩을 빼 적당한 시기에 팔아달라고 부탁했다.

"연향으로 차 돌릴게요. 무영 씨도 그리로 와요. 같이 살 방법은 가면서 생각해볼게요."

"자수하러 가는 길이에요."

지완의 숨소리가 거칠어졌다.

"왜 이래요, 바보같이. 연향이 싫으면 포항으로 내려가요."

동전이 얼마 남지 않았다. 하고 싶은 말은 많지만, 내겐 시간도 돈도 궁핍했다.

"화첩을 팔면 애한테 한꺼번에 다 주지 말고, 매달 조금씩 송금해주세요. 겨우 먹고 입고 잠자고 공부할 만큼만요. 그러다 민아가 어른이 되면 그때 나머지를 내주세요. 원랜 내가 해야 할 일이지만, 이젠 그럴 수 없어졌으니까 지완 씨한테 부탁하고 갈게요. 이제 믿을 수 있는 건 지완 씨뿐이에요. 정말 고맙고 미안해요. 더 멋있는 말을 하고 싶은데 제가 많이 배우질 못해서…… 이게 다예요."

어느 순간부터 지완은 숨죽여 울고 있었다. 아직 동전이 두 개 더 남아 있었지만, 그의 슬픔을 감당할 자신이 없었다. 지완이 내 이름을 불렀다. 나는 대꾸 없이 초가을의 공기를 양껏 들이마신 가슴을 주먹으로 쿵쿵 찧으며 수화기를 내려놓았다. 그러곤 112번을 눌렀다.

"부천 여관 골목 끝집 삼백삼 호에 수배자 박제문이 동업자 등과 투숙하고 있습니다. 검거 부탁드립니다."

민아를 겁탈하려 한 부목사는 제문 일당이 보낸 누군가에게 이미 호된 해코지를 당했을 터였고, 제문은 희태가 죽은 직후 호출해놓았다. 이제 내 차례만이 남아 있었다. 나는 전화부스 앞 노점에서 양말을 파는 사내에게 지구대 위치를 물었다. 사내는 반 토막 난 손가락으로 모퉁이를 가리키며 백 미터만 걸어가라고 일러주었다. 나는 주머니에서 남은 돈 모두를 꺼내 양말 네 켤레를 샀다. 그러곤 소풍 나온 어린애처럼 이제 막 가장자리가 노랗게 물들기 시작한 은행잎을 주워 들고 천천히 낯선 거리를 걸었다. 다행히 나를 맞은 경찰은 네 명이었다. 나는 가방에서 양말을 꺼내 그들의 책상에 한 켤레씩 놓아주고, 가장 나이가 많아 뵈는 경찰관 앞에 앉아 간밤에 희태와 나 사이에 벌어진 일을 조곤조곤 털어놓았다.

현장 검증일은 무더웠다.

맨발에 슬리퍼를 끌고 화장실에서 돌아온 형사의 입가에 치약 거품이 묻어 있었다. 그는 진술서에 볼펜으로 빨간 줄을 그어가며 검증 순서를 또박또박 일러주었다.

"제가 한 거 맞는데, 뭐하러 검증을 해요? 다들 바쁘고 고단하시잖아요."

형사가 책상 서랍에서 새 양말 한 켤레를 뜯어 무릎을 세우고 신었다.

"현장 검증으로 판결이 뒤집힌 경우가 종종 있거든요. 저도 청양에서 근무할 때 그런 적이 있었어요. 어떤 할아버지가 자기 손녀딸 목을 졸라 죽였다고 자수를 했는데, 그게 초짜인 내가 보기에도 말이 안 되는 거라. 손녀딸이 농구하는 애라 중 삼인데 키가 백칠십이야. 근데 백육십도 안 되는 파파 노인네가 뒤에서 올가미를 씌워서 맨손으로 삼백 미터를 끌고 갔다는

데 그걸 누가 믿겠어요. 나중에 검증을 해보니까 이 노인네가 있는 힘껏 점프를 해도 어림없는 상황인 거예요. 거기다 양 무릎에 관절이 와갖고 리어카에 마네킹 하나 실었는데 오십 미터도 못 가고 주저앉더란 말입니다. 알고 보니 진범은 주정뱅이 아들이었는데, 완전 개백정만도 못한 놈이라 술 처먹고 죽인 거지. 사람들이 몰라서 그렇지 그런 일 허다해요."

형사가 서류를 취합하고 복사기로 간 사이 경찰이 손이 묶인 나를 대신해 커다란 마스크 한 장을 귀에 걸어주었다.

"여기 있는 그대로만 해주시면 십 분도 안 걸려요. 사람들 목소리에 동요되지 말고, 차분하게 재연해주시면 됩니다. 지금 갔다 오면 점심시간이 애매할 거 같은데 이거라도 드세요."

젊은 여자 경찰이 삼각김밥 하나를 손에 쥐여주었다.

"고맙습니다. 근데 남편 장례는 누가 치렀나요?"

"염희태 씨 고향에 먼 친척이 몇 분 사시는데 다들 수습할 의사가 없으셔서, 이웃분들이 교회에서 치르셨대요."

한입 베어 문 삼각김밥이 입안에서 왜글왜글 겉돌았다.

"검사님도 방금 출발하셨다니까, 우리도 슬슬 나갑시다."

서류 봉투를 옆구리에 낀 형사가 슬리퍼를 벗고 구두를 갈아 신었다. 경찰이, 먹다 만 삼각김밥을 내려놓는 나를 안쓰러운 눈길로 바라보며 팔짱을 꼈다.

여인숙 앞은 구경 나온 이웃 주민들로 북적였다. 맨 앞 열에 팔짱을 끼고 서 있던 주인 여자가 차에서 내린 나를 위아래로 훑으며 성난 코를 벌름거렸다. 구경꾼들의 욕설이 낭자하고 기자들의 플래시가 터지자, 형사가 수첩으로 내 이마께를 가리고 걸음을 서둘렀다. 고개를 숙이고 형사의 꽁무니를 쫓는데 여인숙 앞 공터에 말라붙은 핏자국이 눈에 띄었다. 아마도 무함마드가 숨진 자리일 터였다. 형사의 전언에 따르면 옆방에서 살인사건이 벌어진 줄 몰랐던 무함마드와 그의 친구들은 갑자기 들이닥친 경찰 사이렌 소리에 놀라 욕실 창문으로 한 명씩 뛰어내렸다고 했다. 두 평밖에 되지 않는 방에서 나온 외국인들은 모두 일곱 명이었는데 몸이 성한 건 단 두 명뿐이고, 셋은 팔과 다리가 골절되었으며, 한 명은 척추가 두 동강나 반신불수가 되었단다. 그나마 여섯 명이 목숨을 구한 건 제일 먼저 떨어져 죽은 무함마드가 완충제 역할을 해준 덕이라고 했다. 이로써 나는 한 마리의 짐승과 한 명의 사람을 살해한 살인자가 되었다. 무릎이 꺾여 계단을 밟지 못하자, 경찰이 나를 끌어안다시피 부축해 사건 현장으로 이끌었다.

방 안은 투숙하던 날과 별반 다르지 않았다. 누런 얼룩이 남아 있는 요와 이불, 우두 자국 같은 담배 흉이 빽빽한 장판, 주접든 주전자와 물잔, 날개 부러진 선풍기, 반라의 서양 여성이 담긴 달력이 쿰쿰한 냄새와 함께 달려들었다. 검사의 요청에 따라 나는 희태의 대역을 맡은 벌거숭이 마네킹을 부축해 방으로 들이는 시늉을 했고, 이부자리를 펴 눕혔다. 뭘 해야 할 지 몰라 잠시 손을 놓고 있자 형사가 나무젓가락 하나를 가져다 손에 쥐여주며 '쇠젓가락요.' 하고 속삭였다. 나는 그제야 성냥갑을 끌어다 불을 켜는 시늉을 한 다음 나무젓가락을 달구어 마네킹의 허벅지와 팔뚝을 지지는 척했다. 이후 내가 한 일이라곤, 희태가 굶어 죽기만을 조용히 기다린 것뿐이어서 담당 형사가 가져다주는 이불로 마네킹의 얼굴을 덮고 자리에서 일어섰다.

"아뇨, 팔 부러진 건 택시 타기 전이랍니다. 딸하고 택시기사가 증언했어요."

형사와 검사가 대화를 나누는 동안 경찰이 나를 부축해 현장을 빠져나왔다. 구경거리를 놓쳐 잠시 무료했던 사람들이 내가 다시 모습을 드러내자, 술렁거리기 시작했다. 누군가의 거친 손길에 머리를 묶었던 고무줄이 바닥으로 떨어지고, 빗자루와 알루미늄 깡통, 쓰레받기, 담배꽁초 따위가 등허리와 발치에 요란한 소리를 내며 떨어졌다.

"이 마귀 들린 년! 너의 몸뚱이는 지옥으로 떨어져 구더기의 밥이 되고 불소금에 절여져 독사의 먹이가 될 것이다."

호송차 안에 한 발을 밀어 넣는데 귀에 익은 목소리가 들렸다. 고개를 돌려보니, 민아를 능욕한 부목사의 아내였다. 그녀의 머리에 하얀 나비 모양의 실핀이 꽂혀 있었다. 만약 지옥이 있다면, 죽음 저 너머가 아니라 내가 지나온 길이리라. 그러므로 나는 두려울 것이 없고, 너는 지금부터 영원히 지옥을 맛보게 될 것이다. 나는 그녀를 향해 실큼하게 웃곤 호송차에 올랐다.

10월

김하임

엄마의 차기작은 '금단의 열매'라는 새 막장드라마로 결정되었다. 인터넷에 기사가 뜨자마자 안티팬들이 달려들어 악플을 달았지만, 그사이 늘어난 엄마의 팬들이 반격을 퍼붓는 바람에 내가 할 일은 없었다. 할아버지는 떡을 해 돌리고, 엄마를 대신해 여기저기 인사를 다니느라 종종걸음을 쳤다. 다시 서울로 거처를 옮겨야 하는 아빠는 이참에 서울에 전셋집을 구해 다 같이 상경하자고 졸랐다. 하지만 할아버지와 나는 연향에 남기를 고집했다. 내겐 매점이 있었고, 할아버지에겐 열성적인 신도들이 있으니 당연한 결정이었다.

어린 성기의 사진이 붙어 있던 대합실 광고판은 이제 연향의 스타 조효정의 마스크팩 광고로 바뀌었다. 오후 출근을 한 지완이 엄마의 잇새에 누군가 그려 넣은 낙서를 물티슈로 지우고 매점으로 들어왔다.

"엄마가 하임 씨를 집으로 초대했으면 하시네요."

지완이 쑥스러운 듯 주머니에 손을 찔러 넣고 싱긋 웃었다.

"왜요? 나 뭐 잘못했어요? 셔츠에 립스틱 자국이라도 묻어간 거예요?"

성기와 지완이 동시에 웃음을 터뜨렸다.

"지난번에 제대로 못 봤다고 같이 저녁 먹자고 부르시는 거예요. 어제 병원 갔다가 사 년 만에 자궁암 완치 판정받으셔서, 지금 기분 최고거든요. 다음 주쯤 시간 내봐요."

내가 수줍게 고개를 끄덕이자, 성기의 눈치를 흘끔 본 지완이 재빨리 손을 뻗어 내 볼을 부드럽게 쓰다듬고 매점을 나섰다.

"와, 진짜 후덜덜이다. 나 뭐 입고 가지?"

옷을 한 벌 새로 사야 하나, 구두와 핸드백은 엄마 걸 빌려가도 되겠지, 과일바구니가 좋을까, 꽃바구니가 좋을까, 고민을 하는데 전화벨이 울렸다. 엄마였다.

"택시 타고 시립병원 응급실로 와. 당장."

엄마의 목소리 뒤로 발소리와 말소리가 왁자했다.

"엄마, 어디 아파?"

"할아버지가 쓰러지셨어. 와서 얘기하자."

엄마가 다급히 전화를 끊었다. 지완 어머니의 초대에 붕 떴던 마음이 곤두박질쳤다.

"어머니 어디 편찮으시대?"

전화기를 들고 먼둥먼둥 서 있는 내게 성기가 물었다.

"나 좀 나갔다 올게. 아니 못 올지도 몰라."

성기에게 매점을 맡기고 덜덜 떨리는 손으로 숄더백을 어깨에 멨다. 승차장에서 빈 택시 뒷문을 열자 자판기 앞에서 커피를 마시던 운전수가 종이컵을 내던지고 뛰어와 운전석에 앉았다. 한산한 도로 사정 덕에 엄마와 통화를 마친 지 채 십 분도 지나지 않아 병원 응급실 앞에 도착했다. 마침 원무과에서 있는 아빠가 보였다.

"어떻게 된 거야? 할아버지랑 엄마는?"

아빠가 나를 와락 끌어안고는 코를 들이마셨다.

"할아버지 뇌에 뭐가 있대. 아빠 무서워."

"뇌에 뭐가 있어? 자세히 말 좀 해봐."

아빠의 어깨를 뒤흔들며 물었다.

"한복집 가서 할아버지 가을 두루마기 한 벌 맞춰드리고, 엄마랑 셋이 갈비 먹으러 갔는데 갑자기 쓰러지셨어. 그래서 병원으로 옮겼는데, 뇌에 종양이 있대."

아빠가 끝내 원무과 바닥에 주저앉았다. 나는 아빠를 일으켜 세워 할아버지가 누워 있는 응급실로 향했다. 유독 커튼이 닫힌 침상을 열고 들어가자 다리가 부러진 선글라스를 간신히 콧등에 걸친 엄마가 손가락으로 입술을 가렸다. 할아버지는 아기처럼 쌔근쌔근 잠이 들어 있었다. 손은 난로처럼 따뜻했고, 입가엔 미소마저 감돌았다. 도무지 아픈 사람처럼 보이지 않았지만, 세 병의 링거액을 보고 있자니 믿지 않을 도리가 없었다.

부모님과 의사의 말을 종합해보면 할아버지 머릿속에는 호두알만 한 종양이 자라고 있었다. 낙뢰 사고 때문이라고 생각했던 할아버지의 오랜 기행도 종양이 원인이라고 했다. 의사는 그동안 할아버지가 두통이나 구역질, 어지럼증 같은 증세를 호소하지 않은 것이 미스터리라고 했다. 다행히 종양과 뇌를 연결하는 혈관의 모양으로 보아 양성일 가능성이 컸지만 고령인 데다 병변의 위치가 수술하기 쉬운 조건은 아니라고 했다. 하지만 이대로 방치하면 영구적인 언어장애나 운동장애를 얻을 수 있으니 오늘 중으로 수술 여부를 결정해달라고 했단다. 부모님은 수술 쪽으로 가닥을 모았지만, 의외의 난관이 기다리고 있었다. 바로 할아버지 자신이 수술을 거부한 거였다.

"의사 말은 내가 우주신이 된 게 뇌에 혹이 나서 그렇단 얘기잖냐?"

어느결에 잠에서 깬 할아버지가 부모님과 내 대화를 엿듣고 있다 불쑥 끼어들었다.

"그럼 혹을 떼버리고 나면 나는 우주신이 아닌 거네? 내가 미쳤냐? 이 좋은 감투를 내던지게. 나 수술 절대 안 한다!"

부모님과 내가 할아버지의 바지춤을 붙잡고 매달렸다. 그러나 할아버지는 가족들의 눈물 어린 호소는 들은 척도 않고 빙글빙글 웃어가며 간호사들에게 우주교를 전도하는 데만 정신이 팔렸다. 저녁이 되자, 우주교 신도들도 하나둘 병원으로 몰려들었고, 그들 역시 수술을 권유했지만 끝내 할아버지의 고집을 꺾지 못하고 돌아갔다.

"좋아요, 수술하지 마세요."

이튿날, 할아버지 옆에서 살대같이 앉아 밤을 꼬박 새운 엄마가 주섬주섬 카디건을 걸치고 핸드백을 멨다. 엄마의 말에 화색이 돈 할아버지가 간호사를 불러 링거를 뽑아달라고 보챘다. 보호자 침대에 웅크리고 누워 있던 아빠도 번쩍 눈을 떴다.

"저 지금 출연 고사하러 서울 가요. 앞으로 시아버지 간병하려면 연예 활동 접어야지 별수 있겠어요?"

엄마가 할아버지에게 깍듯하게 목례를 하고 응급실을 빠져나갔다.

"효정이가 나 때문에?"

할아버지가 아빠를 바라보며 주절거렸다. 그러곤 별안간 몸을 일으켜 엄마가 사라진 문을 향해 손을 뻗는가 싶더니 몸이 제대로 말을 듣지 않는 모양인지 지푸라기 인형처럼 푹 고꾸라졌다. 엄마는 서울에 가지 않았다. 대신 주치의를 만나 수술 동의서에 사인을 하고 우주교 신도들과 돌아왔다. 언제나 그렇듯 할아버지는 이번에도 엄마 앞에서 백기를 흔들었다.

그날 오후, 할아버지는 뇌종양 명의가 있다는 서울로 이송되었다. 매점을 책임져야 하는 성기를 제외하고, 우리 가족과 우주교 신도들이 할아버지를 따라 서울로 상경했다. 지긋한 나이에 반백의 교수는 엄마를 알아보고 사인도 받았다. 수술이라곤 하지만 머리를 열지 않고 감마 광선으로 병변을 제거하는 신기술이라며 과정을 상세히 설명했다.

"아직까진 우주가 내 꺼 맞지?"

갖은 검사로 얼굴이 캉캉해진 할아버지가 작은 구멍이 숭숭 뚫린 헬멧을 쓰고 이동식 침대에 누워 황 씨 아저씨에게 물었다.

"그렇고말고."

황 씨 아저씨가 할아버지의 손을 덥석 잡고 주름진 눈을 껌벅거렸다.

"이제 그만 반납하고 올게. 사실 나도 요즘 좀 피곤했걸랑."

해림이 고개를 돌리고 훌쩍거리자, 은수와 순무도 덩달아 콧물로 풍선을 불며 할아버지 침대에 매달렸다.

"우주신과 함께 흔들어봐. 걱정일랑 근심 말고 춤을 춰봐. 해피하고 행복하게 땐스 땐스……."

할아버지의 선창에 우주교 신도들이 우주찬양가를 따라 불렀다.

"웃자, 웃자, 스마일. 오늘도 우주신은 달린다, 헤이!"

후렴구를 모두가 합창했다. 할아버지를 데리러 온 간호사가 입을 가리고 킥킥 웃었다. 눈물로 번들거렸던 가족들과 우주교도들의 입가에도 옅은 미소가 묻어났다.

"보호자 대기실은 왼편 복도 끝이에요. 거기서 기다려주세요."

간호사가 침대를 끌고 수술대기실로 향하자, 자동문이 스르르 열렸다.

"지금까지 우주신 김낙평이었습니다. 여러분, 안녕!"

할아버지가 훠이훠이 새를 쫓듯 손을 흔들었다. 주인을 잃은 우주가 아주 잠시 휘청했지만, 그걸 눈치챈 지구인은 오직 우리 일곱 명뿐이었다.

10월

이무영

죽음은 시작과 끝이 분명치 않은 꿈과 같았다. 나는 아직 내가 죽었다는 사실이 믿어지지 않는다. 하지만 만족한다. 이 꿈 같은 죽음을 선택한 건 나였으니까.

미결수 신분으로 구치소에 들어온 건 일주일 전이었다. 배정된 방에는 네 명의 미결수들이 암상궂은 얼굴로 공기놀이를 하고 있었다. 가장 연장자인 절도범 노파가 죄명을 묻기에 살인이라고 대답하자, 이후론 내게 말을 거는 사람이 없었다.

구치소 생활은 단조로웠다. 아침 여섯 시에 눈을 떠 밥을 먹고 세면을 하고 나면 점심시간까지 책을 보거나 잡담을 하며 시간을 때웠다. 텔레비전을 볼 수 있는 시간도 정해져 있어서 저녁 식사 후, 설거지를 하고 나면 다들 아홉 시 취침 전까지

드라마에 목을 맸다. 채널도 하나였고, 녹화된 화면인 탓에 화질도 자글거렸지만 세상과 단절된 사람들은 가끔 죽상을 하고 찾아오는 가족보다 그 시간을 더 반기는 눈치였다.

구치소에 들어온 지 사흘째 되던 날, 지완과 경선이 면회를 신청했다. 나는 도저히 그들을 만날 염치도 엄두도 나지 않았다. 면회를 거절당한 지완과 경선은 약간의 영치금과 털신, 털실 바지, 내복, 덧버선 등 당장 겨울에 필요한 영치품을 사 보냈다. 전기패널로 난방을 해도 추위를 많이 타는 사람들은 영치품으로 들어온 내복을 꺼내 입었지만, 나는 새 내복을 얌전히 개어 옷장에 넣어놓고 홑겹 수의도 기껍게 생각했다.

지완과 경선이 다녀간 다음 날부터 나는 지독한 감기 몸살을 앓기 시작했다. 인원 점검이 있는 여섯 시쯤엔 열이 사십 도를 넘고 편도선이 부풀어 물 한 모금 못 넘길 지경이었다. 내가 기침을 할 때마다 재소자들이 입과 코를 막고 한쪽 구석으로 모여 나를 흘끔거렸다. 보다 못한 소매치기 노파가 교도관을 불러 폐병을 의심하며 나를 병원사동으로 옮겨달라고 부탁했다.

이후의 기억은 아주 가물가물했다. 손목이 압박붕대로 묶여 침대에 뉘였고, 여러 병의 링거와 주사, 가루약이 몸으로 들어왔다. 저체중, 저혈압, 기관지염, 폐렴, 패혈증 같은 단어가 어지럽게 오가고, 하루에도 몇 번씩 고막체온계가 귓속을 파고들었다. 병원사동에서 구급차를 타고 구치소 밖 큰 병원으로 옮긴 것 같지만, 이 역시 확실하진 않다. 누군가 내 눈꺼풀을 들어 올리며, 여기가 어딘지 아세요? 본인 이름 좀 말해보세요, 같은 질문을 했다. 길고 질척거리는 잠에서 깨어나면 발치에 희태가 서 있었다. 나는 다시 눈을 질끈 감았다. 그러면 곧 먹먹한 어둠이 걷히고 푸르스름한 빛이 새어들었다.

새파란 바다를 배경으로 과메기 덕장과 야트막한 언덕, 고무장화 신은 사내들의 건강한 발이 쉼 없이 전진하는 활기찬 포구. 포항이었다. 산뜻한 하복을 입은 민아가 큰길에 나와 누군가를 향해 손을 흔들었다. 점처럼 작은 그 누군가가 점점 커져 지완이 되었다. 그의 손에 탐스러운 수박이 들려 있었다. 둘은 바다를 마주 보고 수박을 먹었다. 어석어석, 시원한 과육을 베어 무는 소리와 상그러운 수박 향이 코끝을 스쳤다. 수박을 알뜰히 발라 먹은 민아가 지완에게 물었다. 엄마가 좋아하는 음식이 뭐게요? 지완이 대답했다. 수박? 민아가 새로운 수박에 손을 뻗으며 대답했다. 아니, 수박껍질. 이걸 가늘게 채썰어 고추장에 무쳐 먹는 게 제일 맛있대요. 민아의 대답에 지완이 다 먹고 내려놓은 수박껍질을 주워 흰 살을 베어 먹었다. 무영 씬, 정말 이게 맛있어요? 내 입엔 되게 밍밍한데. 무쳐도 별로일 거 같아요. 지완이 의아한 얼굴로 민아를 바라봤다. 오빠가 묻잖아. 엄마, 왜 대답을 안 해? 민아가 지완을 바라봤다. 마치 그들 사이에 내가 끼어 있는 것만 같았다. 그때 누군가 내 몸을 흔들었다.

"이무영 씨, 제 말 들리세요?"

뭐야, 수박도 안 먹고 엄마 좀 이상한데. 무슨 생각해? 민아의 손가락이 허공을 간질였다.

"들리시면 손가락 좀 움직여보세요."

무쳐주기 귀찮아서 대답 안 하는구나? 까짓거 내가 하죠, 뭐. 방법만 일러줘요. 지완이 허공을 쓰다듬었다.

"아트로핀 원 앰플, 시피알 이백 줄, 차지!"

무영 씨, 아무 데도 가지 말아요. 지완이 허공에 팔을 둘렀다. 누군가 애타게 나를 부르지만, 나는 눈을 뜨지 않기로 했다. 마음을 굳히자, 투명했던 팔과 다리가 서서히 색깔을 드러내며 부피와 질감을 갖기 시작했다. 민아의 손을 끌어당겨 깍지를 끼고 지완의 어깨에 이마를 기댔다. 백사장으로 파도가 밀려들었다.

"사망 시간 십오 시, 이십 분입니다."

이 수박 참 달다. 지완 씨가 골랐어? 너무 맛있어서 눈물이 나려고 해.

11월

김하임

아빠에게 매점을 맡기고 모처럼 단장을 했다. 신발장에 있는 구두를 모두 꺼내 그중 가장 무난한 검정 플랫슈즈를 골랐다. 소파에 앉아 지완이 데리러 오기를 기다리는데, 파자마 바람의 할아버지가 비척비척 방에서 걸어 나왔다.

"미스터 윤 집에 인사 간다며?"

입맛을 잃어 몸이 조금 야윈 것을 제외하면 할아버지는 지금 지극히 정상이었다. 종양은 완전히 제거되었고, 신체의 모든 기능도 양호했다. 하지만 아직 바깥출입도 하지 않고 우주교 신도들의 문병도 거절했다. 아빠가 우주교나 신도들에 대해 물으면 대답 대신 텔레비전이나 라디오를 켜고, 눈을 지그시 감았다. 의사가 말한 대로 할아버지의 기행은 종양이 만들어낸 요변이었는지 몰랐다.

"어때, 나 엄마만큼 예뻐?"

할아버지가 앞니를 드러내고 아이처럼 웃었다.

"꽃이 울고, 달이 숨을 미모로구나. 효정이보다 낫다."

"아빠, 어떻게 쟤가 저보다 예뻐요? 수술은 괜히 했나 봐."

드라마 대본을 들고 거실을 서성거리던 엄마가 어이없다는 표정을 지었다. 할아버지가 수줍게 웃으며 파자마 속주머니에서 오만 원짜리 지폐를 꺼냈다.

"빈손으로 가지 말고, 과일이라도 사거라. 혹시 섭섭한 말씀하시더라도 골난 표정 짓지 말고, 그저 네, 네 하고 돌아오는 거야. 아니면 뻥 차버려. 꼭 연애하고 결혼할 필요 없는 세상이다."

어른이 되어서도 용돈을 주는 사람이 있다는 건 행복한 일이었다. 나는 할아버지가 내민 지폐를 거절하지 않고 받았다.

"아빠, 효정이도 용돈 주세요. 밍크코트도 사고 다야반지도 사게."

엄마가 할아버지 턱 밑에 손바닥을 받치며 살랑 눈웃음을 쳤다.

"옜다, 시애비 방귀나 실컷 먹어라."

할아버지가 엉덩이를 들썩해 부욱, 방귀를 뀌곤 엄마 쪽으로 손바람을 일으켰다. 그렇게 웃고 떠드는 사이, 초인종이 울렸다. 인터폰에 긴장한 표정이 역력한 지완의 얼굴이 떠올랐다.

할아버지와 엄마는 부녀처럼 다정하게 팔짱을 끼고, 현관까지 따라와 배웅을 했다. 베이지색 재킷에 파란 와이셔츠를 차려입은 지완이 할아버지와 엄마에게 깍듯이 인사를 하고 조수석 문을 열었다.

"잘 갔다 오너라."

급제한 애인을 기약 없이 한양으로 떠나보내는 처녀처럼, 두 사람의 표정이 복잡했다.

"긴장돼요?"

지완이 안전벨트를 매주며 물었다.

"딱히?"

"다행."

지완은 그러지 않아도 된다고 했지만, 나는 할아버지의 당부를 잊지 않고 과일 가게 앞에서 차를 세워달라고 했다. 과일바구니를 앞세우고 가게로 들어서자, 처음 봤을 때보다 한결 온화한 표정의 지완 어머니가 마주 걸어 나와 반갑게 눈인사를 했다.

"이렇게 꾸며놓으니까, 조효정 씨 판박이네. 우리 지완이한테 아깝다."

공치사인 줄 알지만, 듣기 좋은 소리에 마음이 녹아내렸다.

"이층에 올라가 있어. 엄만 가게 문 닫고 따라갈게. 민아가

상 차려놨을 거야."

어머니의 말에 지완이 내 손을 붙잡고 주방 쪽으로 난 마루 앞에서 구두를 벗었다. 드디어 민아를 만나게 되었다. 가슴이 콩닥거리고 핸드백을 쥔 손에 땀이 흘렀다. 지완을 따라 이층으로 향한 계단을 올랐다.

"오빠, 왔어요?"

음식 냄새와 후끈한 열기, 그리고 경쾌한 목소리가 지완을 맞았다.

"안녕하세요, 윤민아예요. 오빠한테 언니 얘기 많이 들었어요."

분홍색 앞치마를 두른 날씬한 아가씨가 공손하게 손을 모으고 허리를 숙여 인사했다. 가까이서 본 민아는 가무잡잡한 피부에 시원한 눈매, 날렵한 콧날과 도톰한 입술의 미인이었다. 연향역에서 본 그 여자가 맞았다.

"처음 뵙겠습니다, 김하임이라고 해요."

그녀는 지완과 내게서 외투를 받아 옷걸이에 걸고, 저녁상이 준비된 거실로 우리를 이끌었다. 갈비찜과 잡채, 구절판이 정갈하게 차려진 상 앞에 앉자, 민아가 주방에서 하얀 면 보자기를 들고 나와 무릎을 덮으라며 건넸다.

"죄송해요."

내 앞에 빈 접시와 수저를 내려놓으며 민아가 속삭였다.

"뭐가요?"

"오빠 여름휴가를 제가 빼앗아서요."

지완이 말없이 상 밑으로 내 손을 잡았다.

"그래도 서울에 학교가 결정됐다니 다행이에요. 지난 일에 자꾸 마음 쓰지 말아요."

지완의 말에 따르면 민아는 사 년 전, 부모님을 비슷한 시기에 여의고 생전 친분이 있었던 지완 어머니의 양녀가 되었다. 그녀는 돌아가신 모친의 뜻에 따라 포항에서 고등학교를 졸업하고 도쿄의 어느 디자인스쿨에 입학했지만 지난봄, 학교를 그만두고 다시 연향으로 돌아왔다.

"연향에 돌아왔을 때, 오빠랑 진짜 많이 싸웠어요. 오빠는 지금도 도쿄로 돌아갔으면 하는 눈친데, 전 그냥 여기 눌러살려고요. 좀 멀긴 해도 서울로 통학이 가능한 거리고, 혼자 밥 먹는 거 이젠 지겨워요."

아주 잠깐이었지만 이십 대 여대생답지 않은 신산한 표정이 민아의 얼굴을 스쳤다. 그녀를 쓰다듬듯 바라보는 지완의 눈빛이 오빠라기보다는 아빠에 가까웠다. 사랑했던 여자의 유일한 핏줄이고 살점이니 어찌 보면 당연한 것인지도 몰랐다. 처음 지완에게 민아의 엄마 이야기를 들었을 때, 나는 이미 세상에서 사라진 여자를 질투했다. 하지만 그게 곧 부질없고 소모적인 감정 낭비라는 사실을 깨달았다.

사랑은 차창에 흐르는 풍경과도 같다. 한번 지나가면 다시 볼 수 없지만, 길이 끝나지 않는 한 비슷한 풍경은 쉬지 않고 이어진다. 그녀와 함께했던 시절, 지완의 차창엔 성에가 끼고 김이 서리고 빗물이 튀었을지 모른다. 아마도 그는 손톱을 세워 성에를 긁고, 소매를 당겨 김을 닦고, 이리저리 고개를 돌려 빗물을 피하느라 그 아름다운 풍경을 모두 놓쳤을 터였다. 그리고 오랜 시간이 흘러 새로운 풍경이 나타났을 때, 비로소 지완은 서두르거나 당황하지 않고 지켜보는 게 즐거운 여행이라는 사실을 깨달았으리라.

"뭐하러 집 놔두고 딸을 객지로 내돌리냐. 나중에 오빠 장가가면 그땐 진짜 엄마 혼자 남는데, 너라도 붙잡고 살아야지."

지완 어머니가 이층으로 올라와 대화에 끼어들었다. 나는 얼른 자리에서 일어나 엉거주춤한 자세로 지완 어머니가 앉기를 기다렸다.

"앉아요, 앉아. 시장할 텐데, 밥부터 들어요. 민아도 엄마 옆에 앉아."

쟁반에 받쳐온 소고기뭇국과 쌀밥을 내려놓은 민아가 앞치마를 풀고 상에 앉았다. 음식은 맛있었고, 대화는 유쾌했다. 지완의 어머니는 할아버지의 기행 때문에 처음엔 나를 탐탁지 않게 생각했지만, 그게 병이라는 사실을 알고부터는 저절로 마음이 풀렸다고 했다. 섭섭한 말이었지만, 나는 할아버지의 당부대로 골난 표정 짓지 않고, 그저 네, 네 대답을 하며 후식으로 내온 과일과 커피를 비웠다.

내 나디샤스트라의 잎이 세상에 존재한다면 거기엔 지완과 그의 가족, 그리고 민아를 닮은 어느 여자의 이름까지 적혀 있을지 몰랐다.

12월

김하임

성기는 다섯 번의 도전 끝에 드디어 〈오천만의 퀴즈쇼〉 본선에 진출했다.

"이런 걸 크리스마스의 기적이라고 하는 거야."

나는 열차를 기다리는 성기에게 초코하임 한 갑을 안겼다.

"이걸 어떻게 크리스마스랑 연결합니까? 누가 봐도 우주신의 은총이지. 안 그렇습니까, 우주신님."

바바리코트에 빵모자를 눌러쓴 은수가 할아버지의 등 뒤에서 이죽거렸다. 할아버지는 대답 없이 빙긋 웃으며 미리 끊어 놓은 열차표를 성기에게 내밀었다.

"우주신님, 우리 자기한테 기 좀 심어주세요. 네?"

해림이 할아버지의 팔짱을 끼고 비는 시늉을 했다.

"소용없어, 다 잊으셨나 봐."

황 씨 아저씨가 손자의 손을 잡고 쓴웃음을 지었다. 가뜩이나 매사 우울한 순무가 할아버지의 등에 얼굴을 비비며 눈물을 찔끔거렸다.

요즘 할아버지는 대부분의 시간을 방에 틀어박혀 지냈다. 며칠 전부터 우주교 신도들의 문병을 받긴 했지만 마치 처음 만난 사람처럼 통성명을 청하고, 얼굴을 빤히 들여다본 뒤 집으로 돌려보냈다. 다들 의사의 말대로 할아버지가 예전의 기행을 까마득히 잊고 보통 사람으로 돌아왔다고 믿었다. 하지만 생기를 잃고, 망부석처럼 먼 산만 바라보는 할아버지를 생각하면 괜찮다가도 한 번씩 콧잔등이 시리고 침샘이 따끔했다.

"서울행 열차, 서울행 열차가 2번 승강장으로 들어오고 있습니다. 서울로 가실 승객 여러분께서는 승강장으로 나와주시기 바랍니다. 서울행 열차, 서울행 열차가……."

진창의 코맹맹이 목소리가 열차 도착을 알렸다.

"우주가 너를 도울 것이다. 빛이 있으라."

승강장 쪽으로 돌아섰던 성기와 우주교 신도들이 걸음을 멈추고 할아버지를 돌아봤다. 할아버지가 손가락을 까딱여 성기를 불렀다. 다들 숨을 죽이고 할아버지 쪽으로 다가섰다. 할아버지는 성기의 가슴에 손바닥을 대고 눈을 지그시 감았다. 둘을 에워싼 우주교 신도들의 표정도 자못 진지했다. 주문을 외듯 입술을 달싹거리던 할아버지가 눈을 희번덕 뜨고 방정맞게 박수를 쳤다. 우주교 신도들도 '으얏차' 기합을 넣으며 장단을 맞췄다.

"우주신님이 부활하셨다!"

은수가 가슴을 쥐어뜯으며 환호성을 질렀다. 대합실에 서 있던 사람들의 시선이 한곳에 집중되었다. 성기의 가슴에서 손을 뗀 할아버지가 온화한 미소를 지었다.

"이제야 방전된 거 충전 다 됐다. 성기야, 꼭 우승하고 돌아오너라."

해림이 손을 벌벌 떨며 눈물을 흘렸다. 은수가 만세를 외치며 승강장으로 나섰다. 성기가 할아버지에게 넙죽 절을 하고 그 뒤를 따랐다. 모든 게 예전 그대로였다.

"어떠냐, 속은 거 같지?"

할아버지가 내 옆구리를 쿡 찌르며 물었다.

"아마도?"

우주신 자리에서 강퇴당한 할아버지는 사기꾼이 되기로 결심했다. 할아버지의 커닝페이퍼는 열 권의 노트였다. 노트 안엔 지난 이십사 년 동안, 할아버지가 만나고 헤어진 사람들, 우주교 탄생의 비밀, 교인들의 신상, 전도 일지, 기도법과 체조 동작을 옮겨놓은 엉성한 삽화, 기사 스크랩 등이 세밀하게 일자별로 정리되어 있었다. 할아버지는 내 도움을 받아 노트

안의 내용과 신도들의 얼굴을 달달 외웠다. 지금의 할아버지는 원본 위에 기름종이를 덮고 정성껏 따라 그린 정교한 사본이었다. 박수를 치는 각도, 마이크를 잡는 습관, 노래를 부르고 기합을 넣는 목소리의 울림 같은 소소한 것들까지 완벽해지려면 앞으로 더 많은 시간이 필요할 거였다.

"너 오늘 미스터 윤이랑 데이트 간다며?"

할아버지가 매점에 들어가 성기의 빈 의자를 차지했다.

"할아버지 혼자 가게 볼 수 있겠어?"

"거뜬하지. 혹 떼고 나니까 머리가 아주 팽팽 돌아가."

할아버지가 돋보기를 꺼내 콧등에 얹고 노트를 펼쳤다.

"엠피스리 빌려줄까? 우주찬양가 마스터해야 하잖아."

옳다구나, 하는 표정으로 할아버지가 내 엠피스리를 채갔다.

"매점 걱정 말고 갔다 와. 근데 뭔 놈의 노래가 이렇게 유치찬란하냐. 가사 좀 고쳐야겠어."

나는 오징어땅콩과 바나나맛우유, 진미오징어의 미래를 할아버지에게 맡기고 지완과 민아가 기다리고 있는 주차장으로 달려 나갔다. 보조석에 앉아 있던 민아가 나를 보곤 얼른 뒷좌석으로 자리를 옮겼다. 나는 매점에서 가져온 캔커피를 지완과 민아에게 나누어주고 안전벨트를 맸다. 지완이 내 손을 가져다 기어 위에 얹고 그 위에 손을 포갰다.

"근데 왜 하필 스페이스월드야?"

지완이 룸미러로 민아와 눈을 맞추고 물었다.

지금 우리가 가는 곳은 연향 외곽 놀이공원 스페이스월드였다. 그네보다 조금 높이 올라가는 바이킹과 열 대도 되지 않는 범퍼카, 세 바퀴 반만 돌면 제자리로 돌아오는 청룡열차가 놀이시설의 전부지만 몇 주 전부터 민아는 그곳에 가고 싶어 했다.

"연향에서 맘껏 소리 질러도 이상하지 않은 덴 거기뿐이잖아요."

민아의 대답에 나와 지완이 고개를 주억거렸다. 그러고 보니 남의 눈치 보지 않고 맘껏 소리를 질러본 적이 언제였나 싶었다. 출발할 때부터 희끗한 진눈깨비가 내리기 시작하더니 스페이스월드에 도착했을 땐 함박눈으로 변했다. 날씨 탓인지, 불황 탓인지 손님은 우리뿐이었다. 핸드폰으로 테트리스를 하던 매표원이 크리스마스이브에 대체 왜 이런 곳에 왔냐는 뜨악한 눈빛으로 석 장의 자유이용권을 내줬다.

"썰렁하다. 데스티네이션에 나온 놀이공원 같아요."

나와 민아가 자연스럽게 지완의 양옆에 서서 그의 손을 하나씩 차지했다.

"저거부터 타요, 언니."

민아가 손님이 없어 멈춰 있는 청룡열차를 가리켰다. 검표소 안에서 자장면을 먹던 청년이 단무지를 와득와득 씹으며 건성으로 표를 확인했다. 민아와 내가 등을 떠밀자, 지완이 어쩔 수 없다는 표정으로 맨 앞자리에 앉았다. 어차피 자리는 넉넉했다. 나는 중간쯤에 자리를 잡았고, 민아가 맨 뒤에 앉았다.

"오늘도 스페이스월드를 방문해주셔서 감사합니다. 운행 중에는 자리에서 일어나거나 손이나 발을 열차 밖으로 내미시면 사고의 위험이 있습니다. 출발합니다. 즐거운 시간 되십시오."

출발 안내방송이 끝나자, 열차가 덜컹거리며 레일을 출발했다. 천천히 가속이 붙자, 차가운 눈송이가 얼굴과 목덜미로 튀어들었다. 지완의 머리가 열차의 움직임에 따라 좌우로 흔들렸다. 밑에서 봤을 땐 그리 높은 줄 몰랐는데 레일 꼭대기에 올라서자 연향 시내가 한눈에 내려다보였다. 모래알 같은 사람들이 운명과 운명을 부딪치며 서서히 마모되어가는 한 줌의 세상, 그 안에 우주신이 있고, 죽은 연인의 무덤이 있고, 아직 태어나지 않은 생명과 시들어가는 청춘이 서로의 모난 자리를 쓰다듬고 매만지며 와글거렸다. 정상에 올라 잠시 머뭇거렸던 열차가 빠른 속도로 하강했다. 기묘한 화음을 이룬 세 가닥의 비명이 레일을 달린다. 울음이라 해도 좋고, 웃음이라 해도 이상할 것 없는 소리였다. 거의 황홀한 순간이다.

작가의 말

경의중앙선 개통을 얼마 남겨두지 않은 늦봄에 친구 T와 서울역에서 경의선을 탔다. 기차여행이라면 의당 곁들여야 한다며, T는 삶은 달걀과 함초소금을 챙겨 왔다. 나는 느리게 움직이는 통일호 중간 칸에 앉아 개발 이전의 고향, 파주 이야기를 늘어놓았다. 최루탄으로 눈이 매웠던 신촌, 방송사 비행기 격납고가 넘겨다보이던 강매, 역사를 대신한 작은 기와집 아래서 노인 부부가 표를 팔던 운정, 그저 벌판에 불과했던 파주. T는 홍익회를 기억했다. 빨간 망에 담아 팔던 밀감과 사이다를 사면 병뚜껑을 따주던 판매원이 그립다고 했다. 이 이야기는 아마도 그날 여행에서 시작되었던 것 같다. 통일호와 홍익매점이 남아 있던 2000년대 초반의 어느 중소도시에서 아직 사랑을 믿는 사람들의 이야기를 쓰고 싶었다. 그게 김하임 파트였다.

사라진 것을 복원하는 과정은 쉽지 않았다. 매점에 대한 기초적인 생리조차 모르니 지금은 은퇴한 홍익회 관계자에게 이메일을 보내 취재를 요청했다. 가까운 문산역에 달려가 역무원들을 관찰하고, 여러 번 망설이다 변변치 않은 소설가임을 밝힌 뒤 궁금한 것들을 물었다. 조금씩 주워듣고 물어물어 겨우 쓴 작품이었다.

그럼에도 발표를 하지 못했다. 또 다른 주인공 이무영 파트 탓이었다. 쓰는 나조차도 고통스러웠던 장면들이 너무 많았다. 작중 등장하는 폭력과 억압의 방식이 누군가에게는 잊고 싶은 과거의 트라우마일지 모른다는 생각이 발목을 잡았다. 여성의 고통과 상처를 상품화하고 싶지 않았다.

지난겨울, 이란의 형무소에서 사브지안 파르드라는 여성이 교수형에 처해졌다. 15세에 강압으로 결혼한 그녀는 남편의 모진 학대와 강간, 폭력을 4년이나 버텨냈다. 그리고 자신과 갓난아기를 살리기 위해 남편을 살해했다. 그 결과물이 사법적 살인이라는 게 처참하게 느껴졌다. 그러다 무영이 떠올랐다. 그녀의 창백한 얼굴, 야윈 어깨가 선명하게 그려졌다. 지난 10여 년 동안 수많은 이무영들이 수의를 입고 재판정에 섰으며, 다른 세계 어디선가는 형장의 이슬이 되었다. 어쩌면 내지근거리에서도 내색 없이 무영처럼 사는 여성들이 존재할지 몰랐다.

나는 『거의 황홀한 순간』의 무영과 하임을 상품이 아닌 샘플로 보여주고 싶다. 독자들이 두 여성의 선택을 지지할 수도 혹은 반대할 수도 있을 것이다. 하지만 그녀들의 삶이 우리에게서 그리 동떨어져 있지 않다는 사실을 기억했으면 좋겠다.

서로가 서로에게 구원이 되는 시대가 머지않았길 바라며.

2025년 1월

강지영

거의 황홀한 순간

초판 1쇄 인쇄 2025년 1월 31일
초판 1쇄 발행 2025년 2월 7일

지은이 강지영
펴낸이 이수철
주 간 하지순
교 정 박은경
디자인 박예진
영업관리 최후신
콘텐츠개발 전강산, 최진영, 하영주
영상콘텐츠기획 김남규
관 리 진호, 황정빈, 전수연

펴낸곳 나무옆의자
출판등록 제396-2013-000037호
주소 (10449) 경기도 고양시 일산동구 호수로 358-39 동문타워1차 703호
전화 02) 790-6630 팩스 02) 718-5752
전자우편 namubench9@naver.com
인스타그램 @namu_bench

ISBN 979-11-6157-210-9 03810